LE COUPLE D'À CÔTÉ

Shari Lapena

LE COUPLE D'À CÔTÉ

Roman

Traduit de l'anglais (Canada)
par Valérie Le Plouhinec

PRESSES
DE LA CITÉ

Titre original : *The Couple Next Door*
L'édition originale de cet ouvrage a paru aux éditions Viking,
New York.

Cet ouvrage a paru en 2017 aux éditions France loisirs.

© 1742145 Ontario Limited 2016
© Presses de la Cité, 2017 pour la traduction française
ISBN 978-2-258-13765-3
Dépôt légal : septembre 2017

Presses
de   un département **place des éditeurs**
la Cité

place
des
éditeurs

À Helen Heller,
le plus formidable de tous les agents

1

Anne sent une bile acide bouillonner dans son estomac et lui remonter dans la gorge ; la tête lui tourne. Elle a trop bu, Cynthia n'ayant cessé de remplir son verre. Elle comptait s'en tenir à une certaine limite, mais elle a perdu le fil – de toute manière, elle ne voyait pas bien comment endurer la soirée autrement. À présent, elle serait incapable de dire quelle quantité d'alcool elle a absorbée au cours de ce dîner interminable. Elle est bonne pour tirer son lait et le jeter demain matin.

Accablée par la chaleur de cette nuit d'été, Anne plisse les yeux pour observer son hôtesse, en train de flirter ouvertement avec son mari, Marco. Pourquoi laisse-t-elle faire ? Et Graham, l'époux de Cynthia, pourquoi permet-il cela ? Anne est en colère mais impuissante ; elle ignore comment mettre le holà sans passer pour ridicule, pitoyable. Ils sont tous un peu éméchés. Elle laisse donc glisser, en fulminant sans rien dire, et continue à boire du vin frais. Elle ne va pas faire une scène, elle n'a pas été élevée comme ça, elle n'est pas du genre à se faire remarquer.

Alors que Cynthia, elle…

Tous trois – Anne, Marco, et Graham, l'affable mari de Cynthia – la regardent avec fascination. Marco, en particulier, la dévore des yeux. Elle se penche un peu trop pour le resservir en vin, et il se retrouve le nez pratiquement niché entre ses seins, dans son décolleté plongeant.

Anne tâche de garder en tête que sa voisine flirte avec tout le monde. Avec son physique spectaculaire, elle ne peut pas s'en empêcher, semble-t-il.

Mais devant cette scène, Anne en vient à se demander s'il n'y a pas quelque chose entre eux. C'est la première fois que ce soupçon l'effleure. L'alcool la rend peut-être un peu parano.

Non, conclut-elle : ils ne se comporteraient pas ainsi s'ils avaient quelque chose à cacher. Cynthia flirte plus que Marco ; lui se contente d'être l'objet flatté de ses attentions. Marco lui-même est presque trop bel homme. Avec ses cheveux bruns en désordre, ses yeux noisette et son sourire charmant, il ne passe pas inaperçu. Ils forment un couple superbe, Cynthia et lui. Anne s'exhorte à arrêter. Se répète que, bien sûr, Marco lui est fidèle. Elle sait qu'il est entièrement dévoué à sa famille. Le bébé et elle comptent plus que tout au monde pour lui. Il la soutiendra quoi qu'il arrive – elle reprend une gorgée de vin –, même si la vie doit mal tourner.

Cependant, à force de regarder Cynthia accaparer son mari, Anne est de plus en plus anxieuse et contrariée. Elle a encore dix kilos de trop, six mois après avoir accouché. Elle pensait qu'elle aurait perdu son ventre à l'heure qu'il est, mais apparemment cela prend au moins un an. Il faut qu'elle cesse de lorgner les magazines people à la caisse du supermarché et de se comparer à toutes ces mamans célèbres, bardées de coachs personnels, qui retrouvent la ligne en quelques semaines.

Cela dit, même au mieux de sa forme, Anne ne pourrait jamais rivaliser avec Cynthia, sa voisine plus grande, mieux balancée – longues jambes, taille fine, poitrine pulpeuse, teint de porcelaine, cascade de cheveux noirs. Cynthia, toujours ultra-sapée, avec talons aiguilles et fringues sexy – même pour un dîner à quatre à la maison.

Anne décroche de la conversation. Elle contemple la cheminée en marbre sculpté, identique à celle de son propre salon, de l'autre côté du mur. Ils vivent en effet dans un alignement de demeures mitoyennes, en brique, typiques de leur ville du nord de l'État de New York, solidement bâties à la fin du XIXe siècle. Toutes les maisons de la rue sont similaires – de style italianisant, restaurées, cossues – et toutes arborent de légères différences de décoration ; chacune est un petit chef-d'œuvre en soi.

Anne ramasse son portable sur la table pour vérifier l'heure : presque 1 heure du matin. Elle est allée voir la petite à minuit. Marco, à minuit et demi. Puis il est sorti fumer une cigarette sur la terrasse avec Cynthia, pendant qu'elle-même et Graham restaient autour de la table en désordre, gênés, échangeant quelques phrases embarrassées. Elle aurait dû suivre les autres dehors : il y aurait peut-être eu une petite brise rafraîchissante. Mais elle n'en a rien fait, parce que Graham n'aime pas la fumée de cigarette, et que ç'aurait été mal élevé, ou du moins désinvolte, de le laisser tout seul à un dîner donné en son honneur. Bien éduquée, elle a donc conservé sa place. Graham, un fils de bonne famille, de ce milieu WASP dont elle-même est issue, est d'une politesse impeccable. Qu'il ait épousé une bimbo comme Cynthia demeure un mystère. Cynthia et Marco sont de retour à l'intérieur depuis quelques minutes, et maintenant Anne a une terrible envie de partir, bien que les autres s'amusent encore.

Elle fixe le babyphone, posé à l'extrémité de la table, dont le voyant rouge luit comme le bout d'une cigarette. L'écran est cassé – elle a laissé tomber l'appareil par terre il y a quelques jours et Marco n'a pas encore trouvé le temps de le remplacer –, mais le son fonctionne toujours. Soudain, le doute l'envahit, elle voit à quel point la situation est malsaine. Comment peut-on se rendre à un dîner chez les voisins en abandonnant son bébé seul à la maison ? Quel genre de mère fait une chose pareille ? Elle sent revenir cette douleur familière : *elle n'est pas une bonne mère.*

La baby-sitter a annulé, et alors ? Ils auraient dû amener Cora, en prenant son lit parapluie. Seulement, Cynthia avait dit « pas d'enfants ». Ce devait être une soirée entre adultes, pour l'anniversaire de Graham. Encore une des raisons pour lesquelles Anne a pris sa voisine en grippe, alors qu'elles ont été amies à une époque : Cynthia n'aime pas les bébés. Comment peut-on déclarer qu'un nourrisson de six mois n'est pas le bienvenu à une soirée ? Comment Anne a-t-elle pu laisser Marco la persuader que ce n'était pas grave ? C'est irresponsable. Elle se demande ce qu'en penseraient les autres participantes à son groupe de jeunes mamans, si elle leur racontait ça : « Nous avons laissé notre petite de six mois toute seule à la maison, pour aller dîner chez les voisins. » Elle imagine leurs expressions stupéfaites, le silence gêné. Mais elle ne leur dira jamais. On la fuirait.

Marco et elle se sont disputés à ce propos. Quand la baby-sitter a annulé par téléphone, Anne s'est proposée pour rester avec la petite – de toute manière, ce dîner ne lui disait rien.

Marco n'a rien voulu savoir. « Tu ne vas quand même pas rester ici ! » a-t-il protesté, chez eux, dans la cuisine.

Elle a répondu à voix basse, ne voulant pas que Cynthia les entende se quereller au sujet de son invitation, de l'autre côté du mur.

« Ça ne me dérange pas du tout.

— Ça te fera du bien de sortir un peu », l'a contrée Marco en baissant lui aussi la voix.

Puis il a ajouté : « Tu sais ce que t'a dit le médecin. »

Toute la soirée, elle a tâché de déterminer si ce dernier commentaire était perfide, ou égoïste, ou s'il avait simplement lancé cela pour l'aider. Quoi qu'il en soit, elle a fini par céder. Marco l'a convaincue que, grâce au babyphone, ils entendraient la petite aussitôt qu'elle bougerait ou se réveillerait. Ils iraient jeter un coup d'œil sur elle toutes les demi-heures. Rien ne pouvait lui arriver.

1 heure du matin. Faut-il qu'elle aille la voir, ou qu'elle donne tout bonnement le signal du départ ? Elle a envie de rentrer se coucher. Elle a hâte que ce dîner se termine.

Elle tire son mari par le bras.

— Marco, on ferait bien d'y aller. Il est 1 heure.

— Oh ! non, il n'est pas si tard ! plaide Cynthia.

Elle, visiblement, n'a aucun désir que la fête s'achève. Elle n'est pas pressée de voir Marco partir. En revanche, ça ne la dérangerait pas du tout que sa femme débarrasse le plancher, Anne en est sûre.

— Peut-être pour toi, dit-elle – d'un ton trop raide, malgré l'alcool –, mais moi je me lève tôt, pour nourrir la petite.

— Ma pauvre, lâche Cynthia.

Et allez savoir pourquoi, cela met Anne en fureur.

Cynthia n'a pas d'enfants, elle n'en a jamais voulu. C'est par choix que Graham et elle ne sont que tous les deux.

Persuader Marco de prendre congé ne va pas être une mince affaire. Il a l'air décidé à rester, il s'amuse trop, mais Anne commence à s'impatienter.

— Un dernier pour la route, dit-il à Cynthia.

Et il lui tend son verre en évitant le regard de sa femme.

Il est étrangement enjoué, ce soir – cela semble presque forcé. Anne se demande pourquoi. Il est plutôt taciturne, ces derniers temps, à la maison. Un peu ailleurs, voire ombrageux. Là pourtant, avec Cynthia, c'est un vrai boute-en-train. Cela fait un petit moment qu'Anne sent que quelque chose ne tourne pas rond. Si seulement il lui disait quoi… mais il ne lui raconte pas grand-chose. Il l'exclut. Ou peut-être prend-il de la distance à cause de sa dépression, de son « baby blues ». Elle le déçoit. Qui ne déçoit-elle pas ? Pour l'instant, clairement, il préfère la belle, la drôle, la pétillante Cynthia.

Anne contrôle l'heure et, cette fois, perd toute patience.

— Je vais rentrer. Je devais aller voir la petite à 1 heure. Marco, reste autant que tu veux, ajoute-t-elle d'une voix tendue.

Il la considère d'un air dur, l'œil brillant. Soudain, Anne songe qu'il n'a pas l'air ivre du tout. Elle, en revanche, n'a pas les idées claires. Vont-ils réellement se disputer à cause de ça ? Devant les voisins ? Elle cherche son sac des yeux, va récupérer le babyphone, se rend compte qu'il est branché dans le mur, se baisse pour le débrancher, consciente que tout le monde regarde en silence son gros derrière. Eh bien, qu'ils regardent ! Elle sent qu'ils sont en train de se liguer contre elle, qu'elle passe pour la rabat-joie de service. Elle lutte contre les larmes qui lui brûlent les yeux. Elle n'a pas envie de se mettre à pleurer devant tout le monde. Cynthia et Graham ne sont pas au courant de sa dépression post-partum. Ils ne comprendraient pas. Anne et Marco n'en ont parlé à personne, à l'exception de sa mère à elle. Anne lui a récemment confié ses soucis, et sa mère n'en soufflera mot à quiconque, pas même à son père. Anne veut que personne d'autre ne sache, et elle soupçonne que Marco aussi, même s'il n'a rien dit dans ce sens. Seulement, c'est épuisant de faire semblant en permanence.

Dans son dos, elle entend Marco se raviser :

— Tu as raison. Il est tard, rentrons.

Il repose son verre, qui claque sur la table.

Anne se retourne en chassant ses cheveux de ses yeux. Il faut absolument qu'elle aille chez le coiffeur. Elle affiche un sourire factice.

— La prochaine fois, on fait ça chez nous.

Et elle complète in petto : « Venez donc dans notre maison, où vit aussi notre petite fille, et j'espère qu'elle braillera toute la soirée et vous gâchera le dîner. Je veillerai à vous inviter quand elle fera ses dents. »

Après cela, ils s'en vont sans tarder. Ils n'ont pas d'équipement pour bébé à rassembler, rien que le sac d'Anne et le babyphone, qu'elle fourre dedans. Cynthia paraît contrariée par leur départ abrupt – Graham, lui, demeure neutre. Ils franchissent la porte imposante avant de descendre les marches, et Anne s'appuie à la rampe de fer forgé pour garder l'équilibre. Quelques pas sur le trottoir, et ils sont devant chez eux, avec une rampe semblable et une porte tout aussi imposante. Anne marche légèrement devant Marco, sans rien dire. Elle ne lui adressera peut-être plus un mot de toute la nuit. Elle gravit le perron avec détermination et s'arrête net.

— Qu'est-ce qu'il y a ? demande Marco, légèrement tendu, en arrivant derrière elle.

Anne a le regard fixe. La porte est entrouverte, d'une petite dizaine de centimètres.

— Je suis sûre d'avoir fermé à clé ! dit-elle d'une voix stridente.

— Tu as peut-être oublié. Tu as beaucoup bu, répond Marco, laconique.

Anne ne l'écoute pas. Déjà, elle est à l'intérieur, dans l'escalier, dans le couloir du haut. Marco est sur ses talons.

Lorsqu'elle entre dans la chambre et voit le berceau vide, elle se met à hurler.

2

Anne sent son hurlement résonner à l'intérieur de sa tête et à l'extérieur, rebondissant contre les murs – il est partout à la fois. Puis elle se tait et reste plantée, rigide, devant le berceau vide, une main plaquée sur la bouche. Marco cherche l'interrupteur à tâtons, le trouve. Tous deux contemplent fixement le petit lit dans lequel devrait reposer leur fille. C'est impossible qu'elle n'y soit pas. Impossible que Cora en soit descendue seule. Elle a tout juste six mois.

— Appelle les flics, souffle Anne.

Et aussitôt après, elle a un spasme. Le vomi franchit la barrière de ses doigts et tombe en cascade sur le parquet lorsqu'elle se plie en deux. La chambre d'enfant, peinte en jaune beurre frais, avec des agneaux au pochoir gambadant sur les murs, s'emplit immédiatement d'une odeur de bile et de panique.

Marco demeure cloué sur place. Anne relève la tête vers lui : il est paralysé, sous le choc, les yeux rivés sur le berceau vide, comme s'il n'y croyait pas. Anne, voyant son regard plein de peur et de remords, se met à pousser des gémissements déchirants – un son affreux, funèbre, un bruit de bête à l'agonie.

Marco ne bouge toujours pas. Anne se rue dans leur chambre, empoigne le téléphone posé sur la table de nuit et compose le 911, les mains tremblantes, maculant le combiné de vomi. Marco revient soudain à lui. Elle l'entend arpenter rapidement tout l'étage pendant qu'elle continue de fixer, de l'autre côté du couloir, le petit lit vide. Il va voir dans la salle de bains, sur le palier, puis passe devant elle pour regarder dans la chambre d'amis et enfin dans la pièce du fond, celle qu'ils ont transformée en bureau. Dans le même temps, Anne se demande, avec une sorte de détachement, pourquoi il va vérifier là-bas. Comme si une partie de son esprit s'était libérée pour raisonner avec logique. La petite ne peut pas se déplacer seule. Elle n'est ni dans la salle de bains, ni dans la chambre d'amis, ni dans le bureau.

Quelqu'un est venu la prendre.

Dès que l'opératrice décroche, Anne s'écrie :

— Notre bébé a été enlevé !

C'est à peine si elle parvient à se maîtriser suffisamment pour répondre aux questions.

— Je comprends, madame. Tâchez de rester calme. La police est en route, lui assure-t-on au bout du fil.

Anne raccroche. Elle tremble de tout son corps. Elle sent monter un nouveau haut-le-cœur. Quelle image vont-ils donner ? Ils ont laissé la petite seule à la maison. Est-ce illégal ? Sans doute. Comment vont-ils expliquer cela ?

Marco apparaît à la porte de la chambre, pâle, l'air nauséeux.

— C'est ta faute ! hurle Anne, les yeux écarquillés, avant de le bousculer pour passer.

Elle se précipite dans la salle de bains et vomit de nouveau, cette fois dans le lavabo, puis lave ses mains tremblantes et se rince la bouche. Elle s'aperçoit dans la glace. Marco est juste à côté d'elle, hagard. Leurs regards se croisent.

— Pardon, dit-il tout bas. Je m'en veux. C'est ma faute.

Elle le voit bien, qu'il s'en veut. Cela ne change rien : elle lève une main et fracasse son reflet. Le miroir se brise, et elle éclate en sanglots. Il tente de la prendre dans ses bras, mais elle le repousse et descend en courant. Sa main blessée laisse une traînée sanglante sur la rampe.

Tout ce qui se produit ensuite baigne dans une atmosphère d'irréalité. Le foyer douillet d'Anne et de Marco vient de se transformer en scène de crime.

Anne est assise sur le canapé du salon. Quelqu'un a posé une couverture sur ses épaules, pourtant elle tremble encore. Elle est en état de choc. Des véhicules de police sont garés devant chez eux, gyrophares allumés. Leur faisceau rouge entre telle une pulsation par la grande fenêtre et tourne sur les murs pâles du salon. Anne est immobile, le regard fixé droit devant elle, comme hypnotisée par les lumières.

Marco, d'une voix entrecoupée, a donné aux policiers un bref signalement du bébé – six mois, cheveux blonds, yeux bleus, sept kilos deux, vêtu d'une couche jetable et d'un body rose pâle. Une couverture d'été blanche a également disparu du berceau.

La maison est envahie par les policiers en uniforme. Ils se déploient et entreprennent une fouille méthodique. Certains portent des gants en latex et sont équipés de trousses de prélèvement. Les experts médico-légaux se déplacent lentement ; ce n'est pas Cora qu'ils cherchent, mais des indices. Le bébé, lui, est déjà loin.

Marco, assis à côté d'Anne, enlace ses épaules et la serre contre lui. Elle a envie de se dégager, mais n'en fait rien. Elle laisse son bras là où il est. De quoi aurait-elle l'air si elle le repoussait ? Elle a conscience qu'il sent l'alcool.

Anne s'en veut, maintenant. C'est sa faute. Elle voudrait rejeter le blâme sur Marco, or elle a accepté de laisser la petite. Elle aurait dû rester. Non : elle aurait dû emmener Cora chez les voisins, et tant pis pour Cynthia. Elle doute que celle-ci les aurait jetés dehors et aurait annulé l'anniversaire de Graham. Elle s'en rend compte trop tard.

Ils seront jugés, par la police et par tout le monde. Ça leur apprendra à laisser leur bébé tout seul. C'est ce qu'elle penserait, elle, si c'était arrivé à quelqu'un d'autre. Elle sait combien les mères peuvent être critiques, et comme c'est agréable de juger autrui. Elle pense aux mamans de son groupe, qui se retrouvent une fois par semaine avec leurs nourrissons, chez l'une ou chez l'autre, pour bavarder en buvant du café. Elle sait ce que ces femmes diront d'elle.

Quelqu'un d'autre est sur les lieux – un homme calme en costume sombre bien coupé. Les agents en uniforme le traitent avec déférence. Anne lève la tête, croise son regard bleu perçant, se demande qui il est.

Il s'approche, prend place dans un fauteuil en face d'eux et se présente : inspecteur Rasbach. Puis il se penche vers eux.

— Racontez-moi ce qui s'est passé.

Anne oublie sur-le-champ le nom de son interlocuteur, ou plutôt elle ne l'a pas enregistré du tout. Elle n'a retenu que le mot « inspecteur ». Elle le dévisage, encouragée par la franche intelligence qui se lit dans ses yeux. Il va les aider, lui. Il les aidera à retrouver Cora. Elle s'efforce de réfléchir. Mais elle en est incapable. Elle se sent à la fois fébrile et engourdie. Alors, elle se contente de s'accrocher à ces yeux vifs et laisse la parole à Marco.

— On était à côté, commence-t-il, visiblement agité. Chez les voisins.

Puis il s'interrompt.

— Oui ? fait l'inspecteur.

Marco hésite, continue à se taire.

— Où était le bébé ?

Il ne répond toujours pas. Il n'arrive pas à le dire.

Anne se ressaisit et parle pour lui, en larmes.

— Nous avions laissé la petite ici, dans son lit, avec le babyphone.

Elle guette la réaction de l'inspecteur – *quels parents indignes !* –, mais rien ne transparaît sur son visage.

— Nous avions pris le babyphone avec nous, et nous revenions régulièrement la voir. Toutes les demi-heures.

Elle jette un bref coup d'œil à Marco.

— Nous n'aurions jamais imaginé…

Impossible de terminer sa phrase. Sa main monte vers sa bouche, ses doigts se pressent contre ses lèvres.

— Quand l'avez-vous vue pour la dernière fois ? demande le policier en sortant un calepin de sa poche intérieure.

— Je suis venue à minuit, dit Anne. Je me souviens de l'heure. Nous venions à tour de rôle toutes les demi-heures, et c'était mon tour. Tout allait bien. Elle dormait.

— Et je suis revenu à minuit et demi, ajoute Marco.

— Vous êtes absolument certain de l'heure ?

Marco fait oui de la tête ; il fixe ses chaussures.

— Et c'est la dernière fois que l'un d'entre vous a vérifié qu'elle allait bien, avant votre retour ?

— Oui, dit Marco, qui relève cette fois les yeux en passant une main nerveuse dans ses cheveux bruns. Je suis venu la voir à minuit et demi. C'était mon tour. On surveillait l'heure.

Anne confirme de la tête.

— Vous avez bu ce soir ? questionne alors l'inspecteur.

Marco rougit.

— Nous étions à un dîner à côté. J'ai un peu picolé, admet-il.

L'homme se tourne vers Anne.

— Et vous, madame Conti ?

Elle a les joues en feu. Une mère qui allaite n'est pas censée boire. Elle est tentée de mentir.

— Un peu de vin avec le dîner. Je ne sais pas combien de verres, au juste. C'était une petite fête.

Elle voudrait savoir si elle a l'air ivre, et ce que cet inspecteur pense d'elle. Elle sent qu'elle ne fait pas illusion un instant. Elle se rappelle le vomi, à l'étage, dans la chambre de la petite. Flaire-t-il des effluves d'alcool sur elle, comme elle les perçoit sur Marco ? Elle songe au miroir fracassé dans la salle de bains du haut, à sa main en sang, qu'elle a enveloppée dans un torchon propre. Elle a honte de la manière dont il doit les voir : des parents ivrognes qui ont abandonné leur bébé de six mois. Elle se demande s'ils vont être accusés de quelque chose.

— Quel est le rapport ? s'enquiert Marco.

— Cela peut affecter la fiabilité de vos témoignages, répond l'inspecteur d'un ton égal.

Il n'y a pas de jugement dans sa voix. Il recherche simplement les faits, apparemment.

— À quelle heure êtes-vous partis de chez vos amis ?

— Il était presque 1 heure et demie, dit Anne. Je m'en souviens, parce que je n'arrêtais pas de contrôler sur mon portable. J'avais hâte de rentrer. Je… j'aurais dû venir la voir à 1 heure, mais je me disais que nous n'allions pas tarder, et j'essayais de presser Marco.

Elle culpabilise à mort. Si elle était venue voir sa fille à 1 heure, le drame aurait-il été évité ? D'un autre côté, il y aurait eu tant de moyens de le prévenir…

— Vous avez appelé le 911 à 1 h 27, déclare l'inspecteur.

— La porte était ouverte, se souvient soudain Anne.

— La porte était ouverte ?

— Elle bâillait, d'une dizaine de centimètres. Je suis certaine d'avoir fermé à clé derrière moi quand je suis allée la voir à minuit.

— Certaine à quel point ?

Anne réfléchit à la question. Pourrait-elle en jurer ? Quand elle a trouvé la porte ouverte, elle était sûre de l'avoir verrouillée. Mais à présent, avec ce qui s'est produit, comment pourrait-elle avoir la moindre certitude ? Elle se tourne vers son mari.

— Tu es sûr que tu n'as pas laissé ouvert ?

— Certain, dit-il d'un ton abrupt. Je n'ai pas pris la porte de devant. Je passais par-derrière pour aller la voir, tu te rappelles ?

— Vous passiez par la porte de derrière, répète l'inspecteur.

— Je n'ai peut-être pas fermé à clé à chaque fois, reconnaît Marco en se cachant le visage dans les mains.

L'inspecteur Rasbach observe le couple avec attention. Un bébé a disparu. Enlevé dans son berceau – s'il faut en croire les parents, Marco et Anne Conti – entre environ 0 h 30 et 1 h 27, par une ou des personnes non identifiées, pendant que les parents dînaient chez les voisins immédiats. La porte d'entrée a été trouvée entrouverte. Celle de derrière n'a peut-être pas été verrouillée par le père – de fait, la police, en arrivant, a constaté qu'elle était fermée, mais pas à clé. La détresse de la mère est indéniable. Ainsi que celle du père, qui a l'air salement secoué. Cependant la situation dans son ensemble ne sonne pas tout à fait juste. Rasbach se demande ce qui se trame réellement.

L'inspecteur Jennings lui fait signe. Rasbach s'excuse et abandonne un instant les parents affligés.

— Qu'est-ce qu'il y a ? dit-il à mi-voix.

Jennings lui montre un petit flacon de comprimés.

— On a trouvé ça dans le meuble de la salle de bains.

Rasbach lui prend le flacon en plastique transparent et déchiffre l'étiquette. *Anne Conti, Sertraline, 50 mg.* La sertraline, il le sait, est un puissant antidépresseur.

— Le miroir de la salle de bains du haut est brisé, lui révèle Jennings.

Rasbach hoche la tête. Il n'est pas encore monté à l'étage.

— Autre chose ?

— Rien pour l'instant. La baraque a l'air propre. Rien d'autre n'a été volé, apparemment. L'expertise scientifique nous en apprendra plus dans quelques heures.

— D'accord, lâche Rasbach en lui rendant le flacon.

Il s'en va rejoindre le couple assis sur le canapé pour reprendre son interrogatoire. Il commence par le mari.

— Marco… vous permettez que je vous appelle Marco ? Qu'avez-vous fait après avoir vu votre fille à minuit et demi ?

— Je suis retourné chez les voisins. J'ai fumé une cigarette dans leur jardin.

— Vous étiez seul pour fumer cette cigarette ?

Il rougit ; l'inspecteur s'en aperçoit.

— Non. Cynthia est venue se joindre à moi. C'est la voisine chez qui nous étions.

Rasbach tourne alors son attention vers l'épouse. Une femme au physique agréable, aux traits fins et aux cheveux châtains brillants, même si en ce moment elle est comme privée de toute couleur.

— Vous ne fumez pas, madame Conti ?

— Non. Mais Cynthia, si. Je suis restée à table avec Graham, son mari. Il déteste la cigarette, et c'était son

24

anniversaire, alors j'ai pensé que ce serait impoli de le laisser seul.

Et là, de manière inexplicable, elle ajoute spontanément :

— Cynthia avait dragué Marco toute la soirée, et je plaignais un peu Graham.

— Je vois.

Rasbach étudie le mari, qui semble être au désespoir. Nerveux et coupable, aussi.

— Donc, Marco, vous étiez dans le jardin des voisins peu après minuit et demi. Vous pourriez me dire combien de temps vous avez passé dehors ?

Marco secoue la tête d'un air impuissant.

— Peut-être un quart d'heure, à peu près ?

— Avez-vous vu ou entendu quoi que ce soit ?

— Comment ça ?

Le mari a l'air plus ou moins assommé par les événements. Il a la langue légèrement pâteuse. Rasbach se demande combien d'alcool il a absorbé. Il lui explique patiemment :

— Il semble qu'on ait enlevé votre bébé quelque part entre minuit et demi et 1 h 27. Vous êtes resté plusieurs minutes dehors, derrière chez vos voisins, peu après minuit et demi.

Il scrute Marco, attend que celui-ci ait assimilé l'information, puis reprend :

— À mon avis, c'est peu probable que quelqu'un soit sorti de chez vous par la porte de devant, en pleine nuit, avec un bébé dans les bras.

— Pourtant, la porte était ouverte, intervient Anne.

— Moi, je n'ai rien vu, précise Marco.

— Il y a une ruelle qui longe les jardins, derrière les maisons.

Marco acquiesce.

— Avez-vous vu quelqu'un dans cette ruelle à ce moment-là ? Entendu quoi que ce soit, une voiture ?

— Je... je ne crois pas. Désolé, je n'ai rien vu ni entendu. Je n'ai pas fait attention.

Il se cache de nouveau le visage dans les mains.

Rasbach a déjà inspecté rapidement la zone avant d'entrer pour rencontrer les parents. Les habitations sont toutes mitoyennes et proches du trottoir. La rue est bien éclairée, et il y a de la circulation, en voiture comme à pied, même tard le soir. C'est donc étonnant – à moins que quelqu'un ne brouille délibérément les pistes – que la porte de devant ait été trouvée ouverte. La police scientifique est à présent en train d'y procéder à des relevés d'empreintes, mais Rasbach serait surpris que l'on découvre quoi que ce soit.

L'arrière de la maison a plus de potentiel. La plupart des jardins, y compris celui des Conti, ont un garage indépendant. Ils sont longs et étroits, délimités par des clôtures basses, et nombre d'entre eux, notamment celui des Conti, sont garnis d'arbres, d'arbustes ou de massifs. Il y fait plutôt sombre ; pas de réverbères comme devant. Celui qui a enlevé l'enfant, s'il est sorti par là, a dû traverser le terrain et entrer dans le garage, d'où il avait un accès direct à la ruelle. Le risque d'être aperçu en train de porter un bébé jusqu'à un véhicule qui attendait dans le garage était bien moindre que celui d'être vu en sortant par-devant.

La maison, le jardin et le garage sont pour l'heure passés au peigne fin. Jusqu'à présent, aucune trace de l'enfant n'a été découverte. Le garage des Conti est vide, et sa porte était grande ouverte sur la ruelle. Il est envisageable que même une personne assise sur la terrasse d'à côté n'ait rien remarqué. Envisageable, mais peu vraisemblable. Ce

qui réduit encore la fenêtre temporelle de l'enlèvement :
entre 0 h 45, grosso modo, et 1 h 27.

— Vous êtes au courant que votre détecteur de mouvement ne fonctionne pas ? dit Rasbach.

— Comment ?! lance le mari, surpris.

— Vous avez un détecteur de mouvement, censé allumer une lumière quand on s'approche de la porte de derrière. Vous savez qu'elle ne s'allume pas ?

— Non, souffle la femme.

Le mari secoue vigoureusement la tête.

— Non, je... il marchait quand je suis allé voir la petite... Il est cassé ?

— L'ampoule a été légèrement dévissée.

Rasbach observe les parents. Marque une pause.

— Ce qui m'amène à penser que l'enfant a été enlevée par la porte de derrière, portée jusqu'au garage et emmenée, probablement à bord d'un véhicule, par la ruelle.

Il attend ; ni le mari ni la femme n'ont quoi que ce soit à ajouter. Il constate que la femme tremble.

— Où est votre voiture ? s'enquiert-il alors.

— Notre voiture ? répète Anne en écho.

3

Rasbach attend.

C'est la femme qui se décide à répondre.

— Elle est dans la rue.

— Vous vous garez dans la rue alors que vous avez un garage derrière ?

— Tout le monde fait ça. C'est plus facile que de prendre la ruelle, surtout l'hiver. La plupart des riverains demandent une carte de stationnement et se garent simplement le long du trottoir.

— Je vois.

— Pourquoi ? s'étonne la femme. Quelle importance ?

Il s'explique.

— Cela a probablement facilité la tâche au ravisseur. Si le garage était vide, avec la porte grande ouverte, ce n'était pas difficile d'y reculer avec une voiture puis d'installer le bébé dedans, entre ses murs, hors de vue. Ç'aurait bien sûr été moins simple – et plus dangereux – si le garage avait déjà été occupé. Le ravisseur aurait alors couru le risque d'être repéré dans la ruelle avec un bébé.

Rasbach remarque que le mari a encore blêmi, si tant est que ce soit possible. Sa pâleur est tout à fait frappante.

— Nous espérons relever des traces de pneus dans le garage, ajoute Rasbach.

— Vous parlez comme s'il s'agissait d'une opération planifiée, dit la femme.

— Vous ne le pensez pas ?

— Je... je ne sais pas. J'imaginais que Cora avait été enlevée parce qu'on l'avait laissée seule à la maison, que le ravisseur avait sauté sur l'occasion.

Rasbach hoche la tête, comme s'il essayait d'adopter son point de vue.

— Je vois ce que vous voulez dire. Par exemple, une mère laisse son enfant jouer au square le temps d'aller lui acheter une glace, et l'enfant est kidnappé pendant qu'elle a le dos tourné. Un crime d'opportunité. Ça arrive.

Il se tait un instant.

— Mais vous devez bien voir qu'il y a une différence, là.

Elle le dévisage sans comprendre. Rasbach doit garder en tête qu'elle est encore sous le choc. Lui voit tout le temps ce genre de choses, cela fait partie de son métier. Il a l'esprit analytique, ce n'est pas du tout un sentimental. C'est indispensable, s'il veut être efficace. Il retrouvera cette enfant, morte ou vive, et il découvrira qui l'a enlevée.

— La différence, c'est que celui qui a pris votre petite fille savait sans doute qu'elle était seule dans la maison, explique-t-il sur un ton factuel.

Les parents se regardent.

— Mais personne ne le savait, souffle la mère.

— Évidemment, reprend Rasbach, elle aurait peut-être aussi bien été enlevée si vous aviez été en train de dormir dans votre chambre. On ne peut jurer de rien.

Les parents aimeraient croire que ce n'est finalement pas leur faute. Que cela se serait produit de toute manière.

— Vous laissez toujours le garage ouvert comme ça ?

Là, c'est le mari qui répond.

— Parfois.

— Vous ne le fermez pas la nuit ? Pour éviter les vols ?

— On n'y stocke rien qui ait de la valeur. Quand la voiture y est, en général, on le ferme ; à part ça il n'y a pas grand-chose à voler. Tous mes outils sont au sous-sol. Le quartier est tranquille, mais les garages sont visités en permanence, alors à quoi bon les fermer ?

— Il y a des gens qui font exprès de laisser la porte relevée pour éviter qu'elle soit taguée, précise la femme.

Rasbach opine du chef.

— Qu'est-ce que c'est, comme voiture ?

— Une Audi, pourquoi ?

— J'aimerais y jeter un coup d'œil. Je pourrais avoir les clés ?

Marco et Anne, cette fois, sont manifestement perplexes. Marco va chercher un trousseau dans un vide-poches, sur une petite table dans l'entrée. Il le tend sans un mot à l'inspecteur et se rassoit.

— Merci, dit Rasbach avant de déclarer, à dessein : Nous trouverons qui a fait ça.

Ils soutiennent son regard, la mère avec son visage tout bouffi d'avoir pleuré, le père avec ses yeux rouges, injectés de sang à force de détresse et de boisson, le teint blafard.

Rasbach adresse un signal muet à Jennings, et tous deux sortent examiner le véhicule. Le couple reste assis sur le canapé et observe leur départ en silence.

Anne ne sait que penser de cet inspecteur. Tout ce numéro à propos de leur voiture… il a l'air d'insinuer quelque chose. Elle sait que, quand une femme disparaît, son conjoint est habituellement le suspect principal, et que l'inverse est sans doute vrai aussi. Mais quand c'est un enfant qui se volatilise, les parents sont-ils soupçonnés en premier ? Sûrement pas. Qui pourrait faire du mal à son propre enfant ? En outre, tous deux ont un alibi solide. Cynthia et Graham peuvent le confirmer. Il est évidemment impossible qu'ils aient enlevé et dissimulé leur propre fille. Et puis, pour quoi faire ?

Elle a conscience que le quartier est en train d'être fouillé, que des policiers sillonnent les rues, frappent à des portes, tirent les gens de leur lit pour les questionner. Marco leur a fourni une photo récente de Cora, prise il y a quelques jours à peine. On y voit un bébé joyeux qui sourit à l'objectif, avec ses grands yeux bleus et ses fines boucles blondes.

Anne est furieuse contre Marco, elle voudrait hurler, le marteler de ses poings, mais, comme la maison est remplie d'agents de police, elle n'ose pas. Et à en juger par sa face livide, il s'en veut déjà, elle le voit bien. Elle sait qu'elle ne pourra pas affronter l'épreuve toute seule. Elle se tourne vers lui et s'effondre en sanglotant contre son torse. Les bras de Marco viennent l'entourer et la serrent fort. Elle sent qu'il tremble, entend le douloureux battement de son cœur. Elle se répète qu'ensemble ils s'en sortiront. La police va retrouver Cora bien vite. Leur fille leur sera rendue indemne.

Et sinon, elle ne lui pardonnera jamais.

L'inspecteur Rasbach, dans son costume léger, sort par la porte de devant et descend le perron dans la chaude nuit d'été, suivi de près par l'inspecteur Jennings. Ce n'est pas la première fois qu'ils travaillent ensemble. L'un et l'autre ont vu des choses qu'ils aimeraient pouvoir oublier.

Côte à côte, ils gagnent le trottoir opposé, où les voitures sont garées pare-chocs contre pare-chocs. Rasbach presse la clé, et les phares de l'Audi lancent un bref éclair. Les voisins, en pyjama et robe de chambre sur le pas de leur porte, regardent les deux policiers s'en approcher.

Rasbach espère que quelqu'un dans cette rue sait quelque chose, a vu quelque chose, se fera connaître.

— Ton avis ? lui demande Jennings à mi-voix.

— Je ne suis pas optimiste.

Il enfile les gants en latex que lui tend son collègue et ouvre la portière côté conducteur. Un bref coup d'œil dans l'habitacle, puis il se dirige en silence vers l'arrière. Jennings le suit.

Rasbach ouvre le coffre. Celui-ci est vide. Et très propre. Le véhicule a à peine plus d'un an et semble sortir de chez le concessionnaire.

— J'adore cette odeur de voiture neuve, lâche Jennings.

La petite n'est pas là. Ce qui ne veut pas dire qu'elle n'y a jamais été, ne serait-ce que pour peu de temps. La police scientifique découvrira peut-être des fibres de body rose, de l'ADN du bébé – un cheveu, une trace de salive, ou peut-être de sang. Si aucun corps n'est retrouvé, l'enquête sera difficile. Cependant, personne ne met un nourrisson dans un coffre de voiture avec de bonnes intentions. S'ils décèlent la moindre trace de l'enfant dans ce coffre, Rasbach veillera personnellement à ce que les parents rôtissent en enfer. Car s'il a appris une chose au cours de sa carrière, c'est que les gens sont capables d'à peu près tout.

Il n'ignore pas que la petite peut avoir disparu bien avant le dîner. Il doit encore questionner en détail les parents sur la journée qui a précédé, doit encore déterminer qui sont les dernières personnes, en dehors du couple, à avoir vu ce bébé en vie. Mais il trouvera. Il y a peut-être une assistante maternelle qui vient à domicile, ou une femme de ménage, un voisin ou une voisine… quelqu'un qui a vu cette enfant, vivante et en pleine forme, plus tôt dans la journée. Il établira jusqu'à quel moment on sait qu'elle était en vie, et travaillera en partant de là.

Cette histoire de babyphone, de vérifications toutes les demi-heures pendant qu'ils dînaient à côté, le détecteur de mouvement désactivé, la porte ouverte, tout cela pourrait n'être qu'une fiction élaborée, une fable soigneusement construite par les parents afin de leur fournir un alibi, de lancer les autorités sur une fausse piste. Ils ont très bien pu tuer l'enfant plus tôt – volontairement ou par accident –, la mettre dans le coffre et disposer du corps avant d'aller dîner chez les voisins. Ou bien, s'ils avaient les idées claires, la mettre non pas dans le coffre, mais dans son siège-auto. Un bébé mort n'est pas forcément très différent d'un bébé endormi. Tout dépend de la manière dont on l'a tué.

Rasbach sait qu'il est cynique. Il ne l'a pas toujours été.

Il s'adresse à Jennings :

— Fais venir les chiens détecteurs de cadavres.

4

Rasbach regagne l'intérieur pendant que Jennings fait le point avec les agents dans la rue. En entrant, il voit Anne qui sanglote au bout du canapé, une femme agent de police accroupie près d'elle, un bras posé sur son dos. Marco n'est pas à ses côtés.

Attiré par une odeur de café frais, l'inspecteur se dirige vers la cuisine, à l'arrière de la longue maison étroite. Cette pièce a visiblement été refaite, assez récemment ; tout y est très haut de gamme, lui semble-t-il, entre les placards blancs, la robinetterie de luxe et les plans de travail en granit. Marco est là, à côté de la cafetière électrique, la tête baissée, en train d'attendre que le café soit passé. Il relève les yeux à l'arrivée de l'inspecteur, puis se détourne, peut-être gêné par cet effort flagrant pour se dessoûler.

Il y a un silence inconfortable. Ensuite, Marco demande à mi-voix, sans détacher les yeux de la cafetière :

— Qu'est-ce qui lui est arrivé, à votre avis ?

— Je ne sais pas encore. Je suis là pour le découvrir.

Marco prend le pichet de café et commence à remplir trois tasses en faïence sur le granit immaculé. Rasbach remarque que sa main tremble. Marco lui présente une tasse, qu'il accepte avec joie. Les deux autres, Marco les emporte vers le salon. L'inspecteur le regarde s'éloigner en se raidissant contre ce qui va suivre. Les enlèvements d'enfants sont toujours des cas difficiles. D'une part, ils provoquent un vrai cirque médiatique. D'autre part, il est rare qu'ils se terminent bien.

Il sait qu'il va devoir mettre la pression sur ce couple. Cela fait partie du boulot.

Chaque fois qu'il est appelé sur une affaire, il ignore à quoi s'attendre. Et pourtant, lorsqu'il en démêle les fils, il n'est jamais surpris. Sa capacité d'étonnement s'est évaporée. Cependant, il a gardé sa curiosité intacte.

Rasbach ajoute à son café le lait et le sucre que Marco a laissés à sa disposition, puis fait une pause sur le seuil de la pièce, tasse en main. De là où il se tient, il voit la table de salle à manger et la desserte la plus proche de la cuisine, toutes deux anciennes. Au-delà, il aperçoit le canapé, capitonné de velours vert sombre, et l'arrière des têtes d'Anne et de Marco. À leur droite, une cheminée en marbre et, au-dessus, un grand tableau peint à l'huile. Rasbach ne saurait dire ce qu'il représente. Le canapé est vis-à-vis de la fenêtre qui donne sur la rue, avec juste devant une table basse et deux fauteuils moelleux.

Rasbach rejoint le salon et reprend sa place face au couple, dans le fauteuil le plus proche de la cheminée. Il note que les mains de Marco tremblent toujours lorsque celui-ci porte sa tasse à ses lèvres. Anne tient simplement la sienne entre ses paumes sur ses genoux, comme si elle avait oublié son existence. Elle a cessé de pleurer, pour le moment.

Les lumières criardes des véhicules de police garés devant continuent de jouer sur les murs du salon. L'équipe médico-légale vaque à ses occupations dans la maison, avec calme et efficacité. L'activité règne, mais c'est une activité feutrée, lugubre.

Rasbach a une tâche délicate devant lui. Il doit transmettre à ces deux-là l'idée qu'il travaille pour eux, qu'il fait tout son possible pour retrouver leur bébé – et c'est ce qu'il fait, avec le reste des forces de police –, tout en sachant que dans la plupart des cas, quand un enfant disparaît ainsi, ce sont les parents les responsables. Et il y a ici des éléments qui éveillent ses soupçons. Malgré cela il va conserver l'esprit ouvert.

— Je suis navré, commence-t-il. Je ne peux même pas imaginer à quel point ça doit être dur pour vous.

Anne relève la tête vers lui. Cette sollicitude lui fait immédiatement remonter les larmes aux yeux.

— Qui pourrait vouloir nous prendre notre bébé ? se lamente-t-elle.

— C'est ce que nous devons découvrir, dit Rasbach en posant sa tasse sur la table basse pour saisir son calepin. La question a l'air bêtement évidente, mais avez-vous une idée de qui a pu l'enlever ?

Tous deux le dévisagent avec stupéfaction. La supposition est grotesque. Et pourtant.

— Avez-vous remarqué quelqu'un lui tournant autour ces derniers temps, quelqu'un montrant de l'intérêt pour votre petite fille ?

Ils font signe que non.

— Avez-vous la moindre idée de qui pourrait vous vouloir du mal ? N'importe qui ?

Il les observe tour à tour. Tous deux secouent de nouveau la tête, aussi perplexes l'un que l'autre.

— Je vous en prie, réfléchissez. Prenez votre temps. Il y a forcément une raison. Il y en a toujours une. Reste à trouver laquelle.

Marco paraît sur le point de parler, puis se ravise.

— Qu'y a-t-il ? le presse Rasbach. Ce n'est pas le moment de garder des choses pour vous.

— Tes parents, lâche finalement Marco en se tournant vers sa femme.

— Quoi, mes parents ? fait-elle avec surprise.

— Ils ont de l'argent.

— Et alors ?

Elle ne semble pas comprendre où il veut en venir.

— Beaucoup d'argent.

« Voilà, c'est parti », songe Rasbach.

Anne dévisage son mari d'un air abasourdi. Il est possible qu'elle soit une excellente actrice.

— Comment ça ? Tu ne penses quand même pas qu'on l'aurait kidnappée pour…

Rasbach ne les quitte pas du regard. Leur expression se modifie sous ses yeux.

— Ce serait positif, non ? enchaîne-t-elle en se tournant vers lui. Si c'est juste de l'argent qu'ils veulent, je vais pouvoir retrouver mon bébé ? Ils ne vont pas lui faire de mal ?

L'espoir qui naît dans sa voix est déchirant. Rasbach est presque convaincu qu'elle est complètement étrangère à l'affaire.

— Elle doit être terrifiée, dit encore Anne avant de s'effondrer en sanglots incontrôlables.

Rasbach voudrait la questionner sur ses parents. Chaque minute compte dans les cas d'enlèvement d'enfants. À la place il s'adresse à Marco.

— Qui sont ses parents ?

— Richard et Alice Dries. Richard est son beau-père, en fait.

Rasbach prend des notes dans son calepin.

Anne se ressaisit, elle peut de nouveau parler.

— Ils ont beaucoup de biens.

— Beaucoup comment ?

— Je ne sais pas au juste. Des millions.

— Pourriez-vous être un peu plus précise ?

— Je crois qu'ils pèsent quelque chose comme quinze millions. Mais ça ne se sait pas.

L'expression de Marco est absolument impénétrable.

— Je veux appeler ma mère, dit Anne.

Elle jette un coup d'œil à la pendule posée sur la cheminée, et Rasbach suit son regard. Il est 2 heures et quart du matin.

Anne a des rapports compliqués avec ses parents. Lorsque le couple se querelle à leur sujet, ce qui est fréquent, Marco affirme à son épouse que sa relation avec eux est tordue. C'est peut-être vrai, mais c'est comme ça. Elle a besoin d'eux. Elle fait de son mieux pour ménager la chèvre et le chou, or ce n'est pas facile.

Marco vient d'un milieu tout à fait différent. Sa famille à lui est nombreuse et chamailleuse. Ils crient joyeusement les uns contre les autres chaque fois qu'ils se voient, c'est-à-dire pas souvent. Ses parents ont émigré d'Italie avant sa naissance, et possèdent une affaire de blanchisserie et de confection. S'ils n'ont pas de fortune, ils gagnent leur vie. Ils ne s'impliquent pas trop dans l'existence de Marco, contrairement aux Dries, les riches parents d'Anne. Lui et ses quatre frères et sœurs ont rapidement dû apprendre à se débrouiller, poussés hors du nid comme ils l'ont été. Marco a mené sa vie seul – et comme il l'entendait – dès ses dix-huit ans. Il a financé lui-même ses études. Il voit ses parents de temps en temps, sans qu'ils prennent beaucoup de place dans son quotidien. Personne n'estimerait qu'il sort du ruisseau, sauf les Dries et leurs amis huppés du golf et du country club. Marco est issu de la classe moyenne, d'une famille de bons citoyens travailleurs, qui ont assez bien réussi, mais sans plus. Aucun des copains de fac ni des collègues d'Anne à la galerie d'art ne le considérerait comme une mauvaise fréquentation.

Seule la grande bourgeoisie peut le voir ainsi. Et la mère d'Anne appartient à ce milieu-là. Son mari, Richard Dries – le père d'Anne est mort quand celle-ci avait quatre ans –, a beau être un homme d'affaires prospère, c'est elle, Alice, qui possède des millions.

Les Dries apprécient leur fortune, leurs amis nantis. La maison dans un des plus beaux quartiers de la ville, l'affiliation au golf et au country club, les voitures de luxe et les vacances cinq étoiles. Ils ont envoyé Anne dans une institution pour jeunes filles, puis dans une bonne université. Plus il vieillit, plus Richard aime à prétendre qu'il a gagné tout cet argent, alors que ce n'est pas la vérité. Ça lui est monté à la tête. Il est devenu assez mégalo.

Quand Anne s'est « mise à la colle » avec Marco, ses parents ont réagi comme si c'était la fin du monde. À première vue, il avait tout du mauvais garçon typique. D'une beauté presque dangereuse – « la peau claire, pour un Italien » –, avec ses cheveux bruns, ses yeux ténébreux, et quelque chose de rebelle dans la silhouette, surtout quand il n'était pas rasé. Mais son regard s'allumait, chaleureux, dès qu'il se posait sur Anne, et il avait ce sourire à un million de dollars. Et sa manière de l'appeler « bébé »… elle ne résistait pas. Le jour où il s'est pointé à moto chez ses parents pour l'emmener dîner a été un moment clé dans sa vie de jeune adulte. Elle avait vingt-deux ans. Sa mère lui rebattait les oreilles à propos d'un gentil jeune homme, avocat, le fils d'un ami, qui souhaitait faire sa connaissance. Anne lui avait expliqué avec impatience qu'elle sortait déjà avec Marco.

« Oui, mais…

— Mais quoi ? l'avait coupée Anne en croisant les bras.

— Ça ne peut pas être sérieux », avait répondu sa mère.

Anne revoit encore son expression. Le désarroi, la gêne. Sa mère songeait au qu'en-dira-t-on. Se demandait comment elle allait expliquer à ses amis que sa fille fréquentait un jeune homme parti de rien, qui travaillait comme serveur à Little Italy et se déplaçait à motocyclette. Elle oubliait le diplôme de commerce qu'il avait décroché dans cette même université qui était jugée assez bonne pour sa fille. Les Dries ne voyaient pas à quel point faire le barman la nuit pour financer ses études était admirable. Peut-être que personne ne serait jamais assez bien pour leur petite fille.

Et puis – le comble –, Marco était donc arrivé un soir en pétaradant sur sa Ducati, et Anne, surgissant de la maison, s'était envolée droit dans ses bras, sous le regard d'Alice qui n'en perdait pas une miette derrière les rideaux. Il l'avait embrassée à pleine bouche, sans descendre de la moto, et lui avait tendu son deuxième casque. Elle avait enfourché l'engin et ils avaient démarré dans un rugissement de tonnerre en faisant gicler le gravillon de l'allée. À cet instant-là, elle avait décidé qu'elle était amoureuse.

Cependant on n'a pas vingt-deux ans toute la vie. On grandit. Les choses changent.

— Je veux appeler ma mère, répète Anne.

Il s'est produit tellement de choses… Y a-t-il vraiment moins d'une heure qu'ils sont rentrés chez eux pour trouver un berceau vide ?

Marco lui passe le téléphone, puis se rassoit sur le canapé, les bras croisés, l'air tendu.

Elle compose le numéro. Quelques sonneries, et sa mère décroche.

— Maman, bredouille Anne d'une voix étranglée par les larmes.

— Quoi ? Qu'est-ce qu'il y a ?

Elle finit par le dire.

— Cora a été enlevée.

— Oh ! mon Dieu.

— La police est là. Tu peux venir ?

— On arrive tout de suite, Anne. Tiens bon. Ton père et moi, on se met en route.

Anne raccroche. Ses parents vont venir. Ils l'ont toujours aidée, même quand ils étaient fâchés contre elle. Et ils vont l'être, fâchés, contre Marco et elle, mais surtout contre Marco. Ils adorent Cora, leur seul petit-enfant. Que penseront-ils en apprenant ce que son mari et elle ont fait ?

— Ils arrivent.

Elle regarde Marco, puis détourne la tête.

5

Marco se sent exclu ; une impression qui lui vient souvent en présence des parents d'Anne. Même en ce moment, alors que Cora a disparu, ils font comme s'il n'était pas là, et les trois Dries – sa femme perturbée, sa belle-mère toujours maîtresse d'elle-même, son beau-père autoritaire – retrouvent leur alliance habituelle. Parfois leur façon de l'ignorer est subtile, parfois non. D'un autre côté, il savait dans quoi il mettait les pieds quand il l'a épousée. Il pensait pouvoir s'en accommoder.

Debout dans un coin du salon, il observe Anne et se sent inutile. Elle est assise au milieu du canapé, consolée par sa mère. Son père, plus distant, le dos droit, lui tapote l'épaule. Personne ne regarde Marco. Personne ne lui offre le moindre réconfort, à lui. Il est de trop dans son propre foyer.

Le pire est que la situation le rend malade d'horreur. Tout ce qu'il veut, c'est sa petite Cora dans son berceau ; il voudrait que rien de tout cela ne se soit jamais produit.

Il perçoit les yeux de l'inspecteur posés sur sa personne. Rasbach est le seul qui s'intéresse à lui. Marco le snobe délibérément, même s'il a conscience que ce n'est pas très malin. Il sait qu'il est suspect. Depuis son arrivée, le flic n'a cessé de faire des insinuations dans ce sens. Marco a entendu les agents évoquer à mi-voix la venue de chiens détecteurs de cadavres. Il n'est pas idiot. S'ils font appel à eux, c'est parce qu'ils pensent que Cora était morte avant de quitter la maison. La police les soupçonne, Anne et lui, d'avoir tué leur propre enfant.

Qu'ils amènent les chiens : ça ne lui fait pas peur. La police voit peut-être cela tous les jours, des parents infanticides, mais lui ne ferait *jamais* de mal à sa petite fille. Cora est tout pour lui. Ces derniers mois, elle a été l'unique lumière dans sa vie, la seule source de joie fiable et constante, alors que tout s'écroulait peu à peu autour de lui et qu'Anne sombrait dans la confusion et la dépression. Il ne reconnaît pas sa femme. Où est passée la belle jeune femme attrayante qu'il a épousée ? Tout est parti à vau-l'eau. Mais Cora et lui sont restés joyeusement complices, tous les deux, patientant le temps que maman redevienne comme avant.

Les parents d'Anne vont le mépriser plus que jamais, désormais. Ils pardonneront vite à Anne – ils lui pardonneraient n'importe quoi, même d'abandonner leur bébé à un prédateur, même cela. Lui, ils ne le lui passeront jamais. Ils resteront stoïques face à l'adversité ; ils le sont toujours, contrairement à leur fille si émotive. Peut-être même qu'ils les sauveront, Anne et lui, de leurs propres erreurs. Ils adorent ça. Même en cet instant, Marco voit le père d'Anne regarder au loin, par-dessus les têtes de sa femme et de sa fille, le sourcil froncé, concentré sur le problème – le problème créé par Marco – et la manière de le résoudre. Comment relever le défi et en sortir victorieux. Et au passage, écraser Marco de sa supériorité, une fois de plus, quand ça compte vraiment.

Marco hait son beau-père. C'est réciproque.

Mais l'important est de récupérer la petite. C'est la seule chose qui compte. S'ils forment une famille compliquée et tordue, tous aiment Cora. Il lutte contre les larmes qui lui montent aux yeux.

L'inspecteur Rasbach prend note du climat glacial qui règne entre les parents d'Anne et leur gendre. Dans la plupart des cas, une situation de crise comme celle-ci fait tomber ces barrières, ne serait-ce que momentanément. Or ceci n'est pas une catastrophe ordinaire. Ici, un père et une mère ont laissé leur fillette seule à la maison, et celle-ci a été enlevée. En observant la famille blottie sur le canapé, il voit tout de suite que la fille adorée sera entièrement absoute par ses parents. Le mari fait un bouc émissaire idéal – lui seul sera blâmé, que ce soit mérité ou non. Et apparemment, il le sait.

Le beau-père d'Anne se lève et s'approche de Rasbach. Il est grand et large d'épaules, avec des cheveux courts, gris acier. Son assurance est presque agressive.

— Inspecteur ?

— Inspecteur Rasbach.

— Richard Dries, dit l'homme en lui tendant la main. Dites-moi ce que vous faites pour retrouver ma petite-fille.

L'homme parle bas, mais avec autorité ; il a l'habitude d'être aux commandes.

— Nous avons des agents qui procèdent à l'enquête de voisinage, ils interrogent tout le monde, à la recherche de témoins. Une équipe d'experts médico-légaux couvre la maison et la zone environnante. Le signalement de l'enfant est diffusé partout, au niveau local et national. Le public sera bientôt informé par les médias. Avec un peu de chance, nous verrons quelque chose sur une caméra de vidéosurveillance quelque part.

Un bref silence.

— Nous espérons trouver rapidement des pistes.

« Nous faisons tout notre possible. Cependant ce ne sera sans doute pas suffisant pour sauver votre petite-fille », songe Rasbach. Il sait d'expérience que, de manière générale, ces enquêtes avancent lentement si l'on ne découvre pas très tôt un indice significatif. La petite n'a pas beaucoup de temps, à supposer qu'elle soit encore en vie.

Dries se rapproche de lui, assez pour que Rasbach flaire son after-shave. Il jette un coup d'œil à sa fille par-dessus son épaule et demande à voix basse :

— Vous interrogez tous les pervers du coin ?

Rasbach soutient le regard de cet homme imposant. Le seul qui ait mis des mots sur l'inconcevable.

— Nous surveillons tous ceux que nous connaissons, mais il y a toujours ceux qui ne sont pas identifiés.

— Cette histoire va tuer ma fille, lui glisse Richard Dries entre ses dents, sans quitter Anne des yeux.

Rasbach se demande si ce dernier est au courant de la dépression post-partum. Ce n'est peut-être pas le moment de poser la question. Il se contente donc d'attendre un peu avant de reprendre la parole.

— D'après votre fille, vous êtes à la tête d'une fortune considérable, est-ce vrai ? continue l'inspecteur

Dries acquiesce.

— On peut dire ça.

Il tourne les yeux vers Marco, qui lui-même a le regard rivé sur Anne.

— Croyez-vous que ce puisse être un crime à motivation financière ? continue l'inspecteur.

L'homme paraît surpris, mais réfléchit.

— Je ne sais pas. Vous, vous croyez que c'est ça ?

Rasbach secoue très légèrement la tête.

— Nous n'en savons encore rien. C'est une possibilité.

Il laisse Dries examiner cette idée un instant.

— Y a-t-il quelqu'un, dans vos affaires peut-être, qui pourrait vous en vouloir ?

— Vous pensez qu'on a enlevé ma petite-fille pour régler des comptes avec moi ?

Il est visiblement choqué par cette suggestion.

— Je pose la question, c'est tout.

Richard Dries ne repousse pas d'emblée l'hypothèse. Soit il a un ego surdimensionné, songe Rasbach, soit il s'est réellement fait assez d'ennemis au fil des années pour envisager que ce soit possible. L'homme finit par secouer la tête.

— Non, je ne vois pas qui pourrait me faire ça. Je n'ai pas d'ennemis – du moins pas à ma connaissance.

— C'est peu probable, admet Rasbach, mais on a déjà vu plus étrange.

Puis il demande, comme en passant :

— Dans quelle branche êtes-vous, monsieur Dries ?

— Emballage et étiquetage.

Il fixe Rasbach droit dans les yeux.

— Il faut retrouver Cora, inspecteur. Je n'ai pas d'autres petits-enfants.

Puis il lui tape sur l'épaule.

— Tenez-moi au courant, je vous prie. Appelez-moi, à toute heure, ajoute-t-il en lui tendant sa carte. Je veux savoir ce qui se passe.

Un instant plus tard, Jennings s'approche de Rasbach pour lui parler à l'oreille.

— Les chiens sont là.

Rasbach approuve d'un signe et abandonne la famille prostrée dans le salon. Il s'avance dans la rue à la rencontre du maître-chien. Un fourgon de l'unité K-9 est garé devant. Il reconnaît le type, un flic compétent nommé Temple, avec qui il a déjà travaillé.

— Qu'est-ce qu'on a ? s'enquiert ce dernier.

— Un bébé disparu de son berceau peu après minuit.

Temple opine du chef, l'air sérieux. Personne n'aime les affaires de disparition d'enfants.

— Seulement six mois, donc pas mobile, ajoute Rasbach.

Ce n'est pas le cas classique du gosse qui se réveille au milieu de la nuit, sort dans la rue, se fatigue et va se cacher quelque part dans une cabane de jardin. Si c'était le cas, ils auraient fait venir des chiens formés à la détection de personnes, pour suivre la petite à la trace. Non, ce bébé a été porté hors de la maison.

Rasbach a réclamé les chiens détecteurs de cadavres pour leur faire déterminer si la petite était déjà morte, dans la maison ou dans la voiture. Un chien bien dressé peut détecter un décès – sur des surfaces, des vêtements – seulement deux ou trois heures après sa survenue. La biochimie du corps se modifie vite au moment du décès, mais pas instantanément. Si la fillette a été tuée et aussitôt déplacée, ils ne capteront rien, si en revanche on ne l'a pas bougée tout de suite… cela vaut la peine de tenter le coup. Rasbach sait que les informations apportées par les chiens ne sont pas des pièces à conviction ; elles ne servent à rien si elles ne sont pas corroborées par une preuve matérielle – un corps, par exemple. Mais tout indice est bon à prendre. Rasbach aime à utiliser tous les outils d'investigation possibles.

Temple hoche de nouveau la tête.

— Allons-y.

Il gagne l'arrière du fourgon, ouvre le hayon. Deux chiens en descendent, des english springer spaniels noir et blanc presque identiques. Temple les dirige à la voix et à la main. Ils ne sont pas tenus en laisse.

— Commençons par la voiture, suggère Rasbach.

Il les mène jusqu'à l'Audi des Conti. Les chiens, parfaitement obéissants, s'assoient aux pieds de Temple. Les experts médico-légaux sont déjà là. En voyant les bêtes, ils reculent en silence.

— C'est bon ? Je peux faire passer les chiens ? s'enquiert Rasbach.

— Oui, on a terminé, vous pouvez y aller.

— Allez ! dit Temple aux bêtes.

Ils se mettent au travail. Ils contournent l'auto en flairant partout avec le plus grand soin. Ils sautent dans le coffre, sur la banquette arrière, puis sur les sièges avant, et redescendent rapidement. Ils viennent s'asseoir à côté de leur maître et lèvent la truffe. Celui-ci leur donne une friandise, secoue la tête.

— Il n'y a rien.

— Essayons la maison.

Rasbach est soulagé. Il souhaite que le bébé soit encore en vie. Il espère se tromper à propos des parents. Il veut la retrouver, cette petite. Puis il se rappelle de ne pas être trop optimiste. Il lui faut rester objectif : il ne peut pas se permettre de s'investir émotionnellement dans ses enquêtes. Il n'y survivrait jamais.

Les chiens hument l'atmosphère en gravissant le perron, et pénètrent dans la maison. Une fois à l'intérieur, le maître les emmène à l'étage et ils commencent par la chambre de l'enfant.

6

Anne remue en voyant entrer les chiens, se dégage du bras de sa mère et se lève sur des jambes faibles. Sans un mot, elle regarde le maître monter avec ses deux bêtes.

Elle sent Marco s'approcher d'elle.

— Ils ont fait venir des chiens pour suivre sa piste, dit-elle. Dieu merci, on va peut-être enfin avancer.

La main de son mari se pose sur son bras, mais elle la repousse.

— Je veux voir.

L'inspecteur Rasbach l'arrête alors de sa paume levée.

— Il vaut mieux que vous restiez en bas pour laisser les chiens travailler, lui dit-il doucement.

— Vous voulez que je vous donne un vêtement de Cora ? Quelque chose qu'elle a porté récemment, qui n'a pas encore été lavé ? Je peux vous trouver ça dans la buanderie, en bas.

— Ce ne sont pas des chiens de recherche, intervient Marco.

Anne pivote vers lui.

— Quoi ?

— Ce ne sont pas des chiens de recherche. Ce sont des chiens détecteurs de cadavres.

Alors, elle comprend. Livide, elle se retourne vers le policier.

— Vous pensez que nous l'avons tuée !

Son éclat surprend tout le monde. Tous sont pétrifiés. Anne voit sa mère porter une main à sa bouche. Son père arbore une expression orageuse.

— C'est grotesque ! s'écrie soudain Richard Dries, la face rouge brique. Vous ne pouvez quand même pas soupçonner ma fille d'avoir fait du mal à son propre enfant !

L'inspecteur reste muet.

Anne pivote vers son père. Il l'a toujours défendue, d'aussi loin qu'elle s'en souvienne. Mais là, il ne peut plus faire grand-chose. Quelqu'un a enlevé Cora. C'est la première fois de sa vie, réalise-t-elle soudain, qu'elle voit son beau-père avoir peur. Peur pour Cora ? Ou peur pour elle ? Les flics croient-ils réellement qu'elle a tué son bébé ? Elle n'ose même pas jeter un coup d'œil à sa mère.

— Vous allez faire votre boulot et retrouver ma petite-fille ! lance Richard Dries à l'inspecteur.

Son attitude belliqueuse ne trompe personne : il essaie juste de masquer sa terreur.

Pendant un long moment, le silence règne. Tout le monde se tait. Ils écoutent le cliquetis des griffes sur le parquet, au-dessus de leurs têtes.

— Nous ferons tout ce qui est en notre pouvoir pour la retrouver, finit par lâcher Rasbach.

Anne a atteint un point de tension insupportable. Elle veut sa fille. Elle la veut saine et sauve, indemne. Elle ne tolère pas l'idée que son bébé souffre, qu'on lui fasse du mal. Sentant qu'elle risque de faire un malaise, elle se laisse retomber sur le canapé. Sa mère passe aussitôt un bras protecteur autour de ses épaules. La femme refuse désormais de regarder le policier.

Les chiens redescendent. Anne relève les yeux. Le maître-chien fait un signe négatif de la tête. Les bêtes entrent alors dans le salon, et Anne, Marco, Richard et

Alice Dries se tiennent parfaitement immobiles, comme pour ne pas attirer l'attention. Anne est figée sur le canapé pendant que les deux springers, la truffe en l'air ou collée aux tapis, inspectent la pièce. Puis ils s'approchent d'elle et la reniflent. Un policier, debout derrière elle, guette leurs réactions : il se tient prêt à arrêter le couple sur-le-champ si nécessaire. « Et si les chiens se mettent à aboyer ? » se demande-t-elle avec un vertige d'épouvante.

Tout se met à pencher. Anne sait bien que Marco et elle n'ont pas tué leur enfant. Mais elle est impuissante, effrayée, et les chiens peuvent sentir la peur.

Cela lui revient maintenant, alors qu'elle plonge dans leurs yeux presque humains. Les bêtes flairent son corps et ses vêtements – elle perçoit leur haleine, tiède et malodorante, et a un mouvement de recul. Elle retient sa respiration. Puis les chiens se détournent d'elle pour s'intéresser à ses parents, et ensuite à Marco, qui se tient un peu à l'écart, à côté de la cheminée. Anne se recroqueville sur le canapé, soulagée de voir que les bêtes semblent déclarer forfait dans le salon et la salle à manger, et se dirigent vers la cuisine. Elle entend leurs griffes sur le carrelage, puis les voilà dans l'escalier de derrière menant au sous-sol. Rasbach sort de la pièce pour les suivre.

La famille demeure dans le salon en attendant que ce soit terminé. Anne ne veut croiser le regard de personne, si bien qu'elle contemple la pendule sur la cheminée. À chaque minute qui passe, son espoir s'amenuise. Elle sent sa petite fille s'éloigner d'elle, peu à peu.

Elle entend s'ouvrir la porte de derrière, dans la cuisine. Elle imagine les chiens traversant le jardin, le garage, déboulant dans la ruelle. Ses yeux sont rivés sur la pendule de la cheminée ; pourtant, ce qu'elle voit, ce sont les chiens dans le garage, farfouillant parmi les pots de terre brisés et les râteaux rouillés. Assise toute droite, raide, elle attend, guette un aboiement. Elle attend et se ronge les sangs. Elle pense au détecteur de mouvement désactivé.

Enfin, Rasbach revient.

— Les chiens n'ont rien trouvé, annonce-t-il. C'est une bonne nouvelle.

Anne perçoit le soulagement de sa mère à côté d'elle.

— Bon, on peut se mettre sérieusement à la chercher, maintenant ? lance alors Richard Dries.

— Nous sommes tout ce qu'il y a de sérieux, croyez-moi, répond l'inspecteur.

— Et maintenant, qu'est-ce qui se passe ? intervient Marco avec une pointe d'amertume. Qu'est-ce qu'on peut faire ?

— Nous allons avoir beaucoup de questions à vous poser, à tous les deux, explique l'inspecteur. Vous savez peut-être quelque chose sans en avoir conscience, quelque chose d'utile.

Anne adresse une moue dubitative à Marco. *Que peuvent-ils savoir ?*

— Et il va falloir parler aux médias. Quelqu'un a peut-être vu quelque chose, ou verra peut-être quelque chose demain ou après-demain, et ne fera le lien que s'il a l'affaire juste en tête.

— D'accord, lâche Anne, laconique.

Elle est prête à tout pour retrouver sa fille, même si un face-à-face avec la presse la terrifie. Marco acquiesce également, aussi peu à l'aise. Anne songe un instant à ses cheveux aplatis, à ses yeux bouffis de larmes. Marco lui prend la main et la serre, fort.

— Et une récompense ? suggère alors le père d'Anne. On pourrait offrir une récompense pour toute information. Je fournirai les fonds. Si quelqu'un a vu quelque

chose et ne veut pas se faire connaître, une somme rondelette peut le faire réfléchir à deux fois.

— Merci, dit Marco.

Anne se contente de hocher la tête.

À ce moment-là, le portable de Rasbach sonne. C'est
l'inspecteur Jennings, parti faire du porte-à-porte dans
le voisinage.

— On tient peut-être quelque chose, indique-t-il.

Rasbach ressent une tension familière dans ses tripes
– il leur faut absolument une piste. Il sort d'un pas vif et,
en quelques minutes, atteint une maison située derrière
chez les Conti, de l'autre côté de la ruelle.

Jennings patiente devant. Il frappe de nouveau à la
porte, qui s'ouvre alors sur une femme d'une cinquantaine
d'années. Visiblement, elle a été tirée du lit. Elle est en
robe de chambre, les cheveux retenus en arrière par des
pinces. Jennings la présente : Paula Dempsey.

— Inspecteur Rasbach, dit ce dernier en lui montrant
son insigne.

Elle les fait entrer dans son salon, où son mari, lui aussi
réveillé, est assis dans un fauteuil, en pyjama, les cheveux
en désordre.

— Mme Dempsey a vu quelque chose qui pourrait être
important, explique Jennings. Répétez donc à l'inspecteur
Rasbach ce que vous m'avez dit. Ce que vous avez vu.

Elle s'humecte les lèvres.

— Bon. J'étais dans la salle de bains du haut. Je m'étais
levée pour prendre une aspirine, parce que j'avais jardiné
dans la journée et que j'avais des crampes dans les jambes.

Rasbach l'encourage d'un signe de tête.

— Avec cette chaleur, nous avions laissé la fenêtre
grande ouverte pour faire un courant d'air. Elle donne
sur la ruelle. La maison des Conti est derrière la nôtre,
deux numéros plus loin.

Rasbach approuve d'un nouveau hochement de tête ; il a pris note des positions relatives des deux habitations. Il écoute attentivement.

— J'ai regardé dehors par hasard. J'ai une vue dégagée sur la ruelle par cette fenêtre. J'y voyais bien, parce que je n'avais pas allumé dans la salle de bains.

— Et qu'avez-vous vu ?

— Une voiture. Une voiture qui passait dans la ruelle.

— Où était-elle, précisément ? Dans quel sens roulait-elle ?

— Elle descendait par ici, depuis chez les Conti. Elle a pu sortir de leur garage ou de n'importe quel autre : il doit y en avoir une dizaine dans cette rue.

— Qu'est-ce que c'était, comme modèle ? demande Rasbach en prenant son calepin.

— Aucune idée. Je ne connais rien aux voitures. Je regrette que mon mari ne l'ait pas vue, il vous aurait été plus utile.

Ce dernier a un geste d'impuissance sur le canapé.

— Bien sûr, je n'en ai rien pensé sur le moment, ajoute-t-elle.

— Pourriez-vous la décrire ?

— Plutôt petite, et de couleur sombre, je dirais. Ses phares étaient éteints : c'est pour ça que je l'ai remarquée. J'ai trouvé ça bizarre, qu'elle roule sans phares.

— Avez-vous aperçu le conducteur ?

— Non.

— Pouvez-vous me dire s'il y avait quelqu'un sur le siège passager ?

— Je ne crois pas, mais je ne pourrais pas en jurer. Je n'ai pas vu grand-chose, étant donné qu'il faisait nuit et que les phares étaient éteints. D'après moi, c'était peut-être une voiture électrique, ou une hybride, car elle était très silencieuse.

— Vous en êtes sûre ?

— Non, je n'en suis pas sûre. Cette ruelle est sonore et la voiture faisait très peu de bruit, mais c'est peut-être juste parce qu'elle roulait au pas.

— Et savez-vous à quelle heure ça s'est passé, tout ça ?

— J'ai regardé en me levant. J'ai un réveil à affichage digital sur ma table de nuit. Il était minuit trente-cinq.

— Vous en êtes absolument sûre ?

— Sûre et certaine.

— Pouvez-vous nous dire autre chose sur la voiture, un détail ? Était-ce une trois-portes ? Une cinq-portes ?

— Désolée, je n'en sais rien. Je n'ai pas remarqué. En tout cas elle était petite.

— J'aimerais jeter un coup d'œil par la fenêtre de la salle de bains, si ça ne vous dérange pas.

— Bien entendu.

Elle les fait monter jusqu'à la petite pièce, située à l'arrière de la maison. Rasbach regarde par la fenêtre ouverte. La vue est dégagée : il distingue clairement la ruelle. Le garage des Conti est visible à gauche, entouré de ruban de police jaune. Sa porte est encore ouverte. Quel dommage que la femme ne se soit pas levée deux minutes plus tôt : elle aurait peut-être vu la voiture sortir de chez les Conti, si c'était bien de là qu'elle venait. Si seulement Rasbach avait un témoin pour identifier un véhicule dans leur garage, ou en train d'en sortir, à 0 h 35… Cette voiture-ci pouvait aussi bien venir de plus loin dans la ruelle.

Après avoir remercié le couple et lui avoir laissé sa carte, Rasbach s'en va avec Jennings. Ils s'arrêtent sur le trottoir. Le ciel commence à pâlir.

— Qu'est-ce que tu en dis ? demande Jennings.

— Intéressant. Le timing. Et les phares éteints.

L'autre inspecteur acquiesce. Marco est allé voir le bébé à minuit et demi. Une voiture s'éloignait de son garage, tous feux éteints, à 0 h 35. Un complice possible.

Les parents viennent de devenir les principaux suspects.

— Envoie deux agents parler à tous ceux qui ont un garage donnant sur cette ruelle, ordonne Rasbach. Je veux savoir qui est passé par là à minuit trente-cinq. Et fais-les ratisser de nouveau les deux rues pour voir si quelqu'un d'autre regardait par sa fenêtre à cette heure-là et a repéré quelque chose.

— Très bien.

Anne se cramponne à la main de Marco. À l'idée d'affronter la presse, elle est au bord du vertige : elle a dû s'asseoir, mettre la tête entre ses genoux. Il est 7 heures du matin, Cora a été enlevée il y a quelques heures seulement. Une douzaine de journalistes attendent dans la rue. Anne est quelqu'un de pudique : ce type d'exposition médiatique est un cauchemar pour elle. Mais Marco et elle ont besoin que les médias s'intéressent à eux. Ils ont besoin que le visage de Cora soit affiché partout, dans les journaux, à la télé, sur Internet. On ne peut pas sortir un bébé d'une maison en pleine nuit sans que personne remarque quoi que ce soit. Le quartier est animé. Quelqu'un se présentera sûrement avec des renseignements. Ils sont obligés de se prêter à cela, même en sachant qu'ils vont être pris pour cible par une presse malfaisante, une fois que ce sera rendu public. Ils seront les parents qui ont abandonné leur enfant, qui l'ont laissée toute seule, encore bébé. Et maintenant, elle est entre les mains d'un fou. Ils sont le film de la semaine.

Ils se sont mis d'accord sur une déclaration, qu'ils ont rédigée sur la table basse avec l'aide de l'inspecteur Rasbach. Le texte ne révèle pas que le bébé était seul dans la maison au moment de l'enlèvement, pourtant Anne ne doute pas un instant que cela se saura. Quelque chose lui dit que, une fois que les médias auront envahi leur existence, cela n'aura pas de fin. Marco et elle n'auront plus de vie privée. Ils seront connus, leur figure fera la une des tabloïds au supermarché. Elle a peur et elle a honte.

Ils sortent sur le perron. L'inspecteur Rasbach est à côté d'Anne, Jennings à côté de Marco. Anne s'appuie sur le bras de son mari, comme si elle risquait de tomber. Ils ont convenu que ce serait lui qui lirait la déclaration – elle n'est tout simplement pas en état. Un coup de vent pourrait la renverser. Marco parcourt des yeux la troupe des journalistes, se recroqueville un peu, et baisse le regard vers le papier qui tremble entre ses mains. Les flashs crépitent.

Anne, sonnée, redresse la tête. La rue est pleine de reporters, de camionnettes, de caméras, de techniciens, de matériel, de câbles, de gens lourdement maquillés qui parlent dans un micro. Elle a déjà vu de telles scènes à la télévision, elle en connaît la dramaturgie. Là, c'est elle qui est dans le cadre. C'est irréel : il lui semble presque que cela n'arrive pas à elle, mais à quelqu'un d'autre. Elle se sent bizarre, désincarnée, comme si elle était à la fois sur le perron et en train d'observer la scène d'au-dessus.

Marco lève une main pour indiquer qu'il souhaite parler. Son public se tait.

— J'aimerais lire une déclaration, dit-il en bafouillant un peu.

— Plus fort ! crie quelqu'un sur le trottoir.

— Je vais lire une déclaration, annonce-t-il d'une voix sonore.

Puis il se lance, avec de plus en plus d'assurance.

— Tôt ce matin, entre minuit et demi et 1 heure et demie, notre magnifique petite fille, Cora, a été enlevée dans son berceau par un ou des inconnus.

Il se tait un instant pour reprendre ses esprits. Personne n'émet le moindre son.

— Elle est âgée de six mois. Elle est blonde aux yeux bleus, et pèse un peu plus de sept kilos. Elle porte une couche et un body rose pâle. Pas de signes particuliers. Une couverture blanche a également disparu de son berceau. Nous aimons Cora plus que tout au monde. Nous voulons la retrouver. Nous supplions celui qui la détient : pitié, ramenez-la-nous saine et sauve.

Marco relève les yeux de la page. Il pleure, maintenant, et doit s'arrêter pour chasser ses larmes avant de poursuivre sa lecture. Anne sanglote sans bruit à côté de lui, le regard perdu dans l'océan de visages.

— Nous ignorons totalement qui peut avoir kidnappé notre petite fille innocente. Nous vous demandons votre aide. Si vous savez quoi que ce soit, si vous avez vu quoi que ce soit, contactez la police. Nous avons la capacité d'offrir une récompense substantielle pour toute information qui nous aiderait à retrouver notre bébé. Merci.

Il se tourne vers Anne, et tous deux s'effondrent dans les bras l'un de l'autre sous une avalanche de flashs.

— De combien, la récompense ? crie quelqu'un.

7

Personne ne comprend comment on a pu rater ça, mais, peu après la conférence de presse devant chez les Conti, un agent s'approche de l'inspecteur Rasbach dans le salon : il tient un petit body rose pâle entre deux de ses doigts gantés. Tous les yeux – ceux de Rasbach, de Marco, d'Anne et de ses parents – se fixent immédiatement sur le morceau de tissu.

C'est Rasbach qui parle le premier.

— Où avez-vous trouvé ça ?

— Oh ! s'écrie Anne.

Tout le monde pivote vers elle. Elle est livide.

— Il était dans le panier à linge de la chambre d'enfant ? demande-t-elle en se levant.

— Non, dit l'agent. Sous le matelas de la table à langer. On est passés à côté tout à l'heure.

Rasbach est profondément contrarié. Comment une telle erreur a-t-elle été possible ?

Les joues d'Anne se colorent, elle semble perplexe.

— Pardon. J'ai dû oublier. Cora l'avait sur le dos en début de soirée. Je l'ai changée après sa dernière tétée, elle avait vomi. Je vais vous montrer.

Anne s'approche de l'agent et tend la main vers le body ; l'homme a un mouvement de recul.

— N'y touchez pas, je vous prie.

Elle se tourne alors vers Rasbach.

— Je lui ai enlevé celui-ci et je lui en ai enfilé un autre. Je croyais avoir mis celui-ci dans le panier à linge, au pied de la table à langer.

— Donc notre signalement est faux ?

— Oui, reconnaît Anne, penaude.

— Et elle était habillée comment, alors ?

Comme Anne hésite, il répète :

— Elle était habillée comment ?

— Je... je ne sais plus.

— Comment ça, vous ne savez plus ?

La voix de l'inspecteur est tranchante, à présent.

— Je ne sais pas. J'avais un peu bu. J'étais fatiguée. Il faisait noir. Je lui donne toujours sa dernière tétée dans le noir, pour qu'elle ne se réveille pas complètement. Elle avait eu un petit renvoi, et en changeant sa couche j'ai aussi changé son body, dans l'obscurité. J'ai jeté le rose au sale – du moins c'est ce que j'ai cru – et j'en ai pris un autre dans le tiroir. Elle en a plein. J'ignore de quelle couleur il était.

Anne se sent coupable. Mais il est clair que cet homme n'a jamais changé un bébé en pleine nuit.

— Et vous, vous savez ? demande Rasbach à Marco.

Marco ressemble à un chevreuil surpris dans les phares d'une voiture. Il fait non de la tête.

— Je n'ai pas remarqué le changement de vêtement. Je n'ai pas allumé quand je suis allé la voir.

— Je pourrais chercher dans son tiroir lequel est manquant, propose Anne, emplie de honte.

— Oui, faites ça, réplique Rasbach. Il nous faut un signalement juste.

Anne monte en courant et ouvre le tiroir de la commode où elle range les bodys et les petits pyjamas, les tee-shirts et les collants. Des fleurs, des pois, des abeilles, des lapins.

L'inspecteur et Marco, qui l'ont suivie, la regardent tout sortir en sanglotant, à genoux par terre. Mais elle ne se rappelle pas, elle ne trouve pas. Qu'est-ce qui manque ? Comment est habillée sa fille ?

Anne se retourne vers son mari.

— Peut-être en fouillant dans le linge sale en bas.

Il fait demi-tour et descend. Il remonte bientôt avec un panier plein de linge, qu'il renverse par terre dans la chambre. Quelqu'un a nettoyé le vomi au sol. Les vêtements de bébé sont mélangés avec les leurs ; Anne les repère un à un et les met à part.

Enfin, elle déclare :

— C'est le body vert menthe, avec un lapin brodé.

— Vous êtes sûre ? dit Rasbach.

— C'est forcément ça, répond Anne d'une voix misérable. C'est le seul qui manque.

L'expertise de la maison a révélé peu de chose dans les heures qui se sont écoulées depuis l'enlèvement de Cora. Aucune trace d'un individu non identifié dans la chambre de l'enfant, ni même dans la demeure tout entière. Pas l'ombre d'un indice, pas une empreinte, pas une fibre qui n'ait une explication innocente. On dirait que personne n'y a mis les pieds à part le couple lui-même, les parents d'Anne et la femme de ménage, une vieille Philippine que personne ne peut sérieusement imaginer dans le rôle d'une kidnappeuse. Ce qui n'empêche pas qu'elle-même et sa famille étendue fassent l'objet de contrôles minutieux.

À l'extérieur, en revanche, on a trouvé quelque chose. Il y a dans le garage des marques de pneus fraîches qui, à première vue, ne semblent pas correspondre à l'Audi des Conti. Rasbach ne leur en a pas encore fait part. Cette découverte, ajoutée au témoin qui a vu un véhicule passer dans la ruelle à 0 h 35, est la seule piste tangible dans cette enquête, pour l'instant.

— Il devait porter des gants, suggère Marco lorsque Rasbach déplore l'absence d'empreintes.

On est maintenant en milieu de matinée. Anne et Marco ont l'air au bout du rouleau. Lui, en plus, semble avoir la gueule de bois. Mais ils ne veulent pas entendre parler de se reposer. Les parents d'Anne ont été envoyés boire un café dans la cuisine pendant que l'inspecteur poursuit son interrogatoire. Celui-ci doit constamment répéter au jeune couple que tout est fait pour retrouver la petite, que ce n'est pas une perte de temps.

— Sans doute, approuve-t-il. Tout de même, on s'attendrait à découvrir des traces de pas, ou d'autres indices, dans la maison – et encore plus dehors, dans la terre ou l'herbe du jardin, ou dans le garage –, qui indiquent une présence étrangère.

— Sauf s'il est sorti par-devant, insiste Anne.

Elle sait ce qu'elle a vu : la porte était ouverte. Elle en est plus certaine que jamais, maintenant qu'elle a évacué tout l'alcool. Sa conviction, c'est que le ravisseur a emmené le bébé par la porte d'entrée, qu'il est passé directement des marches au trottoir, et que c'est pour ça qu'il n'y a pas de traces.

— Même si c'était le cas, il devrait y avoir quelque chose, raisonne Rasbach en prenant un air entendu. Nous avons interrogé tout le monde dans le voisinage. Personne ne dit avoir vu quelqu'un sortir par-devant avec un bébé.

— Ça ne veut pas dire que ce n'est pas arrivé, rétorque Marco, irrité.

— Vous n'avez trouvé personne qui ait vu quelqu'un l'emmener par-derrière non plus, ajoute sèchement Anne. Vous n'avez rien trouvé du tout.

— Il y a l'ampoule dévissée du détecteur de mouvement.

Rasbach marque une pause.

— Nous avons aussi des traces de pneus dans le garage qui ne correspondent pas à votre voiture.

Il attend que l'information soit assimilée.

— À votre connaissance, quelqu'un s'est-il servi de votre garage récemment ? Laissez-vous quelqu'un d'autre s'y garer ?

Marco regarde l'inspecteur, puis détourne vite les yeux.

— Non, pas que je sache.

Anne fait un signe négatif.

Tous deux sont stressés. Ce qui n'a rien d'étonnant, vu que Rasbach vient d'insinuer que, en l'absence de traces physiques d'une intrusion – notamment dans le jardin –, ce doit être l'un d'eux qui a sorti leur fille de la maison.

— Veuillez m'excuser, Anne, mais je dois vous questionner sur les cachets qui sont dans votre armoire à pharmacie. La sertraline.

— Eh bien, quoi ?

— Pouvez-vous me dire à quoi ils servent ? demande-t-il avec douceur.

— Je suis légèrement dépressive, déclare Anne. C'est mon médecin qui m'a prescrit ça.

— Votre médecin de famille ?

Elle a une hésitation, regarde Marco comme si elle ne savait pas quelle attitude adopter.

— Ma psychiatre.

— Je vois. Pouvez-vous me donner le nom de cette psychiatre ?

Un nouveau coup d'œil vers Marco.

— Le Dr Leslie Lumsden.

— Merci, murmure Rasbach en en prenant note dans son calepin.

— Beaucoup de mères font une dépression post-partum, inspecteur, ajoute Anne, sur la défensive. C'est très courant.

Rasbach a un hochement de tête neutre.

— Et le miroir de la salle de bains ? Pouvez-vous me dire ce qui lui est arrivé ?

Anne rougit violemment, et considère le policier avec embarras.

— C'est moi qui ai fait ça, reconnaît-elle. Quand, en rentrant, nous avons vu que Cora n'était plus là, j'ai donné un coup dedans.

Elle montre sa main bandée. Sa main que sa mère a lavée, désinfectée et pansée pour elle.

— J'étais dans tous mes états.

Rasbach hoche encore la tête, prend des notes.

D'après ce que les parents lui ont dit tout à l'heure, l'enfant a été vue pour la dernière fois par un témoin extérieur vers 14 heures le jour de l'enlèvement, quand Anne a fait un saut au Starbucks du coin pour acheter un café. Selon Anne, la petite était éveillée dans sa poussette, elle souriait et suçait ses doigts, et la serveuse lui a fait coucou de la main.

Rasbach s'est déjà rendu au Starbucks dans la matinée et s'est entretenu avec la même serveuse, qui par chance était de service. Elle se souvenait d'Anne et du bébé dans la poussette. Mais apparemment, personne d'autre ne peut confirmer que la petite était en vie après 14 heures vendredi, jour de sa disparition.

— Qu'avez-vous fait après votre passage au Starbucks hier ?

— Je suis revenue ici. Cora était grognon – comme souvent l'après-midi –, alors j'ai passé pas mal de temps à marcher dans la maison en la tenant dans mes bras. J'ai essayé de la mettre au lit pour qu'elle fasse la sieste, mais elle ne voulait pas dormir. Alors je l'ai reprise, je l'ai promenée dans la maison, dans le jardin.

— Et ensuite ?

— J'ai continué comme ça jusqu'au retour de Marco.

— À quelle heure ?

— Je suis rentré vers 17 heures, intervient Marco. J'étais parti du bureau un peu en avance, parce que c'était vendredi et qu'on avait prévu de sortir.

— Et ensuite ?

— J'ai pris Cora et j'ai envoyé Anne faire un somme en haut.

Marco s'adosse au canapé, frotte ses mains sur ses cuisses. Puis une de ses jambes s'agite nerveusement. Il ne tient pas en place.

— Vous avez des enfants, inspecteur ? demande Anne.

— Non.

— Donc vous ne pouvez pas savoir à quel point c'est épuisant.

— Non.

Rasbach change de position dans son fauteuil. Ils commencent tous à fatiguer.

— À quelle heure êtes-vous partis chez vos voisins ?

— Vers 19 heures, dit Marco.

— Et qu'avez-vous fait entre 17 et 19 heures ?

— Pourquoi cette question ? s'énerve Anne. Ce n'est pas une perte de temps ? Je croyais qu'on n'était plus suspects. Moi qui pensais que vous étiez là pour nous aider !

— Il faut que je sache tout ce qui s'est passé. Répondez le plus précisément possible, je vous prie, dit Rasbach avec calme.

Marco pose une main sur la cuisse de sa femme, comme pour la faire taire.

— J'ai joué avec Cora pendant qu'Anne dormait. Je lui ai donné un peu de céréales. Anne s'est réveillée vers 18 heures.

Celle-ci inspire à fond.

— Et ensuite, nous nous sommes disputés à propos de la soirée, lâche-t-elle.

Marco se raidit à côté d'elle. Rasbach ne la quitte pas des yeux.

— Disputés à propos de quoi ?

— La baby-sitter a annulé. Si elle ne nous avait pas fait faux bond, rien de tout ça ne serait arrivé, dit Anne comme si elle n'en prenait conscience qu'à cet instant.

Voilà qui est nouveau. Rasbach ignorait qu'une baby-sitter était prévue à l'origine.

— Et c'est maintenant que vous me dites ça ?

— On ne vous en a pas parlé ? s'étonne Anne.

— Qui est-ce, cette baby-sitter ?

— Une jeune fille, Katerina, répond Marco. C'est notre baby-sitter habituelle. Elle est élève en terminale. Elle vit à une centaine de mètres d'ici.

— Et c'est vous qui lui avez parlé ?

— Pardon ?

Marco ne semble pas très attentif. Peut-être que la fatigue le rattrape, pensa Rasbach.

— À quel moment a-t-elle annulé ?

— Elle a appelé vers 18 heures. Il était trop tard pour en chercher une autre.

— Qui lui a parlé au téléphone ?

Rasbach prend encore des notes dans son carnet.

— Moi, dit Marco.

— On aurait pu au moins essayer d'en trouver une autre, lâche Anne avec amertume.

— Sur le coup, je n'en ai pas vu la nécessité. Évidemment, maintenant…, admet Marco, la tête basse.

— Puis-je avoir son adresse ?

— Je vais vous la chercher, répond Anne, qui gagne la cuisine.

Pendant qu'ils attendent, Rasbach entend une conversation murmurée dans l'autre pièce : les parents d'Anne veulent savoir ce qui se passe.

— Sur quoi au juste a porté la dispute ? demande-t-il une fois qu'Anne est revenue et lui a transmis le nom et l'adresse de la baby-sitter.

— Je ne voulais pas laisser Cora seule à la maison, dit abruptement Anne. J'ai proposé de rester ici avec elle. Cynthia souhaitait qu'on vienne sans la petite parce que Cora chouine beaucoup. Elle avait envie d'une soirée entre adultes, c'est pourquoi nous avions réservé la jeune fille. Mais ensuite, quand celle-ci a annulé au dernier moment, Marco a trouvé que ça ne serait pas sympa d'amener la petite alors qu'on avait promis de venir seuls, et moi je ne voulais pas la laisser, d'où la dispute.

Rasbach se tourne vers Marco, qui acquiesce d'un air malheureux.

— Marco soutenait que, si on prenait le babyphone et qu'on allait la voir toutes les demi-heures, tout se passerait bien. « Il ne va rien lui arriver de mal », tu disais ! poursuit Anne en s'adressant à son mari, soudain pleine de fiel.

— J'avais tort ! Je suis désolé ! Tout est ma faute ! Combien de fois faudra-t-il que je te le répète ?

L'inspecteur Rasbach regarde le fossé entre eux deux s'agrandir. La tension qu'il avait détectée juste après la découverte de la disparition de leur fille a déjà donné naissance à autre chose : les reproches. Le front uni qu'ils présentaient dans les premières minutes, les premières heures de l'enquête commence à s'éroder. Comment pourrait-il en être autrement ? Leur bébé a disparu. Ils subissent une pression intense. La police est chez eux, la presse tambourine à leur porte. Rasbach sait que, s'il y a quoi que ce soit à découvrir ici, il le trouvera.

8

L'inspecteur Rasbach sort de chez les Conti pour aller rencontrer la baby-sitter et lui demander confirmation de leur récit. La matinée est déjà avancée et, tout en parcourant à pied la courte distance sous les arbres qui bordent les rues, il retourne l'affaire dans sa tête. Rien n'indique qu'un intrus ait pénétré dans la maison ou dans le jardin. Mais il y a des traces de pneus fraîches sur le sol en ciment du garage. Il soupçonne les parents, et voilà que tombe cette nouvelle à propos d'une baby-sitter.

Lorsqu'il parvient à l'adresse fournie par Anne, une femme à l'air désemparé vient lui ouvrir. On voit qu'elle a pleuré. Il lui montre son insigne.

— Je crois comprendre que Katerina Stavros habite ici.

La femme acquiesce.

— C'est votre fille ?

— Oui, dit la femme lorsqu'elle retrouve sa voix. Je suis navrée, le moment est mal choisi, mais je sais ce qui vous amène. Entrez, je vous en prie.

Rasbach pénètre directement dans un salon peuplé de femmes à la mine affligée. Trois dames entre deux âges et une adolescente, assises autour d'une table basse couverte de victuailles.

— Notre mère est morte hier, explique Mme Stavros. Mes sœurs et moi-même tâchons de prendre toutes les dispositions.

— Navré de vous déranger, mais c'est important, je le crains. Votre fille est-elle ici ?

En fait il l'a déjà repérée sur le canapé avec ses tantes : une gamine rondelette d'environ seize ans, dont la main s'immobilise au-dessus d'une assiette de brownies lorsqu'elle le voit entrer.

— Katerina, il y a un policier qui veut te voir.

La fille et ses tantes pivotent pour dévisager l'inspecteur. L'adolescente se met aussitôt à verser des larmes fraîches et sincères.

— C'est à propos de Cora ? dit-elle.

Rasbach fait oui de la tête.

— Je n'arrive pas à croire qu'on l'ait enlevée, déclare-t-elle en reposant les mains sur ses genoux, oubliant les brownies. Je suis super mal. Ma grand-mère est morte et j'ai dû annuler.

Immédiatement, les tantes font bloc autour d'elle tandis que sa mère s'assoit sur le bras du canapé à côté d'elle.

— À quelle heure as-tu appelé chez les Conti ? Tu t'en souviens ? demande gentiment Rasbach.

La jeune fille se remet à pleurer.

— Je ne sais pas.

Sa mère se tourne vers l'inspecteur.

— Il était environ 18 heures. Nous avons reçu un appel de l'hôpital vers cette heure-là nous demandant de venir, nous prévenant que c'était la fin. J'ai dit à Katerina d'annuler son baby-sitting et de nous suivre à l'hôpital.

Elle pose une main sur l'épaule de sa fille.

— Nous sommes bouleversés par ce qui arrive à Cora. Katerina l'aime beaucoup. Mais ce n'est pas sa faute, elle n'y est pour rien.

La mère tient à ce que ce soit bien clair pour tout le monde.

— Bien sûr, dit Rasbach avec effusion.

— Je n'en reviens pas qu'ils l'aient laissée seule à la maison, poursuit la femme. Comment peut-on faire une chose pareille ?

Ses sœurs secouent la tête avec réprobation.

— J'espère que vous la retrouverez et qu'elle ira bien, conclut-elle en regardant sa propre fille avec inquiétude.

— Nous allons faire notre possible, promet Rasbach en tournant les talons pour repartir. Merci beaucoup.

L'histoire des Conti est confirmée. L'enfant était presque certainement encore en vie à 18 heures, car, sinon, comment les parents auraient-ils géré l'arrivée d'une baby-sitter ? S'ils ont tué ou caché le bébé, cela a dû se produire après le coup de fil de Katerina. Soit avant 19 heures, lorsqu'ils sont partis chez les voisins, soit à un moment donné pendant le dîner. Ce qui veut dire qu'ils n'auraient sans doute pas eu le temps de se débarrasser du corps.

« Peut-être qu'ils disent la vérité, tout compte fait », songe Rasbach.

Maintenant que l'inspecteur n'est plus dans la maison, Anne respire un peu mieux. C'est comme s'il les guettait, attendant qu'ils commettent une erreur. Quel genre d'erreurs peut-il bien attendre ? Ils n'ont pas Cora. Si on avait retrouvé une trace physique de la présence d'un intrus, se dit-elle, il ne fondrait pas ainsi sur eux, à tort. Mais visiblement, le ravisseur de Cora a été très prudent.

À moins que les policiers ne soient incompétents, se dit Anne. Elle craint qu'ils n'aillent tout gâcher. L'enquête avance trop lentement. Chaque heure qui passe fait monter sa terreur d'un cran.

— Qui a bien pu l'enlever ? chuchote-t-elle à Marco une fois qu'ils sont seuls.

Elle a renvoyé ses parents chez eux pour l'instant, bien qu'ils aient exprimé le désir de s'installer dans la chambre d'amis. Anne a beau compter énormément sur eux, surtout quand elle a des soucis, elle les trouve trop stressants, et elle est bien assez nerveuse comme cela. De plus, leur présence rend toujours les choses plus difficiles avec Marco, qui semble déjà sur le point de craquer. Il a les cheveux en pétard et ne s'est pas rasé. Ils n'ont pas dormi de la nuit, et la moitié de la journée s'est écoulée. Anne est épuisée et sait qu'elle doit avoir aussi mauvaise mine que son mari, mais elle s'en fiche. Le sommeil n'est pas envisageable.

— Il faut qu'on réfléchisse, Marco ! Qui pourrait avoir enlevé Cora ?

— Je n'en sais rien, répond-il, impuissant.

Elle se lève pour faire les cent pas dans le salon.

— Je ne comprends pas pourquoi on n'a trouvé aucune trace d'un intrus. Ça n'a pas de sens. Tu trouves que ça en a un, toi ?

Elle cesse de marcher et ajoute :

— À part l'ampoule dévissée du détecteur de mouvement. Ça, c'est bien la preuve que quelqu'un est venu.

Marco redresse la tête.

— Les flics pensent qu'on l'a dévissée nous-mêmes.

— C'est ridicule !

Une note d'hystérie pointe dans sa voix.

— Ce n'est pas nous. Ça, on le sait, dit farouchement Marco.

Il frotte compulsivement ses mains sur son jean, une nouvelle manie.

— L'inspecteur a raison sur une chose : ça a l'air planifié. Ce n'est pas quelqu'un qui passait, qui a vu la porte ouverte et qui est entré pour l'enlever. Mais si c'est un enlèvement contre rançon, on ne devrait pas avoir de leurs nouvelles, à l'heure qu'il est ?

Il regarde sa montre.

— Presque 15 heures ! Ça fait déjà plus de douze heures qu'elle n'est plus là.

Sa voix se brise sur ces mots.

C'est aussi ce que pense Anne. Quelqu'un aurait dû les contacter, sûrement. Est-ce standard, dans les cas de kidnapping ? Quand elle a posé la question à l'inspecteur Rasbach, il lui a répondu : « Il n'y a pas de procédure standard dans les kidnappings. Chaque cas est unique. Si une rançon est exigée, la demande peut arriver au bout de quelques heures – ou de plusieurs jours. Mais en général, les ravisseurs n'ont pas envie de retenir la victime plus longtemps que nécessaire. Le risque augmente avec le temps. »

La police a installé un mouchard sur leur téléphone afin d'enregistrer toute conversation éventuelle avec un ravisseur. Jusqu'à présent, personne n'a appelé.

— Et si c'était quelqu'un qui connaît tes parents ? suggère Marco. Peut-être une relation à eux ?

— Tu aimerais que ce soit leur faute, hein ? rétorque Anne, qui s'est remise à marcher comme un fauve en cage, les bras croisés.

— Minute ! Je ne dis pas que c'est leur faute, mais réfléchis un instant ! Les seuls qui aient vraiment du pognon, ce sont tes parents. Donc, le ravisseur doit être quelqu'un qui les connaît, qui sait qu'ils sont friqués. Nous, on n'a pas le genre de fortune qui peut intéresser un kidnappeur.

— Peut-être qu'il faudrait aussi mettre leur téléphone sur écoute, dit Anne.

Marco relève les yeux vers elle.

— On devrait être plus créatifs au sujet de la récompense.

— Comment ça ? On a déjà proposé une récompense. Cinquante mille dollars.

— Oui, cinquante mille pour toute information nous aidant à retrouver Cora… En quoi ça va nous aider si personne n'a rien vu ? Si quelqu'un avait vu quelque chose, tu ne crois pas qu'il l'aurait déjà dit aux flics ?

Il attend que sa femme se pose la question.

— Il faut qu'on avance. Plus longtemps ils gardent Cora, plus il y a de risques qu'ils lui fassent du mal.

— Les flics croient que c'est moi, lâche soudain Anne. Ils pensent que c'est moi qui l'ai tuée.

Elle ouvre de grands yeux fous.

— À la manière dont cet inspecteur me regarde, je vois bien que son opinion est faite. Il doit juste être en train de se demander jusqu'où tu es mouillé avec moi !

Marco se lève d'un bond et tente de la prendre dans ses bras.

— Chhhut. Mais non, ils ne croient pas ça.

Or il craint que ce ne soit exactement le cas, en effet. Le baby blues, les antidépresseurs, la psychiatre. Il ne sait pas quoi dire pour l'apaiser. Il sent monter l'agitation de son épouse, et il voudrait éviter une crise.

— Et s'ils vont voir Lumsden ?

« Bien entendu qu'ils vont aller voir Lumsden », songe Marco. Comment Anne peut-elle s'imaginer qu'ils ne vont pas interroger sa psychiatre ?

— Ils iront sans doute, dit-il d'une voix délibérément calme, même détachée. Et alors ? Ça n'a pas d'importance. Car tu n'as rien à voir avec la disparition de Cora, et on le sait tous les deux.

— Mais elle va leur raconter des trucs, poursuit Anne, terrifiée.

— Non. Elle est médecin. Elle ne peut rien leur répéter de ce que tu lui as confié. C'est le secret médical. Ils ne peuvent en aucune façon obliger ton médecin à leur parler de vos conversations.

— Ouais. Tu as raison.

Anne inspire à fond. Et soudain, cela lui revient.

— Lumsden n'est pas là. Elle est en Europe pour quinze jours.

— C'est vrai, tu me l'avais dit.

Il pose les mains sur les épaules de sa femme et appuie fermement dessus, tout en rivant son regard au sien.

— Anne, je ne veux pas que tu t'inquiètes pour ça, déclare-t-il d'un ton résolu. Tu n'as rien à craindre. Rien à cacher. Bon, ils vont apprendre que tu as eu des problèmes de dépression, même avant la petite ? Et alors ? La moitié des gens sont dépressifs. Même ce foutu inspecteur, il doit être dépressif.

Il ne la lâche pas des yeux avant que sa respiration se soit calmée. Elle hoche la tête. Marco laisse retomber ses bras.

— L'important, c'est de retrouver Cora.

Il s'effondre sur le canapé, à bout de forces.

— Mais comment ?

— C'est ce que j'allais te dire, quand j'ai parlé de la récompense, précise Marco. Peut-être qu'on s'y prend à l'envers. On devrait peut-être essayer de traiter directement avec le ravisseur. Proposer beaucoup d'argent en échange de Cora, et voir s'il nous appelle.

Anne réfléchit une minute.

— Si un type l'a enlevée, pourquoi est-ce qu'il ne nous demande pas de rançon ?

— Je n'en sais rien ! Peut-être qu'il panique ! Ce qui me fout la trouille, parce que dans ce cas il risque de tuer Cora !

— Comment faire pour engager une négociation avec lui s'il ne nous contacte pas ?

Marco relève la tête.

— Par voie de presse.

Anne opine du chef, réfléchissant toujours.

— Tu crois qu'il faudrait combien, pour la récupérer ?

Marco a un geste d'impuissance.

— Aucune idée. On n'a qu'un essai, alors autant que ça en vaille la peine. Deux ou trois millions, peut-être ?

Anne ne cille même pas.

— Mes parents adorent Cora. Je suis sûre qu'ils paieront. Faisons-les revenir ici, et Rasbach aussi.

Rasbach se hâte de retourner chez les Conti après l'appel de Marco sur son portable.

Marco et Anne sont debout dans le salon. Ils ont les yeux mouillés de nouvelles larmes, mais affichent une expression déterminée. L'espace d'un court instant, Rasbach croit qu'ils vont passer aux aveux.

Anne guette ses parents à la fenêtre. Richard et Alice arrivent et traversent rapidement les haies de journalistes jusqu'au perron, en parvenant à garder leur dignité malgré le tohu-bohu qui les entoure. Anne les fait entrer en veillant à ne pas être aperçue derrière la porte.

— Qu'est-ce qui se passe ? demande Richard en regardant sa fille, puis l'inspecteur, d'un air alarmé. Vous l'avez retrouvée ?

Les yeux vifs d'Alice tâchent de tout embrasser d'un coup. Elle semble à la fois pleine d'espoir et terrifiée.

— Non, répond Anne. On a besoin de votre aide.

Rasbach observe la scène avec attention. Marco ne dit rien. C'est Anne qui parle, tournée vers ses parents, son mari à côté d'elle.

— Marco et moi pensons qu'il faudrait proposer directement de l'argent au ravisseur. Une somme substantielle. Si on propose assez et qu'on promet de ne pas lancer de poursuites, il va peut-être se décider à nous la rendre. Il faut qu'on fasse quelque chose, ajoute-t-elle d'un ton pitoyable. On ne peut pas rester les bras croisés à attendre qu'il la tue !

Ses yeux fouillent les traits de ses parents.

— On a besoin de votre aide.

Alice et Richard se consultent du regard, un bref instant. Puis Alice répond :

— Bien sûr, Anne. Nous ferions n'importe quoi pour retrouver Cora.

— Évidemment, renchérit Richard avec emphase.

— Combien vous faut-il ? s'enquiert Alice.

— Inspecteur Rasbach, qu'en pensez-vous ? demande Anne. Combien faut-il, à votre avis, pour décider quelqu'un à la rendre ?

Rasbach réfléchit avec soin avant de répondre. Lorsqu'on est innocent, c'est naturel d'avoir envie de jeter de l'argent, n'importe quelle somme, à la personne qui détient son enfant. Et cette famille paraît disposer de fonds presque illimités. Cela vaut sans aucun doute la peine d'essayer. Les parents ne sont peut-être pas impliqués du tout. Et le temps presse.

— Vous envisagiez quel genre de somme ?

Anne semble mal à l'aise, comme si cela la gênait de mettre un prix sur son bébé. Elle n'en a aucune idée, vraiment. Quel chiffre fixer, qui ne soit ni excessif, ni au contraire insuffisant ?

— Marco et moi, on pensait à deux millions, peut-être ? Ou plus ?

Son embarras est évident lorsqu'elle se tourne vers sa mère et son beau-père. Est-ce qu'elle exige trop ?

— Bien sûr, Anne, dit Alice. Tout ce qu'il faudra.

— Je vais avoir besoin d'un peu de temps pour rassembler la somme, précise Richard, mais on fera tout pour Cora. Et pour toi aussi, Anne. Tu le sais.

Anne, encore larmoyante, hoche la tête. Elle serre d'abord sa mère dans ses bras, puis s'en va enlacer aussi son père, qui lui rend son étreinte. Elle reste un moment ainsi, les épaules secouées par les sanglots.

Rasbach se dit fugacement qu'être riche facilite parfois les choses. Puis il observe Richard qui contemple, par-dessus la tête de sa fille, son gendre, lequel ne dit rien du tout.

9

Ils se mettent d'accord sur trois millions de dollars. C'est beaucoup d'argent, mais ce n'est pas cela qui va ruiner Richard et Alice Dries. Le couple a encore bien d'autres millions. Il peut se le permettre.

Moins de vingt-quatre heures après avoir signalé la disparition de leur fille, le samedi en début de soirée, Anne et Marco affrontent de nouveau les médias. Ils n'ont pas parlé à la presse depuis 7 heures ce matin. Pour la deuxième fois, ils ont soigneusement rédigé un message sur la table basse, avec l'aide de l'inspecteur Rasbach, puis ils sont sortis sur le perron pour le lire.

Ce coup-ci, Anne s'est changée. Elle a enfilé une robe noire, simple mais chic. Pas de bijoux, sauf une paire de perles aux oreilles. Elle s'est douchée, s'est lavé les cheveux, s'est même un peu maquillée, pour montrer qu'elle fait front avec courage. Marco aussi est douché, rasé et habillé de frais : chemise blanche et jean propre. Ils donnent l'image d'un couple de trentenaires bien sous tous rapports, soudainement frappés par la tragédie.

Lorsqu'ils apparaissent sur le petit perron, juste avant le journal de 18 heures, les appareils photo crépitent comme la première fois. L'intérêt pour l'affaire n'a cessé de monter au fil de la journée. Marco attend que le brouhaha se calme avant de s'adresser aux journalistes.

— Nous avons une nouvelle déclaration à faire, annonce-t-il d'une voix forte.

Il est interrompu avant même de pouvoir commencer.

— Comment expliquez-vous l'erreur dans l'habillement de l'enfant ? demande quelqu'un sur le trottoir en contrebas.

— Comment avez-vous pu vous tromper à ce point ?

Marco jette un coup d'œil à Rasbach, puis répond sans cacher sa contrariété.

— Il me semble que les forces de l'ordre ont déjà éclairci ce point tout à l'heure, mais je vais vous le redire.

Il inspire à fond.

— Nous avons couché Cora en début de soirée dans son body rose. Quand, à 23 heures, ma femme lui a donné une tétée, la petite a un peu vomi. Ma femme l'a changée et lui a mis un body vert menthe, dans le noir, et ensuite, bouleversés par sa disparition, nous avons oublié.

Le ton de Marco est glacial.

La meute des reporters accueille cette déclaration par un silence, le temps de la digérer. Avec scepticisme.

Marco profite de ce silence pour en revenir au texte préparé.

— Anne et moi aimons Cora de tout notre cœur. Nous sommes prêts à tout pour la retrouver. Nous supplions son ravisseur de nous la restituer. Nous sommes en mesure de lui proposer la somme de trois millions de dollars.

Un murmure parcourt l'assistance.

— Nous sommes en mesure de proposer trois millions de dollars à celui qui détient Cora. Je m'adresse directement à lui : appelez-nous, et nous discuterons. Je suis sûr que vous nous regardez en ce moment. Mettez-vous en rapport avec nous, et nous trouverons un moyen de vous faire parvenir l'argent si vous nous rendez notre fille saine et sauve.

Puis il relève la tête pour regarder les caméras bien en face.

— Je le dis au ravisseur : je vous promets qu'il n'y aura pas de poursuites. Tout ce que nous voulons, c'est notre fille.

Il s'est éloigné du scénario préparé, avec ce petit ajout, et l'inspecteur Rasbach hausse légèrement les sourcils.

— Ce sera tout.

Les flashs crépitent de nouveau furieusement lorsque Marco abaisse la feuille de papier qu'il tient à la main. Les journalistes l'assaillent de questions ; il leur tourne le dos et aide Anne à rentrer. Les deux inspecteurs les suivent à l'intérieur.

Rasbach sait que, quoi qu'en dise le message de Marco, le coupable n'est pas à l'abri des poursuites. Ce n'est pas aux parents d'en décider. Et le ravisseur en a conscience, sans aucun doute. S'il s'agit réellement d'un enlèvement contre rançon, le but est de faire parvenir l'argent entre les mains de celui qui détient l'enfant, et de la récupérer indemne, sans que personne aille paniquer et faire de bêtises. Mais un kidnapping est un crime grave, si bien que pour un ravisseur, si l'affaire tourne au vinaigre, la tentation de tuer la victime et de se débarrasser du corps pour éviter d'être pris est forte.

— Et maintenant, on attend, dit Rasbach une fois dans la maison.

Marco arrive enfin à convaincre Anne de monter essayer de se reposer. Elle a mangé un peu de soupe et des biscuits salés – c'est tout ce qu'elle a avalé de la journée. Elle a dû tirer son lait à heures fixes, se réfugiant dans la chambre de l'enfant, en haut, pour le faire dans l'intimité.

Mais le tire-lait n'est pas aussi efficace qu'une tétée, et maintenant elle a les seins engorgés, enflés, chauds au toucher et douloureux.

Avant d'essayer de dormir, il faut qu'elle tente encore de les purger. Elle s'assoit dans son fauteuil d'allaitement, et les larmes reviennent la submerger. Comment est-il possible qu'elle se trouve dans ce fauteuil et qu'au lieu d'admirer son bébé au sein, ouvrant et refermant ses petites mains et levant vers elle ses yeux bleus bordés de longs cils, elle soit en train de manœuvrer un tire-lait en plastique ? Le processus est long. D'abord un sein, puis l'autre.

Comment se fait-il qu'elle ne se rappelle pas avoir changé le body rose de sa fille ? Qu'a-t-elle oublié d'autre à propos de la nuit ? C'est le choc, sûrement. C'est tout.

Enfin, elle a terminé. Elle se rajuste, se lève et se dirige vers la salle de bains, en haut de l'escalier. En jetant le lait dans le lavabo, elle se regarde dans le miroir fracassé.

Rasbach rejoint à pied, à quelques rues de chez les Conti, une artère bordée de boutiques de mode, de galeries d'art et de restaurants. Encore une chaude et lourde soirée d'été. Il s'arrête le temps de prendre un bref repas en solitaire et de passer en revue tout ce qu'il sait. La baby-sitter a annulé par surprise à 18 heures – il doit supposer que le bébé était encore en vie à ce moment-là. Les Conti étaient chez les voisins à 19 heures, ce qui ne leur laissait probablement pas le temps de tuer et faire disparaître la petite entre l'appel de Katerina et le départ pour la maison d'à côté. De plus, il semble que personne ne les ait vus sortir de chez eux entre 18 et 19 heures, avec ou sans bébé.

Marco et Anne affirment tous deux que Marco est allé voir Cora – en passant par la porte de derrière – à minuit et demi. Marco prétend que le détecteur de mouvement fonctionnait à ce moment-là. Les experts en scènes de crime ont découvert dans le garage des traces de pneus fraîches qui ne correspondent pas à la voiture des Conti. Paula Dempsey a vu un véhicule aux phares éteints avancer sans bruit dans la ruelle en s'éloignant de chez les Conti à 0 h 35. L'ampoule du détecteur de mouvement avait apparemment été dévissée.

Ce qui veut dire que soit le ravisseur est passé après minuit et demi – entre le moment où Marco est allé voir le nourrisson et le retour du couple à la maison –, et la voiture qu'a vue Paula Dempsey n'a aucun rapport avec l'affaire, soit Marco a menti et c'est lui qui a dévissé l'ampoule et porté le bébé jusqu'à la voiture qui l'attendait. Cette petite n'a pas pu voler jusqu'au garage. Quelqu'un l'a portée dans ses bras, or, les seules empreintes relevées dans le jardin appartiennent à Marco et à Anne. Le conducteur, ou le complice, s'il y en a eu un, n'a jamais dû descendre de voiture. Ensuite, Marco a regagné la fête et tranquillement fumé une cigarette dehors en flirtant avec la femme du voisin.

Il reste un problème : la baby-sitter. Marco ne pouvait pas prévoir qu'elle allait annuler. Le fait qu'il aurait dû y avoir une jeune fille sur les lieux met à mal l'hypothèse d'un enlèvement soigneusement préparé contre rançon.

Mais… il s'agit peut-être de quelque chose de plus spontané.

Le mari ou la femme auraient-ils tué le bébé par accident, dans un accès de colère peut-être, soit entre 18 et 19 heures – peut-être au cours de la dispute –, soit lors d'une des visites à la petite, au cours de la nuit ? S'il était arrivé quelque chose dans ce goût-là, auraient-ils pu s'arranger à toute vitesse pour que quelqu'un vienne les aider à se débarrasser du cadavre aux petites heures du matin ?

Ça l'embête, cette histoire de body rose. La mère a dit l'avoir jeté dans le panier à linge à côté de la table à langer. Pourtant, on l'a trouvé sous le matelas de la table en question. Pourquoi ? Elle avait peut-être bu au point de ne plus savoir ce qu'elle faisait. Si elle était assez ivre pour croire qu'elle avait mis le body au panier alors que ce n'était pas le cas, l'était-elle assez pour avoir laissé tomber la petite ? Peut-être qu'elle l'a lâchée, que la fillette s'est cogné la tête et a succombé. Ou qu'elle l'a étouffée avec un oreiller. Si c'est bien le cas, comment les parents ont-ils pu s'organiser pour que quelqu'un passe prendre le petit corps si vite ? Qui ont-ils appelé ?

Il faut qu'il découvre l'éventuel complice. Il va se procurer leurs relevés téléphoniques – ceux du fixe et des portables –, et découvrir si l'un d'eux a essayé de joindre quelqu'un entre 18 heures et 0 h 30.

Si le bébé n'a pas été tué, par accident ou délibérément, par un des parents, alors pourquoi simuler un enlèvement ?

Cela, Rasbach peut le deviner. Il y a trois millions de dollars à la clé. Peut-être plus. Une motivation suffisante pour presque n'importe qui. La facilité avec laquelle les grands-parents ont proposé l'argent aux parents en détresse en dit long.

Rasbach en saura bientôt autant qu'il est possible d'en savoir sur Anne et Marco Conti.

À présent, il est temps d'interroger les voisins.

10

Rasbach passe prendre Jennings chez les Conti. En arrivant chez les voisins, suivis par des journalistes, les deux inspecteurs découvrent que le mari, Graham Stillwell, est absent.

Rasbach a déjà fait connaissance avec le couple, rapidement, au milieu de la nuit, lorsque la disparition de l'enfant a été signalée. La nouvelle a laissé Cynthia et Graham Stillwell sans voix. Sur le moment, Rasbach a concentré son attention sur le jardin, la clôture et le passage entre les deux maisons. À présent, il veut s'entretenir avec Cynthia, l'hôtesse du dîner, pour voir quelle lumière elle peut jeter sur le couple d'à côté et sur les événements de la soirée et du petit matin.

C'est une très belle femme. La petite trentaine, longs cheveux noirs, grands yeux bleus. Une silhouette à arrêter la circulation. Elle est pleinement consciente de son pouvoir de séduction, aussi. Elle porte un chemisier très décolleté, un pantalon de lin à la coupe flatteuse et des sandales à talons hauts. Elle est parfaitement maquillée, bien que le bébé de ses invités ait été enlevé la veille au soir. Mais sous le maquillage impeccable, on devine la fatigue.

— Vous avez trouvé quelque chose ? demande-t-elle après les avoir fait entrer.

Rasbach est frappé par les similitudes avec l'habitation adjacente. La disposition est la même, et l'escalier en bois sculpté qui s'arrondit vers l'étage, la cheminée en marbre et la fenêtre sur rue sont identiques. Pourtant, chaque demeure porte l'empreinte unique de ses occupants. Celle des Conti est décorée dans des tons discrets, et emplie d'antiquités et de tableaux ; celle des Stillwell comprend des sièges plus modernes – en cuir blanc –, des tables en verre et chrome, des touches de couleurs vives.

Cynthia s'installe dans le fauteuil devant la cheminée et croise les jambes avec élégance, balançant un pied en sandale, aux ongles parfaitement vernis de rouge écarlate.

Rasbach esquisse un sourire de regret tandis que Jennings et lui prennent place sur le canapé design en cuir.

— Désolé, il ne nous est pas possible de vous donner des détails, dit-il.

La femme en face de lui semble nerveuse. Il veut la mettre à l'aise.

— Que faites-vous dans la vie, madame Stillwell ?

— Je suis photographe. En free-lance, pour l'essentiel.

— Je vois.

Il regarde les murs, où sont affichées plusieurs photos en noir et blanc joliment encadrées.

— C'est de vous ?

— Eh bien, oui, répond-elle en faisant un petit sourire.

— C'est terrible, l'enlèvement de ce bébé. Ça doit être très perturbant pour vous.

— Je n'arrête pas d'y penser, confie-t-elle avec une détresse évidente, avant de froncer les sourcils. Vous vous rendez compte, ils étaient ici quand ça s'est produit. On était tous là à s'amuser, insouciants. Je me sens très mal.

Elle passe la langue sur ses lèvres.

— Pouvez-vous me parler de la soirée ? Racontez-moi ça avec vos mots à vous.

Elle prend une grande inspiration.

— D'accord. J'avais prévu de fêter les quarante ans de Graham. Il voulait quelque chose de simple, en petit comité. J'ai donc invité Marco et Anne parce qu'il nous arrive de dîner ensemble et que nous sommes tous amis. Nous le faisions souvent avant le bébé, et beaucoup moins ensuite. On ne les avait pas vus depuis un bon moment.

— Leur avez-vous suggéré de laisser la petite chez eux ?

Elle rougit.

— Je ne savais pas qu'ils la laisseraient sans baby-sitter.

— D'après ce que j'ai compris, ils en avaient prévu une ; elle a annulé au dernier moment.

Cynthia hoche la tête.

— C'est ça. Mais je ne leur aurais jamais interdit de venir avec le bébé en cas de problème de garde. Ils sont arrivés avec le babyphone en disant que la jeune fille avait annulé, mais qu'ils allaient écouter à distance et aller voir régulièrement si tout se passait bien.

— Et qu'en avez-vous pensé ?

— Ce que j'en ai pensé, moi ? répète-t-elle, étonnée. Rien de spécial. Je n'ai pas d'enfants. J'ai supposé qu'ils savaient ce qu'ils faisaient. Ça n'avait pas l'air de poser de problème. J'étais trop occupée à préparer le dîner pour y réfléchir plus que ça. Pour être honnête, ajoute-t-elle, vu qu'ils se relayaient toutes les demi-heures pour aller vérifier, ç'aurait été plus simple qu'ils l'amènent.

Elle marque une pause.

— D'un autre côté, c'est un bébé assez agité.

— Et Anne et Marco... vous dites qu'ils allaient la voir toutes les demi-heures ?

— Oh ! oui. Ils étaient intraitables là-dessus. Les parents parfaits.

— Combien de temps s'absentaient-ils ?

— C'était variable.

— Mais encore ?

Elle rejette ses cheveux noirs par-dessus son épaule et redresse son dos.

— Eh bien, quand c'était Marco qui y allait, c'était vite fait. Genre cinq minutes, même pas. Anne, elle, restait plus longtemps. Je me rappelle qu'à un moment j'ai plaisanté avec Marco sur le fait qu'elle n'allait peut-être pas revenir.

Rasbach se penche légèrement en avant et la regarde droit dans les yeux.

— À quel moment ?

— Vers 23 heures, je crois. Elle est restée là-bas un bon bout de temps. À son retour, je lui ai demandé si tout allait bien. Elle m'a dit que oui, qu'elle avait donné une tétée.

Cynthia hoche fermement la tête.

— C'est ça, c'était bien à 23 heures, parce qu'elle m'a expliqué qu'elle donnait toujours le sein à cette heure-là et qu'ensuite la petite dormait jusqu'à 5 heures.

Cynthia paraît soudain un peu incertaine, et ajoute :

— À son retour cette fois-là, on aurait dit qu'elle avait pleuré.

— Pleuré ? Vous êtes sûre ?

— C'est l'impression que j'ai eue. Elle s'était remaquillée après, je pense. Marco l'a dévisagée d'un air inquiet. Je me rappelle avoir songé que cela devait être pénible de devoir se préoccuper d'elle en permanence.

— Et pourquoi était-il inquiet, à votre avis ?

Elle hausse les épaules.

— Anne a des sautes d'humeur. À mon sens, elle trouve la maternité plus difficile que prévu.

Elle rougit, comprenant que ses propos peuvent être ennuyeux pour Anne, étant donné les circonstances.

— Je veux dire que l'expérience l'a changée.

— Changée comment ?

Cynthia inspire profondément et se cale mieux dans son fauteuil.

— Anne et moi étions plus proches, avant. On prenait des cafés ensemble, on allait faire du shopping, on bavardait. On avait beaucoup en commun. Je suis photographe et elle travaillait dans une galerie en ville. Elle est passionnée d'art abstrait – ou du moins elle l'était. Très douée dans son boulot : bonne acheteuse, bonne vendeuse. Elle avait l'œil pour la qualité et pour ce qui se vend.

Elle se tait, perdue dans ses souvenirs.

— Oui… ?

— Ensuite, elle est tombée enceinte, et on aurait dit qu'elle ne pensait plus qu'aux bébés. Point de vue shopping, pareil : rien que des affaires de bébé.

Cynthia a un petit rire.

— Désolée, mais ça m'a barbée, à la longue. D'après moi, elle a été vexée que je ne m'intéresse pas à sa grossesse. On partageait moins de choses. Ensuite, quand la petite est née, elle n'a plus eu le temps pour rien d'autre. Je comprends ça, elle était épuisée, mais elle est devenue moins intéressante, si vous voyez ce que je veux dire.

Cynthia croise ses longues jambes dans l'autre sens.

— J'estime qu'elle aurait dû reprendre le travail au bout de quelques mois. Elle ne voulait pas, elle se sentait obligée d'être la mère parfaite, je crois.

— Et Marco, il a beaucoup changé depuis l'arrivée du bébé ?

Elle incline la tête, réfléchit.

— Pas vraiment, non. Il faut dire qu'on ne l'a pas beaucoup vu. Il m'a l'air pareil, mais je pense qu'Anne le plombe un peu. Il aime toujours s'amuser, lui.

— Anne et Marco ont-ils eu des conversations en privé après qu'elle est allée voir la petite ?

— Comment ça ?

— Votre mari et vous, les avez-vous laissés seuls pour aller par exemple ranger la vaisselle dans la cuisine, à un moment de la soirée ? Se sont-ils isolés tous les deux dans un coin, quelque chose dans le genre ?

— Je ne sais pas. Je ne crois pas. Marco a passé l'essentiel de son temps avec moi, parce qu'on voyait bien qu'Anne n'était pas d'humeur très joyeuse.

— Donc, vous ne vous rappelez pas les avoir vus discuter entre eux, à aucun moment ?

— Non, pourquoi ?

Rasbach ignore la question.

— Décrivez-moi le reste de la soirée, si ça ne vous ennuie pas.

— On l'a passée principalement dans la salle à manger, parce qu'elle est climatisée et qu'il faisait très chaud. Marco et moi avons assuré le plus gros de la conversation. Mon mari est assez réservé, c'est plutôt un intello. Anne et lui se ressemblent, de ce côté-là. Ils vont bien ensemble.

— Et Marco et vous, vous allez bien ensemble ?

— Marco et moi sommes plus extravertis, c'est certain. Je distrais mon mari, et Marco distrait Anne. Les opposés s'attirent, j'imagine.

Rasbach attend, laissant le silence emplir la pièce. Puis il pose une nouvelle question :

— Quand Anne est revenue après la tétée de 23 heures, mis à part le fait qu'elle semblait avoir pleuré, vous a-t-elle paru différente d'une manière ou d'une autre ?

— Non, je n'ai pas remarqué. Elle avait juste l'air fatiguée – mais elle est toujours comme ça, ces temps-ci.

— Qui est allé voir la petite la fois suivante ?

Cynthia réfléchit.

— Eh bien, Anne est revenue vers 23 h 30, je crois ; du coup, Marco ne s'est pas déplacé. Lui y allait à la demie, et elle aux heures pile – c'était ce qu'ils avaient convenu ensemble. Donc, Anne y est retournée à minuit, et ensuite Marco à minuit et demi.

— Combien de temps est-elle restée quand elle y est allée à minuit ?

— Oh ! pas longtemps, deux minutes.

— Et ensuite Marco y est allé à minuit et demi.

— Oui. J'étais dans la cuisine, en train de ranger un peu. Il est sorti par-derrière en disant qu'il faisait un saut pour voir la petite et qu'il revenait tout de suite. Il m'a fait un clin d'œil.

— Un clin d'œil ?

— Oui. Il avait un coup dans le nez. Comme nous tous.

— Et combien de temps s'est-il absenté ?

— Pas longtemps non plus, deux ou trois minutes. Peut-être cinq.

— Quand il est revenu, on est sortis fumer une cigarette sur la terrasse.

— Rien que vous deux ?

— Oui.

— De quoi avez-vous parlé ?

Rasbach se souvient que Marco a rougi en mentionnant la cigarette avec Cynthia, il se rappelle combien Anne était furieuse que son mari ait flirté avec la femme assise en cet instant devant lui.

— De pas grand-chose, répond Cynthia. Il m'a allumé une cigarette.

Rasbach attend, sans rien dire.

— Il a commencé à me caresser les cuisses. Je portais une robe fendue.

Elle paraît gênée.

— Ce n'est pas bien intéressant, si ? Quel rapport avec l'enlèvement du bébé ?

— Dites-moi juste ce qui s'est passé, si vous voulez bien.

— Il me caressait les cuisses. Et puis il s'est excité et m'a attirée sur ses genoux. Il m'a embrassée.

— Continuez, dit Rasbach.

— Eh bien… il s'est pas mal échauffé. Nous nous sommes un peu emportés. Il faisait noir, et nous avions bu.

— Et combien de temps cela a-t-il duré ?

— Je ne sais pas, quelques minutes.

— Vous n'aviez pas peur que votre mari ou Anne vous surprenne en pleins… ébats ?

— Pour être franche, je crois que nous n'avions pas les idées très claires. Comme je vous l'ai dit, nous étions pompettes.

— Et donc, personne ne vous a surpris.

— Non, j'ai fini par le repousser, mais gentiment. Ça n'a pas été facile, parce qu'il en voulait. Il était… insistant.

— Vous êtes amants, Marco et vous ? demande brusquement Rasbach.

— Hein ? Non ! Rien de ce genre entre nous. J'ai pensé que c'était juste un peu de flirt innocent. Il ne m'avait jamais touchée. Nous avions trop bu.

— Une fois que vous l'avez repoussé, que s'est-il passé ?

— Nous avons rajusté nos vêtements et nous sommes rentrés.

— Quelle heure était-il, à ce moment-là ?

— Presque 1 heure, il me semble. Anne avait envie de partir. Elle n'était pas contente que Marco soit resté avec moi sur la terrasse.

« Tu m'étonnes », songe Rasbach.

— Êtes-vous sortie sur la terrasse plus tôt dans la soirée ?

— Non, pourquoi ?

— Je me demande si vous avez eu l'occasion de remarquer si le détecteur de mouvement s'allumait les autres fois où Marco est rentré chez lui ?

— Ah ! Aucune idée. Je ne l'ai pas vu aller là-bas.

— En dehors de vous et de votre mari, et de Marco et Anne, bien sûr, savez-vous si quelqu'un était au courant que le bébé était seul à côté ?

— Pas à ma connaissance.

Elle hausse ses belles épaules.

— Qui aurait pu le savoir ?

— Avez-vous autre chose à ajouter, madame Stillwell ? N'importe quel détail.

Elle secoue la tête.

— Désolée, ça me paraît tout. C'était juste une soirée normale, pour moi. Comment imaginer qu'une chose pareille allait se produire ? Je regrette qu'ils n'aient pas amené la petite avec eux.

— Merci beaucoup.

Rasbach se lève pour partir. Jennings fait de même à côté de lui. Rasbach tend sa carte à Cynthia.

— Si quelque chose vous revient, quoi que ce soit, n'hésitez pas à m'appeler.

— Bien sûr.

Rasbach regarde par la fenêtre. Les journalistes traînent devant en attendant que les policiers sortent.

— Ça ne vous dérange pas si on s'éclipse par-derrière ?

— Pas du tout. Le garage est ouvert.

Les inspecteurs sortent par la porte-fenêtre de la cuisine, traversent le jardin et le garage des Stillwell. Ils s'arrêtent dans la ruelle, invisibles depuis la rue.

Jennings jette un coup d'œil oblique à Rasbach et hausse les sourcils.

— Tu la crois ? lui demande Rasbach.

— À propos de quoi, au juste ?

Tous deux parlent à voix basse.

— Du pelotage sur la terrasse.

— Sais pas. Pourquoi elle mentirait ? Et puis il faut reconnaître qu'elle est tentante.

— Les gens mentent tout le temps, d'après mon expérience, dit Rasbach.

— Tu penses qu'elle mentait, toi ?

— Non. Mais il y a quelque chose qui cloche chez elle, et je ne sais pas quoi. Elle avait l'air mal à l'aise, comme si elle ne racontait pas tout. La question, à supposer qu'elle dise la vérité, c'est pourquoi Marco lui a sauté dessus juste après minuit et demi. A-t-il pu le faire parce qu'il ne se doutait pas que son bébé était en train de se faire enlever, ou l'a-t-il fait parce qu'il venait d'amener la petite à un complice et qu'il voulait jouer l'insouciance ?

— Ou alors, c'est un psychopathe. Peut-être qu'il a refilé le bébé à un complice et que ça ne le perturbait pas du tout.

Rasbach secoue la tête.

— Ça m'étonnerait.

Quasiment tous les psychopathes que Rasbach a croisés dans sa vie – et dans sa branche, il en a vu quelques-uns – donnaient une impression d'assurance, voire de mégalomanie. Marco, lui, semble être sur le point de craquer.

11

Anne et Marco attendent dans le salon à côté du téléphone. Si le ravisseur appelle, Rasbach – ou, s'il n'est pas là, un autre policier – sera sur place pour guider Marco dans ses réponses. Cependant, aucun kidnappeur n'appelle. Des parents et des amis se sont manifestés, des journalistes, des plaisantins, mais personne qui dise avoir enlevé Cora.

C'est Marco qui décroche à chaque fois. Si le coup de fil tant espéré arrive, c'est lui qui parlera. Anne ne pense pas pouvoir conserver son calme ; personne ne l'en croit capable. Les policiers ne comptent pas sur elle pour garder la tête froide et suivre des instructions. Elle est trop émotive, frisant l'hystérie par moments. Marco est plus rationnel, bien que clairement fébrile.

Vers 22 heures, le téléphone sonne. Marco soulève le combiné. Tout le monde voit que sa main tremble.

— Allô ?

Au bout du fil, on n'entend qu'une respiration.

— Allô ? répète Marco, plus fort, ses yeux filant vers Rasbach. Qui est-ce ?

On raccroche.

— Qu'est-ce que j'ai fait de mal ? demande Marco, paniqué.

L'inspecteur est aussitôt à ses côtés.

— Rien, ça n'a rien à voir avec vous.

Marco se lève et arpente la pièce.

— Si c'est le ravisseur, il rappellera, affirme Rasbach d'un ton égal. Lui aussi, il a peur.

Le policier observe Marco. Celui-ci est visiblement agité, ce qui est bien compréhensible. Si c'est un numéro d'acteur, il est vraiment très fort, songe Rasbach. Anne pleure sans bruit sur le canapé, et se tamponne de temps en temps les yeux avec un mouchoir.

Un minutieux travail de police a établi qu'aucun riverain ayant un garage ouvrant sur la ruelle n'y est passé à 0 h 35 la nuit de l'enlèvement. Cela dit, cette voie est utilisée aussi par d'autres : elle donne sur une rue à chaque bout, et certains conducteurs l'empruntent pour éviter les sens uniques. La police met les bouchées doubles pour retrouver le chauffeur de ce véhicule. Paula Dempsey est la seule personne qui dise l'avoir aperçu à cette heure-là.

S'il y a bien un kidnappeur, raisonne Rasbach, ils devraient déjà avoir eu de ses nouvelles. Peut-être qu'il n'y aura jamais d'appel. Peut-être que les parents ont tué la petite et se sont fait aider pour disposer du corps, et que ceci est une comédie élaborée pour détourner les soupçons. Le problème, c'est qu'il a consulté les relevés des portables et du fixe, et qu'ils n'ont ni passé ni reçu aucun appel après 18 heures la veille au soir, à part l'appel d'urgence au 911.

Ce qui veut dire que, si c'est eux qui ont fait le coup, ce n'était peut-être pas un acte spontané, au bout du compte. Peut-être que c'était planifié depuis le début, qu'ils s'étaient déjà organisés pour que quelqu'un attende dans le garage. Ou alors, l'un d'eux possède un téléphone prépayé, non détectable. La police n'en a pas trouvé, mais cela ne veut pas dire qu'il n'y en ait pas. S'ils ont bénéficié d'un coup de main pour se débarrasser du corps, ils ont bien dû joindre quelqu'un.

L'appareil sonne encore plusieurs fois. On leur a déjà dit qu'ils étaient des assassins et qu'ils devraient cesser de mentir à la police. On leur a dit de prier. On leur a proposé les services de médiums – au prix fort. En revanche, personne n'a appelé pour réclamer une rançon.

Finalement, Anne et Marco montent se coucher. Ni l'un ni l'autre n'a dormi depuis vingt-quatre heures, en plus de la journée qui a précédé. Anne a bien essayé de s'allonger, mais sans trouver le sommeil. Elle n'a fait que voir Cora chaque fois qu'elle fermait les yeux, sans arriver à croire qu'elle ne puisse pas la toucher, qu'elle ne sache pas où était sa fille ni comment elle allait.

Ils s'étendent tout habillés sur le lit, prêts à bondir si le timbre du téléphone retentit. Ils s'accrochent l'un à l'autre et se parlent à voix basse.

— Je voudrais bien voir le Dr Lumsden, murmure Anne.

Marco la serre contre lui. Il ne sait pas quoi dire. Lumsden est quelque part en Europe pour deux semaines. Les rendez-vous d'Anne ont été annulés.

— Je sais, chuchote-t-il.

— Elle m'a dit que je pouvais consulter son remplaçant, si nécessaire. Je devrais peut-être faire ça.

Marco réfléchit. Il s'inquiète pour elle. Il craint qu'elle ne soit détruite si cette histoire dure trop longtemps. Elle a toujours été fragile.

— Je ne sais pas, bébé. Avec tous ces journalistes devant la maison, comment ferais-tu pour y aller ?

— Aucune idée, souffle-t-elle faiblement.

Elle n'a pas envie que des reporters la suivent jusqu'au cabinet d'une psychiatre. Elle a peur qu'ils ne découvrent l'existence de sa dépression post-partum. Elle a vu comment ils ont réagi quand elle s'est trompée au sujet du body. Jusqu'à présent, les seuls à être au courant sont Marco, sa mère, son médecin et son pharmacien. Et la police, bien sûr, qui a fouillé les lieux et trouvé ses médocs.

Si elle n'était pas sous traitement administré par une psychiatre, les policiers leur tourneraient-ils autour comme des loups ? Peut-être pas. C'est sa faute si on les soupçonne. En dehors de cela, les flics n'ont aucune raison de s'intéresser à eux. Sauf si c'est parce qu'ils ont laissé la petite seule à la maison. Ça, c'est la faute de Marco. Donc, ils sont tous deux responsables.

Anne, couchée sur le lit, se remémore la sensation de sa fille contre elle, la chaleur de son petit corps potelé dans ses bras, vêtu seulement d'une couche, son odeur de bébé et de bain. Elle se rappelle que Cora a le plus adorable des sourires et un accroche-cœur au milieu du front, comme la fillette de la comptine. Marco et elle ont souvent ri à ce sujet.

Il était une fillette,
Qui avait une bouclette
Au milieu du front.
Quand elle riait,
C'était la plus chouette…

Si mal soit-elle – « Comment une mère peut-elle déprimer lorsque la vie lui offre le bébé parfait ? » –, Anne aime sa fille plus que tout au monde.

Or la fatigue l'a écrasée. Cora est un nourrisson agité, sujet aux coliques, plus exigeant que la moyenne. Quand Marco a repris le travail, les journées ont commencé à paraître intolérablement longues à Anne. Elle faisait de son mieux pour patienter, mais elle se sentait esseulée.

Tous les jours ont commencé à se ressembler. Elle ne pouvait plus imaginer une existence différente. Dans son brouillard de manque de sommeil, elle ne se rappelait plus la femme qu'elle avait été lorsqu'elle travaillait à la galerie. Elle ne savait plus ce que c'était que d'aider des clients à ajouter des pièces à leur collection, avait oublié la joie de découvrir un nouvel artiste prometteur. Pour tout dire, elle se rappelait à peine à quoi elle ressemblait avant d'avoir son bébé et de rester à la maison.

Anne n'aimait pas demander à sa mère de venir l'aider : Alice était très prise, entre ses amies, le country club et les œuvres de charité. Aucune de ses propres copines n'avait de bébé à ce moment-là. Anne se débattait dans les difficultés. Elle avait honte de ne pas être à la hauteur. Marco lui avait suggéré de prendre quelqu'un pour l'assister, mais cela lui donnait l'impression d'être nulle.

Son seul soulagement, elle le trouvait dans le groupe des mamans, qui se réunissait pendant trois heures toutes les semaines, le mercredi matin. Pourtant elle ne s'était suffisamment liée avec aucune pour lui avouer ses problèmes. Toutes paraissaient sincèrement heureuses, et plus compétentes qu'elle, même si elles aussi n'en étaient qu'à leur premier bébé.

Et puis il y avait la séance hebdomadaire, en début de soirée, avec le Dr Lumsden, à laquelle elle se rendait pendant que Marco gardait Cora.

Tout ce qu'elle voudrait, c'est revenir vingt-quatre heures en arrière. Un coup d'œil à son réveil, sur la table de nuit : 23 h 31. Il y a vingt-quatre heures, elle laissait Cora dans son petit lit pour regagner le dîner. Rien n'était encore arrivé ; tout allait bien. Si seulement elle pouvait remonter le temps. Si elle pouvait de nouveau tenir son bébé, elle serait si soulagée, si heureuse, qu'elle ne déprimerait sans doute plus jamais de sa vie. Elle chérirait chaque minute passée avec sa fille. Elle ne se plaindrait plus jamais.

Allongée sur son lit, elle conclut un marché secret avec Dieu, bien qu'elle ne soit pas croyante, et pleure dans son oreiller.

Elle finit par s'endormir, tandis que Marco reste un long moment éveillé à côté d'elle. Il est incapable d'arrêter le bourdonnement de ses pensées.

Il regarde sa femme, qui dort d'un sommeil agité, couchée dos à lui. C'est son premier somme depuis plus de trente-six heures. Il sait qu'elle doit se reposer pour affronter la suite.

En contemplant son dos, il se redit combien elle a changé depuis la naissance de la petite. C'est arrivé sans prévenir. Ils s'étaient fait une joie d'attendre ce bébé ensemble – décorer la chambre, acheter les petites affaires, se rendre aux séances de préparation à l'accouchement, sentir les coups de pied dans le ventre. Ces quelques mois ont compté parmi les plus heureux de sa vie. Il n'avait jamais songé que ce serait si dur ensuite. Il n'a rien vu venir.

L'accouchement a été long et difficile ; ils n'avaient pas anticipé cela non plus. On ne vous parle jamais de ces choses-là durant les séances de préparation – on se garde bien de vous avertir de tout ce qui peut mal tourner. Finalement, Cora est née par césarienne, pratiquée en urgence, mais sans complications. La mère et l'enfant se portaient bien, et elles sont sorties de la maternité pour commencer une nouvelle vie.

Anne a eu du mal à se remettre de la naissance à cause de la césarienne. Elle semblait déçue de ne pas avoir eu un accouchement naturel. Marco a tenté de la raisonner. Ce n'était pas ce qu'il avait imaginé non plus, mais pour lui il n'y avait pas de quoi en faire une histoire. Cora était parfaite, Anne en bonne santé, et c'était tout ce qui importait.

Anne a également eu du mal à allaiter au début, la petite ne voulant pas prendre le sein. Elle a dû se faire aider par une puéricultrice. Sa mère n'a été d'aucune utilité : elle avait nourri Anne au biberon.

Marco voudrait lui caresser doucement le dos, mais il craint de la réveiller. Elle a toujours été émotive, hypersensible. C'est une des femmes les plus raffinées qu'il ait jamais connues. Il adorait, avant, passer par surprise à la galerie. Parfois, il déboulait à l'heure du déjeuner, ou après le travail, juste par envie de la retrouver. Il aimait l'observer avec des clients, la voir s'animer en parlant d'une toile ou d'un nouvel artiste. « Je n'en reviens pas qu'elle soit à moi », se disait-il alors.

Elle l'invitait à tous les vernissages ; il y avait du champagne et des petits-fours, des femmes en robe élégante et des hommes au look tendance. Anne circulait dans la salle en s'arrêtant pour parler avec les gens agglutinés devant les toiles – de folles taches de couleur abstraites, ou des œuvres plus sombres, plus tonales. Marco n'y comprenait rien. Pour lui, la plus belle des œuvres d'art serait toujours Anne. Il faisait en sorte de ne pas rester dans ses pattes, se tenait à côté du buffet à manger des petits-fours, ou se retirait dans un coin pour la regarder œuvrer. Elle avait été entraînée à cela, diplômée qu'elle était en histoire de l'art et en art moderne, mais surtout elle avait un véritable instinct pour l'art, une passion. Si Marco n'avait pas grandi dans un milieu artistique, cela faisait partie de sa vie à elle, et il l'aimait pour cela.

Pour leur mariage, il lui a acheté une toile de la galerie, qu'elle convoitait avec ferveur, mais dont elle disait qu'ils ne pourraient jamais se l'offrir – une très grande pièce abstraite, très tourmentée, signée d'un jeune artiste qui montait, qu'elle admirait énormément. Elle est accrochée au-dessus de la cheminée, dans le salon. À présent, Anne ne la regarde même plus.

Marco contemple le plafond, les yeux en feu. Il a besoin qu'elle ne craque pas. Il ne faudrait pas que les policiers la soupçonnent, les soupçonnent, plus qu'ils ne le font déjà. Ce qu'elle a dit à propos du Dr Lumsden l'a perturbé. La peur dans ses yeux. A-t-elle parlé à la psy d'un désir de faire du mal au bébé ? Les femmes en dépression post-partum y pensent parfois.

« Bon Dieu. Merde, oh merde. »

Son ordi au bureau. Il a tapé dans Google « dépression post-partum » et suivi des liens vers la « psychose post-partum », lu ces histoires horribles de femmes qui ont assassiné leurs tout-petits. Celle qui a étouffé ses deux enfants sous un oreiller. Celle qui en a noyé cinq dans sa baignoire. Celle qui a précipité les siens en voiture dans un lac. Bon Dieu de merde. Si la police inspecte l'ordi de son bureau, elle va tomber sur tout ça.

Marco se met à transpirer sans bouger sur le lit. Il se sent moite, poisseux. Que feront les flics d'une telle info ? Pensent-ils déjà qu'Anne a tué Cora ? Croient-ils qu'il l'a aidée à dissimuler son forfait ? S'ils voient son historique de navigation, vont-ils en déduire qu'il s'inquiète depuis des semaines pour Anne ?

Il réfléchit, les yeux grands ouverts. Faut-il qu'il en parle aux flics avant qu'ils le découvrent eux-mêmes ? Il ne veut pas avoir l'air de cacher quoi que ce soit. Ils vont se demander pourquoi il a fait ces recherches au bureau, et pas chez lui.

Le cœur battant à se rompre, il se lève et descend l'escalier dans le noir, laissant Anne ronfloter derrière lui. L'inspecteur Rasbach, installé dans le fauteuil qu'il a apparemment élu comme étant son préféré, est devant son ordinateur portable. Marco se demande s'il arrive à cet homme de dormir. Et quand il partira de chez eux. Anne et lui ne peuvent décemment pas le mettre dehors, même s'ils aimeraient bien.

L'inspecteur le voit entrer dans la pièce.

— Je n'arrive pas à dormir, bredouille Marco.

Il s'assoit sur le canapé, en cherchant par où débuter. Il perçoit les yeux de Rasbach posés sur lui. Doit-il ou non aborder la question ? Ont-ils déjà visité son bureau ? Fouillé dans son ordinateur ? Savent-ils dans quel pétrin se trouve la boîte ? Qu'il risque de perdre son entreprise ? Si ce n'est pas encore le cas, cela ne tardera pas. Il sait qu'on le soupçonne, que sa vie est passée au crible. Mais avoir des soucis financiers ne fait pas de vous un criminel.

— J'ai quelque chose à vous dire, annonce-t-il nerveusement.

Rasbach le considère avec calme, et met de côté son ordinateur.

— Je ne voudrais pas que vous vous fassiez des idées fausses.

— D'accord, dit le policier.

Marco prend sa respiration avant de se lancer.

— Quand Anne, il y a quelques mois, a reçu un diagnostic de dépression post-partum, ça m'a fait très peur.

Rasbach hoche la tête.

— Ça se comprend.

— Je veux dire, je n'avais aucune expérience de ce genre de choses. Elle était très déprimée, vous savez, elle pleurait beaucoup. Elle avait l'air désemparée. Je m'inquiétais pour elle, mais j'ai pensé que c'était juste un gros coup de fatigue, que ça allait passer. Je me suis dit qu'elle en sortirait quand la petite commencerait à faire ses nuits. Je lui ai même suggéré de reprendre le travail à temps partiel, car elle adorait la galerie, et je croyais que ça lui ferait du bien. Elle a refusé tout net. Elle m'a regardé comme si je la prenais pour une mauvaise mère. Bien sûr que je ne pensais pas ça ! Je lui ai proposé de se faire aider un peu pendant la journée, peut-être de prendre une jeune fille pour pouvoir faire la sieste ; elle n'a pas voulu en entendre parler non plus.

Rasbach opine toujours du chef, sans en perdre un mot. Marco continue, de plus en plus tendu :

— Quand elle m'a annoncé que, d'après son médecin, elle souffrait de dépression post-partum, je n'ai pas voulu en faire un drame, vous voyez ? Je voulais la soutenir. Mais je me faisais du souci, et elle ne me racontait pas grand-chose.

Il se met à frotter ses mains sur ses cuisses.

— Alors je me suis renseigné sur Internet, mais pas ici, parce que je ne voulais pas qu'elle le sache. Je me suis servi de mon ordinateur au bureau.

Il sent ses joues s'empourprer. Tout sort de travers. On dirait maintenant qu'il soupçonne Anne, qu'il ne lui fait pas confiance. Qu'ils se cachent des choses entre eux.

Rasbach le dévisage, totalement impassible. Marco est incapable de deviner ses pensées. C'est déstabilisant.

— Et donc, je voulais juste que vous sachiez, si jamais vous examinez mon ordinateur au bureau, pourquoi je suis allé voir ces sites sur la dépression post-partum. J'essayais de comprendre ce qu'elle traversait. Pour mieux l'aider.

— Je vois, fait Rasbach d'un air compréhensif.

Marco ne sait pour autant pas ce qu'il pense réellement.

— Pourquoi teniez-vous à me dire que vous avez fait des recherches sur la dépression post-partum au bureau ? Ça me paraît naturel, dans votre situation.

Un frisson glacé parcourt Marco. Vient-il d'aggraver son cas ? De leur donner l'idée de fouiller dans son ordi ? Vaut-il mieux qu'il explique maintenant les liens vers des meurtres d'enfants, ou qu'il s'en tienne là ? Il panique un instant, indécis. Puis il conclut qu'il a déjà suffisamment gaffé.

— J'ai pensé qu'il valait mieux vous le dire, c'est tout, grogne-t-il avant de se lever, énervé contre lui-même.

— Attendez, fait l'inspecteur. Ça vous ennuie si je vous demande quelque chose ?

Marco se rassoit et croise les bras.

— Allez-y.

— C'est à propos d'hier soir, quand vous êtes retourné chez les voisins après être allé voir la petite à minuit et demi.

— Oui, et alors ?

— De quoi avez-vous parlé, avec Cynthia ?

La question met Marco mal à l'aise. De quoi ils ont parlé, d'ailleurs ? Et qu'est-ce que ça peut lui faire ?

— Pourquoi est-ce que vous me demandez ça ?

— Vous vous en souvenez ?

Non, Marco ne se souvient pas. Il ne se souvient pas d'avoir beaucoup parlé, à vrai dire.

— Je ne sais pas. De rien. Des bêtises. Rien d'important.

— C'est une très belle femme, vous ne trouvez pas ?

Marco garde le silence.

— Vous ne trouvez pas ? insiste Rasbach.

— Sans doute, si.

— Vous dites que vous ne vous rappelez pas avoir vu ni entendu quoi que ce soit lorsque vous étiez sur la terrasse, hier soir, entre votre retour, juste après minuit et demi, et le moment où vous êtes rentrés à l'intérieur, elle et vous, un peu avant 1 heure.

Marco baisse la tête. Il sait où mène cette conversation. Il se reprend à transpirer.

— Vous avez déclaré…

L'inspecteur revient un peu en arrière dans son calepin.

— … vous avez déclaré que vous n'aviez « pas fait attention ». Pourquoi ne faisiez-vous pas attention ?

Que répondre, bon sang ? Il sait où veut en venir l'inspecteur. Comme un lâche, Marco ne dit rien. Mais il sent battre la veine de sa tempe, se demande si le flic l'a remarqué.

— D'après Cynthia, vous lui avez fait des avances sexuelles sur la terrasse.

Marco, cette fois, relève vivement la tête.

— Quoi ? Non, pas du tout !

Rasbach consulte de nouveau ses notes, tourne quelques pages.

— Elle dit que vous lui avez caressé les cuisses, que vous l'avez attirée sur vos genoux puis embrassée. Elle dit que vous étiez insistant, que vous vous êtes emballé.

— C'est faux !

— Faux ? Vous ne l'avez pas embrassée ? Vous ne vous êtes pas emballé ?

— Non ! Je veux dire… ce n'est pas moi qui l'ai draguée, c'est elle !

Marco sent qu'il rougit vivement, et s'en veut à mort. L'inspecteur ne dit rien. Marco bafouille dans sa hâte de se défendre, tout en pensant en boucle : « Complètement mytho, cette salope. »

— Ce n'est pas ce qui s'est passé, soutient-il. C'est elle qui a commencé.

Il fait la grimace en s'entendant parler de manière aussi puérile. Il respire à fond pour se calmer.

— C'est elle qui m'a fait des avances. Je m'en souviens, elle est venue s'asseoir sur mes genoux. Je lui ai dit qu'elle n'avait rien à faire là et j'ai essayé de la repousser. Mais elle a pris ma main et l'a placée sous sa jupe. Elle portait une robe longue, fendue sur la cuisse.

Marco transpire maintenant à grosses gouttes, tout en étant conscient de l'impression que cela donne. Il tâche de se détendre. Se répète que, même si le flic le prend pour un minable, il n'y a aucune raison de songer que cela a le moindre rapport avec Cora.

— C'est elle qui m'a embrassé.

Marco se tait, rougit encore. Il voit bien que Rasbach n'en croit pas un mot.

— Je n'ai pas arrêté de protester, de lui dire qu'il ne fallait pas. Elle ne voulait plus bouger de mes genoux. Elle a baissé ma braguette. J'avais peur qu'on nous voie.

— Vous aviez beaucoup bu, lui rappelle Rasbach. Dans quelle mesure peut-on se fier à vos souvenirs ?

— J'avais bu, mais quand même ! Je sais ce qui s'est passé. Ce n'est pas moi qui ai commencé avec elle. Elle s'est jetée sur moi.

— Pourquoi mentirait-elle ? demande simplement Rasbach.

Pourquoi ? Marco se pose la même question. Pourquoi le mettre ainsi dans le pétrin ? Est-elle vexée qu'il lui ait dit non ?

— Elle m'en veut peut-être de l'avoir repoussée.

L'inspecteur plisse les lèvres en le fixant.

— Elle ment, ajoute Marco, aux abois.

— En tout cas, l'un de vous deux ment.

— Pourquoi mentirais-je à propos d'une chose pareille ? Vous ne pouvez pas m'arrêter pour avoir embrassé une autre femme.

— Non.

Rasbach attend quelques instants avant de reprendre :

— Dites-moi la vérité, Marco. Avez-vous une liaison avec Cynthia ?

— Absolument pas ! J'aime ma femme. Je ne ferais jamais ça, je le jure.

Le regard de Marco s'assombrit.

— C'est ce qu'elle raconte ? Elle vous a dit qu'on couchait ensemble ? C'est n'importe quoi !

— Non, elle n'a pas dit ça.

Anne, assise dans le noir en haut de l'escalier, entend tout. Son corps se glace entièrement. Elle sait à présent que la nuit dernière, pendant que leur bébé se faisait enlever, son mari embrassait et pelotait Cynthia chez les voisins. Elle ignore qui a commencé – d'après ce qu'elle a vu hier, ce pourrait être l'un comme l'autre. Les deux sont coupables. Elle se sent trahie, le cœur au bord des lèvres.

— Bon, on a fait le tour ? demande Marco.

— Oui, oui, répond l'inspecteur.

Anne se remet vite debout sur le palier et, pieds nus, regagne sa chambre. Elle tremble. Elle se glisse sous la couette et fait semblant de dormir, mais craint que sa respiration hachée ne la trahisse.

Marco entre, le pas lourd. Il s'assoit au bord du lit et fixe le mur. Elle entrouvre les yeux pour le regarder de dos. Elle l'imagine s'en donnant à cœur joie avec Cynthia dans le fauteuil de la terrasse pendant qu'elle s'ennuyait à mourir avec Graham dans la salle à manger. Et pendant qu'il avait la main dans la culotte de Cynthia, et qu'elle-même feignait d'écouter Graham, quelqu'un enlevait Cora.

Plus jamais elle ne pourra lui faire confiance. Jamais. Elle se retourne et tire le drap plus haut sur elle, tandis que des larmes silencieuses roulent sur son visage et dans son cou.

À côté, dans leur chambre, Cynthia et Graham ont une conversation animée. Malgré cela, ils veillent à parler bas : ils ne veulent pas être entendus. Un ordinateur portable est posé sur leur lit *queen-size*.

— Non, dit Graham. Il faut qu'on prévienne les flics, c'est tout.

— Et qu'on dise quoi ? C'est un peu tard, tu ne crois pas ? Ils sont déjà venus m'interroger quand tu n'étais pas là.

— Ce n'est pas si tard. On signale juste qu'on avait une caméra derrière. On n'a pas besoin d'en dire plus que ça. Ils n'ont pas à savoir pourquoi on l'a installée.

— C'est ça. Et comment leur explique-t-on qu'on ne l'ait pas encore mentionnée ?

— On peut dire qu'on avait oublié.

Graham, adossé à la tête de lit, a l'air soucieux.

Cynthia a un rire sans joie.

— Mais bien sûr. Tout le quartier grouille de flics parce qu'un bébé a été enlevé, et on aurait *oublié* qu'on avait une minicaméra braquée sur le jardin.

Elle se lève et commence à ôter ses boucles d'oreilles.

— Ils ne goberont jamais une chose pareille.

— Pourquoi ? On pourrait raconter qu'on ne s'en sert pas, ou qu'on pensait qu'elle était cassée, que la batterie était morte. Qu'on croyait qu'elle ne marchait pas, et qu'on la gardait juste pour décourager les cambrioleurs.

— Pour décourager les cambrioleurs. Elle est tellement bien planquée que même les flics ne l'ont pas vue, je te rappelle.

Elle laisse tomber une boucle d'oreille dans une boîte à bijoux garnie de petits miroirs, sur sa coiffeuse. Le considère d'un air contrarié, et ajoute entre ses dents :

— Toi et tes foutues caméras.

— Toi aussi, tu aimes regarder.

Cynthia ne le contredit pas. Oui, elle aime bien regarder les vidéos. Se voir avec d'autres hommes. Elle aime que ce spectacle excite son mari. Mais ce qui lui plaît le plus, c'est que cela lui permet de flirter et de coucher avec qui elle veut. Des hommes plus séduisants et plus excitants que le sien, qui se révèle assez décevant de ce côté-là, ces derniers temps. Cela dit, elle n'est pas allée très loin avec Marco. Graham avait espéré qu'elle pourrait lui faire une vraie fellation, ou qu'il relèverait sa jupe et la prendrait par-derrière. Cynthia, connaissant le placement de la caméra, sait exactement comment se positionner sous le meilleur angle.

La tâche de Graham consiste à occuper l'épouse pendant ce temps-là. Cela a toujours été son boulot. C'est fastidieux pour lui, mais le résultat en vaut la peine.

Sauf que, maintenant, ils ont un problème.

12

Dimanche après-midi. Aucune nouvelle piste n'est apparue. Personne n'a appelé en affirmant détenir le bébé. L'affaire semble dans l'impasse, et Cora n'est toujours pas de retour. *Où peut-elle être ?*

Anne s'approche de la fenêtre du salon. Les rideaux, tirés pour préserver l'intimité du couple, filtrent la lumière. Elle se tient sur le côté et écarte un peu le tissu pour regarder dehors. Il y a beaucoup de journalistes sur le trottoir, ils débordent même sur la chaussée.

Elle vit dans un aquarium, et tout le monde tape à la vitre.

Certains signes indiquent déjà qu'Anne et Marco ne vont pas être les chéris que la presse espérait. Ils n'ont pas accueilli les médias à bras ouverts ; ils les considèrent visiblement comme une intrusion, un mal nécessaire. Ils ne sont pas particulièrement photogéniques, non plus, même si Marco est assez beau mec et si Anne a été plutôt jolie, avant. Mais un physique agréable ne suffit pas – il vaut mieux avoir du charisme, ou au moins être un peu chaleureux. Et Marco n'a rien de charismatique en ce moment. On dirait un fantôme fracassé. Tous deux ont l'air coupables, anéantis par la honte. Marco s'est montré froid dans ses interventions médiatiques ; Anne, elle, n'a pas ouvert le bec. Ils n'ont pas séduit la presse, qui n'a pas craqué pour eux. Anne se rend compte maintenant que c'est une erreur tactique, qu'ils risquent de regretter toute leur vie.

Le problème, c'est qu'ils n'étaient pas chez eux. Le bruit s'est répandu qu'ils étaient chez les voisins quand Cora a été arrachée à son berceau. Anne a découvert avec horreur les gros titres de ce matin : LES PARENTS DU BÉBÉ ENLEVÉ ÉTAIENT SORTIS ; LA PETITE CORA ÉTAIT TOUTE SEULE. S'ils avaient été en train de dormir dans leur lit pendant le kidnapping de leur petite fille, il y aurait eu un afflux de compassion bien plus grand, de la part de la presse comme du public. Le fait qu'ils aient été occupés à faire la fête chez les voisins les condamne. Et bien sûr, la dépression post-partum est aussi venue sur le tapis. Anne ignore comment ces choses-là se sont sues. Elle n'en a évidemment pas parlé à la presse. Elle soupçonne Cynthia d'être à l'origine de la fuite sur leur absence de chez eux, mais elle se demande comment les médias ont appris pour sa dépression. Les flics ne sont pas censés divulguer des renseignements médicaux qui relèvent de la vie privée. Elle leur a même posé la question, et ils ont répondu que cela ne provenait pas de chez eux. Mais Anne ne fait pas confiance à la police. En tout cas, le ou la responsable de ces indiscrétions n'a fait que la déprécier encore plus aux yeux de tous : le public, la presse, ses parents, ses amis, tout le monde. Elle est clouée au pilori.

Elle se tourne vers le tas de peluches et de bric-à-brac coloré qui grandit sur le trottoir, au pied des marches. Il y a des bouquets de fleurs fanées, des jouets de toutes tailles et toutes couleurs – elle aperçoit des oursons, et même une girafe géante –, avec des cartes et des petits mots. Une montagne de clichés. Une avalanche de compassion. Et de haine.

Tout à l'heure, Marco a fait une sortie et lui a rapporté une brassée de jouets et de petits mots, pour lui remonter le moral. C'était une erreur, qui ne se reproduira pas. La plupart des messages étaient venimeux, voire choquants. Elle en a lu quelques-uns, a poussé un cri de douleur, les a chiffonnés dans son poing et jetés par terre.

Elle soulève le rideau du bout des doigts et observe encore. Cette fois, un frisson d'horreur lui parcourt l'échine. Elle reconnaît les femmes qui avancent à la file indienne sur le trottoir, avec leurs poussettes. Ce sont trois – non, quatre – membres de son groupe de mamans. Les journalistes s'écartent pour les laisser passer, flairant le drame imminent. Anne est incrédule. Elles ne viennent quand même pas la voir *avec leurs bébés* !

Celle de devant, Amalia – maman d'un mignon Théo aux yeux marron –, prend dans le bas de sa poussette une grande boîte qui semble contenir un plat préparé. Les autres derrière elle font de même, serrent les freins de leurs poussettes, se penchent pour attraper des plats couverts de papier d'alu dans les paniers sous les petits sièges.

Tant de gentillesse, et tant de cruauté involontaire. C'en est trop pour elle. Un sanglot lui échappe et elle se détourne vivement de la fenêtre.

— Qu'est-ce qu'il y a ? lui demande Marco, alarmé, en s'approchant.

Il jette à son tour un œil dehors.

— Débarrasse-toi d'elles ! lui souffle Anne. Je t'en supplie.

Le lundi matin, à 9 heures, l'inspecteur Rasbach prie Marco et Anne de l'accompagner au commissariat pour y faire une déclaration formelle.

— Vous n'êtes pas mis en examen, leur assure-t-il alors que tous deux semblent assommés par sa requête. Nous aimerions juste avoir vos dépositions officielles et vous poser encore quelques questions.

— On ne peut pas faire ça ici, comme jusqu'à maintenant ? demande Anne, désemparée.

— Pourquoi faut-il qu'on aille au commissariat ? ajoute Marco avec consternation.

— C'est la procédure standard. Voulez-vous que je vous laisse un peu de temps pour vous rafraîchir avant ?

Anne fait un signe négatif, comme si elle se fichait éperdument de son apparence. Marco, lui, ne réagit pas du tout, il garde la tête baissée.

— Bon, alors allons-y, dit Rasbach en montrant le chemin.

En ouvrant la porte, il déclenche un tourbillon d'activité dehors. Les reporters se ruent vers le perron, les flashs crépitent une fois de plus.

— C'est une arrestation ? crie quelqu'un.

Rasbach reste de marbre tout en guidant Marco et Anne à travers la foule, jusqu'au véhicule de police garé devant. Il ouvre la portière arrière, Anne monte la première et se glisse à l'autre bout de la banquette. Marco la suit dans l'habitacle. Personne ne parle, sauf les journalistes, qui les accablent de questions. Rasbach s'installe sur le siège passager et la voiture démarre. Les reporters courent après l'auto en prenant des photos.

Anne regarde par la vitre. Marco essaie d'attraper sa main, mais elle se dégage. Elle voit les rues familières défiler au-dehors – le marchand de primeurs du coin, le parc où Cora et elle s'installent à l'ombre sur une couverture pour contempler les enfants qui s'éclaboussent dans la pataugeoire. Ils traversent la ville, passent non loin de sa galerie d'art, se rapprochent du fleuve. Ils vont dépasser l'immeuble Art déco où se trouve le bureau de Marco, et puis soudain les voilà sortis du centre-ville. Tout est très différent, vu depuis l'arrière d'un véhicule de police, lorsqu'on va se faire interroger sur la disparition de son propre enfant.

Lorsqu'ils atteignent le commissariat, un édifice moderne en verre et en béton, la voiture s'arrête devant les portes et Rasbach les fait entrer. Là, il n'y a aucun reporter – ils n'ont pas été prévenus qu'Anne et Marco allaient être embarqués.

Un agent en uniforme assis derrière le comptoir de l'accueil relève la tête avec intérêt. Rasbach confie Anne à une femme policier.

— Emmenez-la en salle 3.

Anne, alarmée, lance un coup d'œil à Marco.

— Attendez. Je veux rester avec mon mari. On ne peut pas y aller ensemble ? Pourquoi nous séparer ?

— C'est bon, Anne, ne t'en fais pas, la rassure-t-il. Tout va bien se passer. On n'a rien fait. Ils veulent juste nous poser quelques questions, et ensuite ils nous laisseront tranquilles. N'est-ce pas ?

Ces derniers mots étaient adressés à Rasbach, et contenaient une pointe de défi.

— Tout à fait, répond l'inspecteur d'une voix douce. Je vous l'ai dit, il n'y a pas de mise en examen. Vous êtes ici de votre plein gré. Vous êtes libres de partir quand vous voulez.

Marco, sans bouger, suit Anne des yeux pendant qu'elle s'éloigne dans le couloir avec la femme policier. Elle se retourne vers lui. Elle est terrifiée.

— Venez avec moi, dit Rasbach.

Il conduit Marco dans une salle d'interrogatoire au bout du corridor. L'inspecteur Jennings y est déjà. Il y a une table métallique avec une chaise d'un côté et deux de l'autre, pour les policiers.

Marco n'est pas sûr de pouvoir s'exprimer de manière sensée, de ne pas s'embrouiller. Il s'exhorte à parler lentement, à réfléchir avant de répondre.

Rasbach porte un costume et une chemise propres, avec une cravate. Il est rasé de frais. Jennings aussi. Marco, lui, a enfilé un vieux jean et un tee-shirt froissé qu'il a pêché ce matin dans son tiroir. Il ne savait pas qu'on allait l'emmener au poste. Il se rend compte maintenant qu'il aurait dû profiter de la proposition que lui a faite l'inspecteur de se doucher, se raser, se changer. Il se sentirait plus alerte, plus maître de la situation. Et il aurait moins l'air d'un criminel sur l'enregistrement : il vient de réaliser qu'il va sans doute être filmé.

Il s'assoit et lorgne nerveusement les deux inspecteurs debout de l'autre côté de la table. Ce n'est pas du tout la même chose, d'être ici plutôt que chez lui. C'est effrayant. Il sent le glissement de pouvoir.

— Si vous n'y voyez pas d'inconvénient, nous allons filmer cet entretien, annonce Rasbach.

Il indique une caméra fixée juste en dessous du plafond, pointée vers la table.

Marco ignore totalement s'il a le choix. Il hésite une fraction de seconde avant de répondre :

— Oui, bien sûr, pas de problème.

— Voulez-vous un café ? s'enquiert Rasbach.

— D'accord, oui, merci.

Il tâche de se détendre. Il se répète qu'il est là pour aider la police à trouver qui lui a pris son enfant.

Les deux inspecteurs sortent chercher du café, le laissant mijoter tout seul. À leur retour, Rasbach pose le gobelet en carton sur la table devant Marco. Celui-ci constate qu'il a apporté deux sucres et une dosette de crème : Rasbach s'est rappelé comment il prenait son café. Marco déchire les sachets de sucre avec difficulté, les doigts tremblants. Tout le monde le remarque.

— Veuillez décliner votre nom et la date d'aujourd'hui, dit Rasbach.

Et ils commencent.

L'inspecteur pose d'abord à Marco une série de questions simples et directes visant à établir les événements de la nuit de l'enlèvement selon sa version. C'est une resucée de ce qui s'est déjà dit, rien de neuf. Marco sent son stress baisser à mesure que l'entretien progresse. Au bout d'un moment, il croit que c'est terminé, qu'on va le relâcher. Son soulagement est immense, bien qu'il prenne soin de ne pas le montrer. Il a le temps de se demander comment ça se passe pour Anne dans l'autre salle.

— Bien, merci, dit Rasbach une fois la déposition signée. Maintenant, si vous voulez bien, j'ai encore quelques petites questions.

Marco, qui avait commencé à se lever de sa chaise métallique, se rassoit.

— Parlez-nous de votre entreprise, Conti Software Design.

— Pourquoi ? Quel rapport avec Cora ?

Il regarde Rasbach en s'efforçant de masquer sa détresse. Il sait où les policiers veulent en venir. Ils ont enquêté sur lui, évidemment.

— Vous avez lancé votre affaire il y a environ cinq ans ?

— Oui. Je suis diplômé en commerce et en informatique. J'ai toujours voulu monter ma boîte. J'ai vu une opportunité dans la conception de logiciels – plus précisément, dans les interfaces utilisateur pour l'informatique médicale. J'ai donc monté ma société. J'ai décroché des clients importants. Recruté une petite équipe de programmeurs, qui travaillent tous à distance. Nous allons généralement voir les clients sur site, c'est pourquoi j'ai beaucoup de déplacements professionnels. J'ai un bureau en ville. Ça tourne plutôt bien.

— En effet, approuve Rasbach. C'est impressionnant. Ça n'a pas dû être facile. C'est coûteux ? De monter une entreprise comme celle-là ?

— Ça dépend. J'ai commencé tout petit : rien que moi et deux ou trois clients. J'étais le seul concepteur, au début ; je travaillais chez moi et je ne comptais pas mes heures. Mon projet était de construire l'entreprise progressivement.

— Continuez.

— Très vite, les affaires ont bien marché. J'ai grandi rapidement. Il fallait que j'embauche des programmeurs si je voulais suivre la demande et passer les vitesses. J'ai donc procédé à une augmentation de capital. Le moment était le bon. Il y avait des coûts. De l'équipement, du personnel, des bureaux. Il faut de l'argent pour grandir.

— Et d'où venait l'argent, pour cette augmentation de capital ?

Marco fixe l'inspecteur avec contrariété.

— Je ne vois pas en quoi ça vous regarde, mais j'ai obtenu un prêt de mes beaux-parents, les parents d'Anne.

— Je vois.

— Vous voyez quoi ? s'irrite Marco.

Il faut qu'il garde son calme. Il ne peut pas se permettre de s'énerver. Rasbach fait sans doute cela justement pour le titiller.

— Je disais ça comme ça, répond l'inspecteur à mi-voix. Combien avez-vous reçu des parents de votre femme ?

— Vous me le demandez, ou vous le savez déjà ?

— Je ne sais pas. Je vous pose la question.

— Cinq cent mille.

— C'est une grosse somme.

— Oui, convient Marco.

Rasbach lui tend un hameçon. Il ne faut pas qu'il y morde.

— Et les affaires ont été profitables ?

— Pour l'essentiel, oui. Nous avons eu de bonnes années et de moins bonnes, comme tout le monde.

— Et cette année-ci ? Diriez-vous que c'est une bonne ou une moins bonne ?

— C'est une année assez pourrie, si vous voulez tout savoir.

— Désolé de l'apprendre, dit Rasbach.

Puis il attend.

— Nous avons connu des revers, finit par lâcher Marco. Mais j'ai confiance, ça va s'arranger. Les affaires, ce sont toujours des hauts et des bas. On ne peut pas jeter l'éponge dès qu'une période n'est pas bonne. Il faut serrer les dents et traverser la tempête.

Rasbach hoche la tête d'un air pensif.

— Comment décririez-vous vos relations avec les parents de votre épouse ?

Marco sait que l'inspecteur les a vus ensemble dans la même pièce. Inutile de mentir.

— Nous ne nous aimons pas.

L'inspecteur hausse les sourcils.

— Et pourtant, ils vous ont prêté cinq cent mille dollars ?

— Sa mère et son beau-père, conjointement, nous les ont prêtés. Ils avaient cet argent. Ils aiment leur fille. Ils veulent qu'elle vive bien. Mon plan de développement était solide. C'était un investissement sûr pour eux. Et un investissement dans l'avenir de leur fille. Un arrangement satisfaisant pour tout le monde, en somme.

— Mais n'est-il pas vrai que votre entreprise a terriblement besoin d'une injection de liquidités, en ce moment ?

— Toutes les boîtes sont dans ce cas, par les temps qui courent, réplique Marco, presque amer.

— Êtes-vous sur le point de perdre la société que vous avez créée au prix de tant d'efforts ? reprend Rasbach avec insistance.

— Je ne pense pas, non.

Il ne va pas se laisser intimider.

— Vous ne pensez pas ?

— Non.

Marco se demande d'où l'inspecteur tient ses renseignements. Sa boîte a des problèmes, oui. Mais à sa connaissance, les flics n'ont pas de mandat pour fouiller dans ses affaires ni dans ses relevés de comptes. Est-ce du bluff ? À qui Rasbach a-t-il parlé ?

— Votre femme a-t-elle connaissance de vos soucis financiers ?

Marco remue sur sa chaise.

— Pas entièrement, non.

— C'est-à-dire ?

— Elle sait que les affaires ne vont pas fort en ce moment ; je ne l'ai pas accablée de détails.

— Et pourquoi cela ?

— Mais enfin, nous venons d'avoir un bébé ! s'exclame Marco. Elle est déprimée, comme vous le savez. Pourquoi irais-je lui raconter que la boîte va mal ?

Il passe une main dans ses cheveux, qui retombent dans ses yeux.

— Je comprends. Avez-vous approché votre beau-père pour lui demander de l'aide ?

Marco botte en touche.

— Je pense que le vent va tourner.

Rasbach n'insiste pas.

— Parlons un peu de votre épouse. Elle est déprimée, selon vous. Vous m'avez dit que son médecin avait diagnostiqué une dépression post-partum. Sa psychiatre. Une certaine…

Il consulte ses notes.

— … Dr Lumsden.

Il relève les yeux.

— Qui n'est pas là en ce moment.

— Oui, vous savez déjà tout ça. Combien de fois faudra-t-il revenir là-dessus ?

— Pouvez-vous me décrire ses symptômes ?

Marco se tortille de plus belle sur l'inconfortable chaise métallique. Il se sent tel un ver épinglé sur une planche.

— Comme je vous l'ai dit, ces derniers temps elle était triste, apathique, pleurait beaucoup. Elle paraissait dépassée, parfois. Elle ne dormait pas assez. Cora est un bébé un peu difficile.

En disant cela, il se rappelle que sa petite fille n'est plus là, et doit se taire un instant pour se ressaisir.

— Votre femme a des antécédents psychiatriques ?

Marco relève brusquement la tête, pris par surprise.

— Hein ? Non. Elle fait un peu de déprime, comme des millions de gens. Mais de là à parler de troubles psychiatriques, non.

Il n'aime pas ce que sous-entend l'inspecteur. Il se prépare pour la suite.

— La dépression post-partum est considérée comme un trouble psychiatrique, mais n'ergotons pas.

Rasbach s'adosse à sa chaise et regarde Marco comme pour lui dire : *On peut se parler franchement ?*

— Avez-vous déjà craint qu'elle ne fasse du mal au bébé ? Ou à elle-même ?

— Non, jamais.

— Bien que vous vous soyez renseigné, grâce à Internet, sur la psychose post-partum ?

Donc, ils ont bien fouillé dans son ordinateur. Ils ont vu ce qu'il était allé voir, les histoires de mères infanticides. Marco sent la sueur éclore en petites perles sur son front. Il change de position sur sa chaise.

— Non. Je vous en ai déjà parlé... Quand Anne a reçu le diagnostic, j'ai voulu en savoir plus, et j'ai fait des recherches sur son type de dépression. Vous savez comment c'est, Internet, une chose mène à une autre. On clique sur les liens. J'étais simplement curieux. Si j'ai lu ces histoires de femmes qui devenaient folles et tuaient leurs enfants, ce n'est pas parce que je m'inquiétais pour Anne. Absolument pas.

Rasbach le dévisage sans rien dire.

— Écoutez, si j'avais eu peur qu'elle fasse quelque chose à notre fille, je ne l'aurais pas laissée seule à la maison avec elle toute la journée, pas vrai ?

— Je ne sais pas, qu'en pensez-vous ?

Rasbach ne prend plus de gants. Il le fixe, il attend.

— Vous allez nous accuser de quelque chose ? demande Marco, furieux.

— Non, pas pour l'instant. Vous êtes libre de partir.

Marco se lève lentement, repousse sa chaise. Il n'a qu'une envie : se tirer en courant, pourtant il va prendre son temps, faire comme s'il maîtrisait la situation, même si ce n'est pas vrai.

— Encore une petite chose, dit Rasbach. Connaissez-vous quelqu'un qui conduit une voiture électrique, ou peut-être une hybride ?

Marco hésite.

— Je ne crois pas.

— Ce sera tout, conclut l'inspecteur en se levant. Merci d'être venu.

Marco voudrait le prendre par le colback et lui cracher au visage : « Si tu faisais plutôt ton boulot et que tu retrouvais ma fille, connard ? » Au lieu de cela, il sort à grandes enjambées, trop grandes. Une fois hors de la pièce, il prend conscience qu'il ignore où est Anne. Il ne peut pas partir sans elle. Rasbach arrive derrière lui.

— Si vous voulez bien attendre votre femme, ça ne devrait pas durer trop longtemps.

Sur ces mots, il avance dans le couloir et entre dans une autre pièce, où, présume Marco, Anne patiente.

13

Anne frissonne, assise dans une salle d'interrogatoire froide. Elle n'est vêtue que d'un jean et un mince tee-shirt. La pièce est trop climatisée. La femme flic, postée à côté de la porte, la surveille discrètement. On lui a dit qu'elle était ici de son plein gré, qu'elle était libre de partir à tout moment, mais Anne se sent prisonnière.

Elle essaie d'imaginer ce qui se passe dans l'autre salle, où Marco est en train d'être questionné. Les séparer était un stratagème. Et ça marche : cela mine sa confiance en elle. À l'évidence, les flics les soupçonnent. Ils vont tenter de les dresser l'un contre l'autre.

Il faut qu'elle se prépare à ce qui l'attend, tout en ignorant comment s'y prendre.

Elle envisage de réclamer un avocat, mais elle craint que cela ne lui donne l'air encore plus coupable. Ses parents pourraient lui offrir le meilleur pénaliste de la ville, or elle a peur de le leur demander. Qu'iraient-ils penser ? Et Marco ? Ont-ils besoin de deux défenseurs distincts ? Cela la met en rage, car elle sait qu'ils n'ont rien fait à leur bébé : la police perd son temps avec eux. Et pendant ce temps, Cora est seule quelque part, terrifiée, maltraitée, ou même… Anne sent monter un spasme de nausée.

Pour le réprimer, elle songe à Marco. Puis elle revoit la scène dans sa tête : lui embrassant Cynthia, ses mains sur son corps – ce corps tellement plus désirable que le sien. Elle se répète qu'il avait bu, que c'est sans doute Cynthia qui s'est jetée sur lui, comme il l'a dit, et non l'inverse. Elle a vu cette femme draguer son mari toute la soirée. Mais quand même, il est sorti fumer une cigarette avec elle. Ils sont aussi coupables l'un que l'autre. Même si tous deux ont nié avoir une liaison, elle ne sait plus que croire.

La porte qui s'ouvre la fait sursauter. L'inspecteur entre, suivi de son acolyte Jennings.

— Où est Marco ? demande Anne d'une voix tremblante.

— Il vous attend à l'accueil, répond Rasbach avec un bref sourire. Nous n'en avons pas pour longtemps, ajoute-t-il doucement. Allons, détendez-vous.

Il indique alors une caméra fixée sous le plafond.

— Nous allons filmer cet entretien.

Anne, désemparée, jette un coup d'œil à la caméra.

— Faut-il vraiment que ce soit enregistré ?

Elle regarde avec anxiété les deux inspecteurs.

— Tous les entretiens le sont, indique Rasbach. Cela, pour la protection de toutes les personnes concernées.

Anne se recoiffe nerveusement avec ses doigts, tâche de se grandir sur sa chaise. La femme policier reste à la porte, comme si elle craignait une tentative de fuite.

— Je peux vous apporter quelque chose ? propose Rasbach. Du café ? De l'eau ?

— Non, merci.

— Bien, alors commençons. Veuillez décliner votre nom et la date d'aujourd'hui.

Il la guide minutieusement dans la chronologie de la nuit de l'enlèvement.

— Et en voyant qu'elle n'était pas dans son lit, comment avez-vous réagi ? lui demande-t-il d'un ton affable, encourageant.

— Je vous l'ai déjà dit. Je crois que j'ai crié. J'ai vomi. Ensuite, j'ai appelé les secours.

Il hoche la tête.

— Et votre mari, qu'est-ce qu'il a fait ?

— Il a inspecté tout l'étage pendant que je téléphonais.

Rasbach lui lance un coup d'œil acéré.

— Dans quel état était-il ?

— Sous le choc, épouvanté, comme moi.

— Vous n'avez rien trouvé de déplacé, de dérangé, à part l'absence de l'enfant ?

— Non. Nous avons fouillé la maison avant l'arrivée de la police, mais n'avons rien remarqué. La seule chose étrange, en dehors du fait qu'elle n'était plus là, et sa couverture non plus, c'est que la porte d'entrée était ouverte.

— Qu'avez-vous pensé, en voyant le lit vide ?

— Qu'on nous l'avait prise, souffle Anne, le regard rivé sur la table.

— Vous nous avez dit que c'était vous qui aviez fracassé le miroir de la salle de bains, après avoir constaté la disparition et avant l'arrivée de la police. Pourquoi cela ?

Elle inspire profondément avant de répondre :

— J'étais en colère. J'enrageais parce que nous l'avions laissée seule à la maison. C'était notre faute.

Sa voix est sèche, sa lèvre inférieure tremble.

— En fait, je pourrais avoir de l'eau ?

— J'y vais, annonce Jennings.

Il sort, et revient rapidement avec une bouteille qu'il pose devant Anne. Soulagée, elle dévisse le bouchon et boit quelques gorgées.

Rasbach reprend l'interrogatoire.

— Vous avez déclaré que vous aviez consommé du vin. Vous êtes aussi sous antidépresseurs, dont l'alcool augmente les effets. Pensez-vous que vos souvenirs de cette nuit-là soient fiables ?

— Oui.

Son ton est ferme. L'eau semble l'avoir ragaillardie.

— Vous êtes sûre de votre version des événements ?

— Certaine.

— Comment expliquez-vous le vêtement rose retrouvé sous le matelas de la table à langer ?

La voix de Rasbach n'est plus aussi aimable qu'avant. Anne sent toute sa maîtrise d'elle-même la déserter.

— Je… je croyais l'avoir mis au panier, mais j'étais très fatiguée. Il s'est retrouvé là, allez savoir comment.

— Vous ne pouvez pas l'expliquer ?

Anne sait très bien où il veut en venir. Comment peut-il se fier à son récit, si elle est incapable d'expliquer une chose aussi simple ?

— Non. Je n'en sais rien.

Elle commence à se tordre les mains sous la table.

— N'est-il pas envisageable que vous ayez laissé tomber le bébé ?

— Quoi ?

Ses yeux remontent vivement vers le visage de l'inspecteur. Il a un regard déroutant : elle a l'impression qu'il voit à travers elle.

— Est-il possible que vous ayez laissé tomber l'enfant, qu'elle ait été blessée d'une manière ou d'une autre ?

— Non. Absolument pas. Je m'en souviendrais.

Rasbach n'est plus du tout amical. Il s'adosse à sa chaise et incline la tête sur le côté, comme s'il ne la croyait pas.

— Peut-être que vous l'aviez laissée tomber plus tôt dans la soirée, et qu'elle s'est cogné la tête, ou que vous l'aviez secouée, et que quand vous êtes revenue la voir elle ne respirait plus ?

— Non ! Il ne s'est rien passé de tel, plaide Anne avec l'énergie du désespoir. Elle allait très bien quand je l'ai laissée à minuit. Et aussi quand Marco y est allé à minuit et demi.

— Vous ne pouvez pas savoir si elle allait bien quand Marco y est allé à minuit et demi. Vous n'étiez pas dans la chambre. Vous n'avez que la parole de votre mari.

— Il ne mentirait pas, dit Anne, de plus en plus angoissée.

Rasbach laisse le silence emplir la pièce. Puis il demande :

— Jusqu'où faites-vous confiance à votre mari, madame Conti ?

— J'ai toute confiance en lui. Il ne mentirait pas là-dessus.

— Non ? Et s'il était allé voir la petite, et l'avait trouvée ne respirant plus ? Il a pu penser que vous lui aviez fait du mal, par accident peut-être, ou que vous l'aviez étouffée avec un oreiller. Et s'il s'était arrangé pour que quelqu'un vienne emporter le corps, par souci de vous ménager ?

— Mais non ! Qu'est-ce que vous racontez ? Que je l'ai tuée ? C'est vraiment ce que vous croyez ?

Son regard passe de Rasbach à Jennings, puis à la femme postée à la porte, pour revenir à l'inspecteur.

— Votre voisine, Cynthia, dit que, quand vous êtes retournée à la soirée après avoir nourri l'enfant à 23 heures, vous aviez l'air d'avoir pleuré.

Anne rougit : elle avait oublié ce détail. Elle a pleuré, en effet. Elle a donné le sein à Cora dans son fauteuil, dans le noir, à 23 heures, les joues baignées de larmes. Parce qu'elle était déprimée, parce qu'elle se sentait grosse et laide, parce que Cynthia tentait son mari comme

128

elle-même ne pouvait plus le tenter, et qu'elle s'estimait bonne à rien, nulle, accablée. On pouvait compter sur Cynthia pour remarquer ses larmes et les rapporter à la police.

— Vous êtes suivie par une psychiatre, avez-vous déclaré. Une certaine Dr Lumsden ?

Rasbach s'est redressé, et voilà qu'il prend un dossier sur la table. Il l'ouvre et le consulte.

— Je vous ai déjà parlé du Dr Lumsden, dit Anne en se demandant ce qu'il est en train de lire. Je la vois pour une légère dépression post-partum, comme vous le savez. Elle m'a prescrit un antidépresseur compatible avec l'allaitement. Je n'ai jamais songé à m'en prendre à ma fille. Je ne l'ai pas secouée, étouffée ni blessée d'aucune manière. Je n'étais pas ivre à ce point. Je pleurais, quand je lui ai donné la tétée, parce que j'étais triste d'avoir grossi et de ne plus être attirante, alors que Cynthia – qui est censée être une amie – avait flirté toute la soirée avec mon mari.

Anne puise de la force dans sa colère en se rappelant cela. Elle aussi se redresse sur sa chaise, et fait face au policier.

— Vous devriez peut-être vous renseigner un peu sur la dépression post-partum, inspecteur. Ça n'a rien à voir avec la psychose post-partum. Et il est clair que je ne suis pas psychotique.

— Très bien, convient Rasbach.

Il pose le dossier et passe à une nouvelle question.

— Décririez-vous votre mariage comme heureux ?

— Oui. Nous avons nos problèmes, comme la plupart des couples, mais nous les surmontons.

— Quel genre de problèmes ?

Anne s'agite sur sa chaise.

— C'est vraiment pertinent, vous croyez ? Comment voulez-vous que ça nous aide à retrouver Cora ?

— Tout le personnel disponible travaille à retrouver Cora. Nous faisons l'impossible, je vous assure.

Puis Rasbach ajoute :

— Vous pouvez peut-être nous aider.

Anne s'affaisse sur la chaise, découragée.

— Je ne vois pas comment.

— Quels sont les problèmes qui surgissent dans votre couple ? L'argent ? C'est un gros dossier pour la plupart des couples.

— Non, dit-elle avec lassitude. Nous ne nous disputons pas à propos d'argent. Notre seul point de discorde, ce sont mes parents.

— Vos parents ?

— Ils ne s'aiment pas, mes parents et Marco. Mes parents ne l'ont jamais accepté. Ils estiment qu'il n'est pas assez bien pour moi. Pourtant il l'est. Il est parfait pour moi. Eux ne voient pas le bien en lui, parce qu'ils ne le veulent pas. Ils sont comme ça, que voulez-vous ? De toute manière, ils n'ont jamais apprécié aucun de mes flirts, aucun ne trouvait grâce à leurs yeux. Mais lui, ils le détestent, parce que je suis tombée amoureuse de lui et que je l'ai épousé.

— Ils ne peuvent pas le détester complètement, tout de même.

— Parfois, on dirait bien que si, répond Anne en contemplant la table. Ma mère pense juste que je mérite mieux, principalement parce qu'il ne vient pas d'une famille fortunée, mais mon père, lui, semble le haïr activement. Il n'arrête pas de le rabaisser. Je ne comprends pas pourquoi.

— Ils n'ont pas de raison particulière de lui en vouloir ?

— Non, aucune. Marco n'a jamais rien fait de mal.

Elle pousse un soupir triste.

— Mes parents sont très difficiles, et ils aiment tout contrôler. Ils nous ont donné de l'argent pour démarrer, et maintenant ils pensent que nous leur sommes redevables.

— Ils vous ont donné de l'argent ?

Elle pique un fard.

— Pour la maison.

— Vous voulez dire en cadeau ?

— Oui, c'était un cadeau de mariage : de quoi s'acheter une maison. Nous n'aurions pas pu l'avoir sans leur aide. C'est cher, une maison dans les bons quartiers.

— Je vois.

— Je l'adore, cette maison, reconnaît Anne. Mais Marco déteste l'idée de leur devoir quelque chose. Il ne voulait pas accepter ce cadeau. Il aurait préféré se faire tout seul – il a de l'orgueil, de ce côté-là. C'est pour me faire plaisir qu'il les a laissés m'aider. Il savait que je voulais la maison. Lui se serait volontiers contenté de commencer dans un petit appartement pourri. Parfois, je me dis que j'ai commis une erreur. On aurait peut-être dû refuser, s'installer dans un endroit minable, comme la plupart des jeunes couples. On y serait peut-être encore, mais on serait plus heureux.

Elle se met à pleurer.

— Et maintenant, ils considèrent que c'est sa faute si Cora n'est plus là, parce que c'est lui qui a voulu la laisser seule chez nous. Ils n'arrêtent pas de me le seriner.

Rasbach pousse la boîte de mouchoirs en papier vers elle. Elle en prend un pour se tamponner les yeux.

— Et au fond, qu'est-ce que je peux dire ? J'essaie de le défendre, or c'est bien lui qui a voulu la laisser.

Moi, j'étais contre. Je ne sais toujours pas pourquoi j'ai dit oui. Je ne me le pardonnerai jamais.

— À votre avis, Anne, qu'est-il arrivé à Cora ?

Elle regarde le mur sans le voir.

— Je ne sais pas. Je me le demande en permanence. J'espérais que quelqu'un l'avait enlevée pour réclamer une rançon, parce que mes parents sont riches, mais personne ne nous a contactés, alors… je ne sais pas, j'ai du mal à rester positive. C'est aussi ce que croyait Marco, au début. Mais lui aussi est en train de renoncer à l'idée.

Elle se tourne vers l'inspecteur, le teint blême.

— Et si elle était morte ? Si notre petite fille était déjà morte ?

À ces mots, elle éclate en sanglots.

— Si on ne la retrouvait jamais ?

14

Rasbach a fouillé dans l'ordinateur de Marco au bureau. Pas étonnant que celui-ci soit inquiet. S'il est compréhensible qu'un homme dans sa situation se documente sur la dépression post-partum, son historique de navigation montre qu'il a poussé assez loin ses recherches sur la psychose du même nom. Il a lu l'histoire de la femme coupable d'avoir noyé ses cinq enfants dans une baignoire au Texas ; celle de la mère qui a tué les siens en précipitant sa voiture dans un lac ; celle de l'Anglaise qui a étranglé ses deux petits dans un placard. Il a parcouru des histoires de femmes qui avaient noyé, poignardé, étouffé, étranglé leurs enfants. Ce qui signifie, dans l'esprit de l'inspecteur, soit que Marco craignait que son épouse ne devienne psychotique, soit qu'il s'intéressait à ces récits pour une autre raison. Il lui vient à l'esprit que Marco a pu piéger son épouse pour la faire tomber à sa place. Cora n'est peut-être qu'un dommage collatéral. Cherche-t-il simplement à sauver sa peau ?

Mais ce n'est pas sa théorie préférée. Anne, comme elle l'a souligné, n'est pas psychotique. Toutes ces mères infanticides étaient clairement en proie à la démence. Quant à elle, si elle a tué Cora, cela doit être par accident.

Non, l'hypothèse qui a sa préférence, c'est que Marco a organisé l'enlèvement pour obtenir une rançon dont il a un cruel besoin – quoi qu'il dise sur le vent qui va tourner, ses affaires se portent très mal, aucun doute là-dessus.

Ils n'ont pas réussi à expliquer la voiture. Personne ne s'est présenté pour déclarer avoir emprunté la ruelle à 0 h 35 la nuit du kidnapping. La police a sollicité l'aide du public pour résoudre ce mystère. Si quiconque dans le quartier était passé innocemment à cet endroit à l'heure dite, étant donné la visibilité de l'affaire dans la presse et à la télévision, il se serait selon toute vraisemblance fait connaître. Or, celui qui était au volant ne s'est pas manifesté – sans doute parce qu'il est complice du crime. L'inspecteur Rasbach est convaincu que l'occupant de ce véhicule avait le bébé avec lui.

Rasbach est d'avis que soit la petite a été tuée accidentellement par les parents, et son corps emporté par un complice, soit il s'agit d'un enlèvement factice et Marco a confié l'enfant à quelqu'un qui par la suite n'a pas respecté le processus prévu pour l'échange contre rançon. Si c'est le cas, la femme est peut-être dans le coup, et peut-être pas ; il faut qu'il la surveille de près. Si cette théorie est la bonne, Marco doit se faire des cheveux blancs.

Mais la baby-sitter pose problème. Marco aurait-il mis sur pied un enlèvement s'il devait y avoir une jeune fille dans la maison ?

Rasbach ne voit plus l'intérêt de laisser en permanence un agent de police chez les Conti pour attendre une demande de rançon qui ne viendra probablement jamais. Il prend une décision stratégique. Ils vont se retirer ; il va faire sortir la police de la maison et voir ce qui se passe une fois le couple livré à lui-même. S'il a vu juste, le meilleur moyen de découvrir le fin mot de l'histoire est de reculer d'un pas et de donner à Marco un peu de corde pour se pendre.

Et la petite ? Rasbach se demande si Marco lui-même sait si elle est encore en vie ou non. Il se souvient du célèbre kidnapping du bébé Lindbergh, dans lequel il semble que l'enfant soit mort par accident, pendant ou après l'enlèvement. C'est peut-être ce qui s'est passé. Il plaindrait presque Marco. Presque.

Mardi matin : trois jours que Cora a disparu. Le dernier policier est en train de partir. Anne n'arrive pas à croire qu'ils vont rester seuls.

— Mais si le ravisseur appelle ? proteste-t-elle, incrédule, auprès de Rasbach.

Marco ne dit rien. Il lui semble évident que personne n'appellera. Et il lui semble tout aussi évident que la police ne croit même pas à l'existence d'un ravisseur.

— Tout ira bien, dit Rasbach. Marco saura s'y prendre.

Elle reste dubitative.

— C'est peut-être notre présence qui l'effraie, insiste l'inspecteur. Dans ce cas, si nous partons, il se manifestera.

Il se tourne vers Marco.

— Si quelqu'un appelle en affirmant détenir Cora, restez calme, tâchez d'obtenir des instructions, et faites-le parler autant que possible. Plus il en dira, mieux ce sera. Le mouchard est toujours en place, donc ce sera enregistré. Mais il y a très peu de chances que nous puissions localiser l'appel ; de nos jours, tout le monde utilise des portables prépayés. Ça nous complique beaucoup la tâche.

Sur ce, Rasbach s'en va. Marco, en tout cas, n'est pas fâché de le voir quitter les lieux.

Désormais, Anne et Marco sont seuls. Dans la rue, la meute des journalistes a nettement rétréci aussi. En l'absence de nouveaux rebondissements, ils ont peu de chose à relater – du coup, leur enthousiasme s'étiole. Les tas de fleurs fanées et d'ours en peluche ne grossissent plus non plus.

— Ils pensent que je l'ai tuée, dit Anne. Et que tu me couvres.

— Ils ne peuvent pas penser ça, tente de la rassurer Marco.

Il n'a pas grand-chose d'autre à dire. Que pourrait-il lui raconter ? « Soit c'est ça, soit ils pensent que j'ai simulé un enlèvement pour l'argent de la rançon. » Or il ne veut pas lui avouer la gravité de leur situation financière.

Il monte s'allonger. Il n'en peut plus. Son chagrin et sa détresse sont tels qu'il supporte à peine de regarder sa femme.

Anne s'active dans la maison, fait du ménage, quelque peu soulagée, en fin de compte, d'être débarrassée des policiers. Elle évolue dans un brouillard d'insomnie, rangeant des objets, lavant les tasses à café dans l'évier. Lorsque le téléphone sonne dans la cuisine, elle se fige. Le signal d'appel indique que c'est sa mère. Elle hésite. Finalement, à la troisième sonnerie, elle décroche.

— Anne.

Aussitôt, elle se crispe. Pourquoi a-t-elle décroché ? Elle n'est pas en état d'affronter sa mère. Elle voit Marco dévaler l'escalier, le regard en alerte. *Ma mère,* articule-t-elle en silence, en le chassant de la main. Il tourne les talons et remonte.

— Bonjour, maman.

— Je me fais un sang d'encre pour toi. Comment vas-tu ?

— À ton avis ?

Le combiné collé à l'oreille, elle gagne le fond de la cuisine pour voir le jardin par la fenêtre. Sa mère se tait un instant.

— J'aimerais juste pouvoir faire quelque chose.

— Je sais, maman.

— Je ne peux pas imaginer ce que tu traverses. Ton père et moi, on souffre aussi, mais ce n'est sûrement rien comparé à ce que tu ressens.

Anne se met à pleurer sans bruit.

— Ton père est encore furieux que la police t'ait embarquée pour t'interroger.

— Je sais, tu me l'as déjà dit hier, répond Anne avec lassitude.

— Oui, mais il n'arrête pas d'en parler. Il est d'avis qu'ils feraient mieux de chercher Cora, au lieu de te harceler.

— Ils disent qu'ils ne font que leur travail.

— Il ne me plaît pas, cet inspecteur, lâche sa mère d'un ton gêné.

Anne, à bout de forces, se laisse tomber sur une chaise.

— Je crois que je devrais venir te voir, et qu'on devrait boire un thé et avoir une conversation, toi et moi. Rien que nous deux, sans ton père. Marco est là ?

L'angoisse prend Anne à la gorge.

— Non, maman. Je ne peux pas aujourd'hui. Je suis trop crevée.

Sa mère soupire à l'autre bout du fil.

— Tu sais que ton père est très protecteur avec toi.

Un silence, puis elle ajoute, avec hésitation :

— Parfois, je me demande si on a eu raison de lui cacher des choses, quand tu étais plus jeune.

Anne s'immobilise.

— Il faut que je te laisse.

Elle raccroche. De retour près de la fenêtre, elle contemple le jardin, en tremblant, pendant un long moment.

Rasbach et Jennings sont dans un véhicule de police ; c'est Jennings qui conduit. Il fait chaud dans la voiture, et Rasbach règle la climatisation. Ils arrivent bientôt à St Mildred's, une école privée huppée située dans le quartier nord-ouest de la ville. C'est une institution pour filles, qui va de la maternelle à la terminale. Anne Conti y a fait toute sa scolarité avant d'entrer à l'université. On doit bien savoir des choses sur elle, là-bas.

Malheureusement pour eux, ce sont les grandes vacances. Rasbach a appelé à l'avance et pris rendez-vous avec une certaine Mme Beck, la directrice, qui, apparemment, a beaucoup de travail, même pendant l'été.

Jennings se gare sur le parking vide. L'école est un ravissant bâtiment en vieille pierre, qui évoque un château, entouré de verdure. L'endroit sent l'argent à plein nez. Rasbach imagine une flotte de voitures de luxe déversant devant les portes des petites filles riches en uniforme. En ce moment, le silence règne, troublé uniquement par le moteur d'un tracteur de jardin qui passe sur les pelouses.

Rasbach et Jennings gravissent les marches en pierre patinées et pressent la sonnette. La porte en verre s'ouvre avec un déclic sonore, et les deux policiers s'engagent dans un large couloir, suivant les flèches jusqu'à l'administration. Leurs semelles crissent sur les sols luisants. Une odeur de cire et d'encaustique leur chatouille les narines.

— Ça ne me manque pas, l'école, et toi ? fait Jennings.

— Pas du tout.

Les voici à destination, où Mme Beck les accueille. Rasbach est aussitôt déçu de constater qu'elle est relativement jeune : la petite quarantaine. Il y a peu de chances qu'elle se soit trouvée à St Mildred's du temps d'Anne Conti. Mais il espère croiser du personnel qui se souviendra d'elle.

— Que puis-je faire pour vous, messieurs ? demande-t-elle en les conduisant jusqu'à son bureau spacieux.

Rasbach et Jennings s'assoient sur des sièges confortables devant sa table de travail, tandis qu'elle s'installe derrière.

— Nous nous intéressons à une de vos anciennes élèves, annonce Rasbach.

— Et qui donc ?

— Anne Conti. Elle devait s'appeler Anne Dries à l'époque.

Mme Beck observe un silence, puis a un petit hochement de tête.

— Je vois.

— J'imagine que vous-même n'étiez pas encore là.

— Non, elle est partie avant mon arrivée. Pauvre femme. Je l'ai vue à la télévision. Quel âge a-t-elle ?

— Trente-deux ans. Je crois comprendre qu'elle a fait toute sa scolarité ici.

Mme Beck sourit.

— Un grand nombre de nos jeunes filles arrivent au jardin d'enfants et ne s'en vont pas avant d'être admises dans une bonne université. Nous avons un excellent taux de fidélité.

Rasbach lui retourne son sourire.

— Nous aimerions avoir accès à son dossier et, idéalement, nous entretenir avec des gens qui l'ont connue.

— Je vais voir ce que je peux faire, répond-elle avant de quitter la pièce.

Lorsqu'elle revient, quelques minutes plus tard, elle a un dossier couleur havane entre les mains.

— Elle est restée ici, comme vous le disiez, du jardin d'enfants à la terminale. Une très bonne élève. Elle a ensuite fait ses études à Cornell.

L'essentiel du boulot de cette femme, c'est les relations publiques, songe Rasbach en prenant le dossier. Elle préférerait sûrement que la désormais célèbre Anne Conti n'ait jamais foulé les couloirs de St Mildred's.

Jennings et lui étudient le dossier en silence pendant que Mme Beck s'agite derrière son bureau. Il n'y a pas grand-chose à voir, à part d'excellents bulletins. Rien ne leur saute aux yeux.

— Certains de ses anciens professeurs enseignent-ils encore ici ? s'enquiert Rasbach.

Mme Beck réfléchit.

— La plupart sont partis, mais Mme Bleeker n'a pris sa retraite que l'an dernier. J'ai vu dans le dossier qu'elle avait enseigné l'anglais à Anne pendant plusieurs années, dans les grandes classes. Vous pourriez aller la voir. Elle n'habite pas très loin d'ici.

Elle inscrit le nom et l'adresse sur un morceau de papier. Rasbach le prend et la remercie.

Jennings et lui regagnent la voiture bouillante.

— Allons rendre visite à cette prof d'anglais, dit Rasbach. On s'achètera un sandwich en route.

— Tu t'attends à trouver quoi ?

— Il ne faut jamais s'attendre à rien, Jennings.

15

En arrivant chez l'enseignante à la retraite, ils sont accueillis par une femme au dos droit et au regard vif. Le type même de l'ancienne prof d'anglais pour jeunes filles comme on les imagine, se dit Rasbach.

Mme Bleeker étudie soigneusement leurs insignes, puis les toise tous les deux avant de bien vouloir leur ouvrir sa porte.

— On n'est jamais trop prudent, s'excuse-t-elle.

Jennings adresse un coup d'œil à Rasbach tandis qu'elle les précède dans l'étroit couloir qui mène à son salon.

— Asseyez-vous, je vous en prie.

Les policiers prennent place dans deux fauteuils capitonnés. Elle s'assoit sur le canapé en face d'eux. Un gros roman – *Les Tours de Barchester*, d'Anthony Trollope, dans l'édition des Classiques Penguin – est posé sur la table basse, à côté d'un iPad.

— Que puis-je faire pour vous, messieurs ? À vrai dire, je pense deviner ce qui vous amène.

Rasbach lui décoche son sourire le plus désarmant.

— Et que devinez-vous donc, madame Bleeker ?

— Vous voulez parler d'Anne. Je l'ai reconnue dans les journaux. On ne parle que d'elle en ce moment.

Rasbach et Jennings échangent un bref regard.

— Elle s'appelait Anne Dries quand j'étais son professeur.

— En effet, dit Rasbach, nous sommes venus parler d'Anne.

— C'est affreux. Cela m'a beaucoup attristée de la voir à la télévision.

Elle pousse un profond soupir.

— Je ne sais pas quoi vous dire sur ce qui est arrivé à l'époque, car en fait je n'en sais rien. J'ai essayé de le découvrir, mais personne n'a rien voulu me raconter.

Un picotement traverse la nuque de Rasbach.

— Si vous commenciez par le début ? propose-t-il patiemment.

Elle hoche la tête.

— J'aimais bien Anne. Elle était bonne élève en anglais. Pas inspirée mais travailleuse. Sérieuse. Elle était assez discrète. C'était difficile de savoir ce qui se passait dans sa tête. Elle aimait le dessin. J'étais au courant que ses camarades la rudoyaient. J'ai tenté d'y mettre fin.

— La rudoyaient ?

— Les bêtises habituelles de petites filles gâtées. Des gamines avec plus d'argent que de cervelle. Elles la traitaient de grosse dondon. Ce qu'elle n'était pas, bien sûr. C'étaient les autres qui étaient maigres comme des clous. Malsaines.

— C'était quand, ça ?

— Elle devait être en seconde, première. Il y avait trois filles… qui se prenaient pour la huitième merveille du monde. Les trois plus jolies de l'école, qui s'étaient trouvées et avaient formé un club privé, interdit aux autres.

— Vous vous souvenez de leurs noms ?

— Bien sûr. Debbie Renzetti, Janice Foegle et Susan Givens.

Jennings note les noms dans son calepin.

— Je ne risque pas de les oublier, ces trois-là.

— Et que s'est-il passé ?

142

— Je l'ignore. Les trois jolies se moquaient d'elle, comme d'habitude, et du jour au lendemain l'une s'est retrouvée à l'hôpital tandis que les deux autres évitaient Anne comme la peste. Susan a été absente pendant environ deux semaines. Il s'est raconté qu'elle était tombée de vélo et avait eu une commotion cérébrale.

Rasbach se fait encore plus attentif.

— Mais vous ne croyez pas à cette histoire. Qu'est-il arrivé, selon vous ?

— Je ne sais pas, au juste. Il y a eu des réunions à huis clos avec les parents. Tout est resté très discret. Mais je parie qu'Anne en avait eu assez.

De retour au commissariat, Rasbach et Jennings, en creusant un peu, apprennent que deux des jeunes filles mentionnées par l'enseignante, Debbie Renzetti et Susan Givens, ont déménagé avec leurs parents juste après le lycée. Janice Foegle, par chance, vit encore en ville. Quand Rasbach lui téléphone, la chance reste avec lui : elle est chez elle, et veut bien venir lui parler l'après-midi même.

Rasbach est appelé à l'accueil lorsqu'elle arrive, pile à l'heure pour son entretien. Il va à sa rencontre. Il a beau savoir à quoi s'attendre, il est tout de même soufflé par son physique. Qu'est-ce que ça doit être, se dit-il, d'avoir ce genre de beauté au lycée, alors que les autres se débattent pour la plupart dans les affres de l'âge ingrat ! Il se demande de quelle manière cela l'a façonnée. Il songe fugacement à Cynthia Stillwell.

— Madame Foegle, dit-il, je suis l'inspecteur Rasbach, et voici l'inspecteur Jennings. Merci d'être venue. Nous avons quelques questions à vous poser, si vous voulez bien.

Elle se rembrunit, comme résignée.

— Pour être franche, je m'attendais à être convoquée.

Ils l'emmènent dans une des salles d'interrogatoire. Ses traits se crispent lorsqu'ils évoquent l'enregistrement vidéo, pourtant elle ne se plaint pas.

— Vous avez connu Anne Conti au lycée St Mildred's – elle s'appelait alors Anne Dries, commence Rasbach une fois débarrassé des mentions liminaires.

— Oui.

Sa voix est calme.

— Comment était-elle ?

Janice hésite, semble chercher ses mots.

— Elle était gentille.

— Gentille ?

Rasbach en attend davantage.

Soudain, le visage de la femme se chiffonne et elle se met à pleurer. Rasbach pousse doucement la boîte de mouchoirs vers elle, et patiente.

— La vérité, c'est que c'était une gentille fille, et que j'ai été une vraie garce. Susan, Debbie et moi, nous étions d'affreuses gamines. J'en ai honte, maintenant. Quand je repense à ce que j'étais à l'époque, je n'en reviens pas. Nous avons été très cruelles avec elle, sans raison.

— Cruelles comment ?

Janice se détourne pour se moucher délicatement. Puis elle lève les yeux vers le plafond et tâche de se ressaisir.

— On se moquait d'elle. De son physique, ses vêtements. On se croyait au-dessus d'elle – au-dessus de tout le monde, à vrai dire.

Elle lui lance un regard penaud.

— Nous avions quinze ans. Mais ça n'excuse rien.

— Et que s'est-il passé ?

— Ça a duré des mois, et elle encaissait. Elle était toujours douce avec nous, elle faisait comme si ça ne la dérangeait pas, et nous la jugions d'autant plus pitoyable. En fait, au fond, je la trouvais forte d'être capable de faire comme si ça ne l'affectait pas, jour après jour, alors que bien sûr elle souffrait. Mais je gardais ça pour moi.

Rasbach opine du chef, l'encourage à poursuivre.

Elle baisse les yeux vers le mouchoir qu'elle serre dans sa main, pousse un gros soupir, puis relève la tête vers Rasbach.

— Et puis un jour, elle a craqué. Toutes les trois, Debbie, Susan et moi, nous étions restées après les cours pour je ne sais plus quelle raison. Nous étions dans les toilettes des filles, et Anne est arrivée. En nous voyant, elle s'est arrêtée net. Elle nous a saluées, nous a fait un petit signe de la main, est entrée dans une cabine comme si de rien n'était. Il fallait du cran pour faire ça, je dois le reconnaître.

Elle marque une pause, puis reprend son récit :

— Enfin bref, nous avons commencé à lui balancer des choses.

Elle se tait.

— Quel genre de choses ?

— J'ai honte de le dire. Des trucs comme : « Alors, ce régime, ça marche ? On dirait plutôt que tu grossis », ce genre-là. Nous étions odieuses avec elle. Alors, elle est sortie de la cabine et a foncé droit sur Susan. On ne s'y attendait pas du tout. Elle l'a prise par la gorge et l'a jetée contre le mur. Un de ces murs en béton, vous savez, peint en blanc cassé, et Susan s'est violemment cogné la tête. Elle a glissé le long du mur, jusque par terre. En laissant une grande traînée de sang sur toute la hauteur.

Les traits de Janice se tordent, comme si elle était de retour dans ces toilettes pour filles, en train de voir son amie s'effondrer au sol, et le sang sur le mur.

— J'ai cru qu'Anne l'avait tuée.

— Continuez, la presse Rasbach.

— Debbie et moi, nous nous sommes mises à hurler, mais Anne est demeurée complètement muette. Debbie, qui était la plus proche de la porte, est partie en courant chercher de l'aide. J'étais terrifiée de rester seule avec Anne, mais elle se tenait entre moi et la sortie, et j'avais trop peur pour bouger. Anne me fixait, d'un regard vide. Comme si elle n'était pas vraiment là. Je ne savais même pas si elle me voyait. C'était effrayant. Une enseignante a fini par arriver, ainsi que la directrice. Elles ont appelé une ambulance.

Janice retombe dans le silence.

— Quelqu'un a-t-il contacté la police ?

Elle considère l'inspecteur d'un air surpris.

— Vous plaisantez ? Ça ne se passe pas comme ça, dans les écoles privées. La directrice ne pensait qu'à limiter les dégâts. Je sais qu'ils se sont arrangés entre eux ; la mère d'Anne est venue, ainsi que nos parents, et tout a été… *géré*. Car, voyez-vous, nous l'avions bien cherché, et tout le monde le savait.

— Que s'est-il passé, après qu'elles ont appelé les secours ? demande doucement Rasbach.

— Susan a été placée sur une civière et descendue jusqu'à l'ambulance. Debbie, le professeur et moi l'avons suivie. Debbie et moi étions hystériques, en larmes. La directrice a emmené Anne dans son bureau pour attendre sa mère. L'ambulance a emporté Susan, et Debbie et moi avons attendu nos parents dans le parking avec la prof.

— Vous vous souvenez d'autre chose ?

Elle fait oui de la tête.

— Avant de partir avec la directrice, Anne m'a regardée, complètement normale, et m'a demandé : « Qu'est-ce qui s'est passé ? »

— Qu'avez-vous pensé, quand elle vous a dit cela ?

— Qu'elle était folle.

146

Le facteur, sur le perron, essaie de faire passer le volumineux courrier par la fente de la porte. Anne l'observe depuis la cuisine. Elle pourrait simplement ouvrir et lui prendre les lettres, pour lui faciliter la vie, mais elle s'en garde bien. Elle sait que tout ce fiel lui est adressé, à elle. Le facteur relève la tête et la voit par la fenêtre. Leurs regards se croisent pendant une seconde, puis il baisse le nez et se remet à pousser des enveloppes dans la fente. Il y a moins d'une semaine, elle parlait avec lui de la pluie et du beau temps. Tout a changé. Les lettres sont tombées par terre derrière la porte, en tas, n'importe comment. Il lutte maintenant pour faire entrer une enveloppe plus épaisse, qui ne passe pas. Il l'enfonce à moitié, puis tourne les talons et descend vers la maison suivante.

Anne reste plantée là à contempler le tas par terre, ainsi que le paquet bloqué dans la fente, qu'il empêche de se refermer. Elle s'approche de la porte et essaie de l'extirper. C'est une de ces enveloppes protectrices en papier à bulles. Elle est bien coincée. Anne va devoir ouvrir et tirer dessus par l'autre bout, à l'extérieur. Elle vérifie par la fenêtre s'il y a du monde. Les journalistes qui étaient là au petit matin, au moment où la police remballait, sont partis. Elle ouvre la porte, décoince la grosse enveloppe, rentre vite, referme et tourne le verrou.

Sans réfléchir, elle ouvre le paquet.

Il contient un petit body vert menthe.

16

Anne pousse un hurlement.

Marco dévale aussitôt l'escalier quatre à quatre. Il la voit à la porte, un tas de courrier non ouvert à ses pieds, un paquet dans les mains. Il aperçoit le body vert qui dépasse.

Elle pivote vers lui, livide.

— Il y a ça qui vient d'arriver au courrier, dit-elle d'une étrange voix creuse.

Marco s'approche d'elle, et elle lui tend l'enveloppe. Ils la regardent ensemble, presque effrayés d'y toucher. Et si c'était une farce cruelle ? Si quelqu'un avait trouvé drôle d'expédier un body vert menthe à l'affreux couple qui a laissé son bébé tout seul à la maison ?

Marco prend le paquet des mains d'Anne et, doucement, l'ouvre un peu plus. Il en sort le vêtement. Apparemment, c'est le bon. Il le retourne. Le lapin brodé est bien là, sur le devant.

— Mon Dieu, souffle Anne avant de fondre en larmes, le visage dans les mains.

— C'est bien le sien, dit Marco, la gorge serrée. C'est celui de Cora.

Anne hoche la tête sans pouvoir parler.

Un mot est épinglé sur le tissu. Il est tapé à la machine, en petits caractères.

L'enfant va bien. La rançon est fixée à cinq millions de dollars. Ne prévenez PAS la police. Apportez l'argent jeudi à 14 heures. S'il y a le moindre flic, vous ne la reverrez jamais.

Un plan détaillé figure au bas de la page.

— On va la retrouver, Anne ! s'écrie Marco.

Anne est au bord de l'évanouissement. Après tout ce qu'ils viennent de traverser, cela paraît trop beau pour être vrai. Elle lui prend le body, le presse contre son visage et inhale. Elle sent l'odeur de son bébé. *L'odeur de Cora !* C'est bouleversant. Elle respire encore, et ses genoux flageolent.

— On va suivre les instructions à la lettre, déclare Marco.

— Il ne faudrait pas avertir la police ?

— Non ! C'est écrit : pas la police. On ne peut pas prendre le risque de tout faire capoter. Tu ne vois pas ? C'est trop dangereux. S'il craint de se faire prendre, il peut très bien tuer Cora et se débarrasser d'elle ! Il faut qu'on fasse ce qu'il dit. Pas de police.

Anne acquiesce. C'est effrayant, la perspective de se débrouiller seuls. Mais il a raison. Qu'ont-ils fait pour eux, les flics ? Rien, à part les soupçonner. Les policiers ne sont pas leurs amis. Marco et elle vont devoir récupérer Cora par eux-mêmes.

— Cinq millions, souffle Marco, tendu.

Il la regarde, soudain inquiet.

— Tu crois que tes parents diront oui ?

Elle se mord la lèvre avec anxiété.

— Je ne sais pas. Il faudra bien.

— On n'a pas beaucoup de temps. Deux jours. Il faut prévenir tes parents. Qu'ils commencent à rassembler la somme.

— Je les appelle.

Elle se dirige vers le téléphone de la cuisine.

— Non, sers-toi de ton portable ! Et, Anne, dis-leur tout de suite : pas de police. Personne ne doit être au courant.

Ils s'assoient sur le canapé du salon, Anne et Marco, côte à côte. La mère d'Anne se perche gracieusement sur le bord du fauteuil, tandis que son mari fait les cent pas entre la fenêtre et le canapé. Tous le suivent des yeux.

— Tu es sûre que c'est bien le sien ? dit-il pour la énième fois.

— Mais oui ! s'impatiente Anne. Pourquoi est-ce que tu ne me crois pas ?

Il paraît d'humeur irritable.

— Il faut juste qu'on soit certains. Cinq millions, c'est une somme. Mieux vaut être sûrs d'avoir bien affaire à celui qui détient Cora. L'histoire a fait la une de tous les journaux. Un petit malin pourrait vouloir en profiter.

— C'est le body de Cora, affirme Marco avec assurance. On le reconnaît.

— Vous pouvez trouver l'argent, ou pas ? demande Anne d'une voix stridente.

Elle regarde sa mère avec angoisse. Juste au moment où elle retrouvait espoir, tout semble de nouveau sur le point de s'écrouler. Comment son père peut-il lui faire une chose pareille ?

— Bien sûr qu'on va trouver l'argent, répond sa mère sans hésiter.

— Je n'ai pas dit qu'on ne pouvait pas, précise son père. J'ai dit que ça ne serait pas facile. Mais s'il faut déplacer des montagnes, on déplacera des montagnes.

Marco observe son beau-père, en tâchant de ne pas trop montrer son antipathie. Tout le monde sait qu'il s'agit principalement de l'argent d'Alice, pourtant Richard

150

ne peut pas s'empêcher de faire comme si c'était le sien. Comme s'il l'avait gagné lui-même. Quel bouffon !

— Deux jours, c'est court pour rassembler une telle somme. Il va falloir débloquer certains placements, poursuit Richard sur un ton suffisant.

— Ce n'est pas un problème, réplique sa femme. Ne t'inquiète pas pour l'argent, Anne.

— Pouvez-vous faire ça discrètement, sans que ça se sache ? s'enquiert Marco.

Richard Dries souffle bruyamment en réfléchissant.

— On va en parler avec le comptable. On trouvera une solution.

— Dieu merci, murmure Anne, soulagée.

— Comment ça va se passer, au juste ? demande Richard.

— Comme dans la lettre, répond Marco. Pas de police. J'irai avec l'argent. Je le donne, et on me rend Cora.

— Je devrais peut-être vous accompagner, pour que vous n'alliez pas faire une bêtise, dit son beau-père.

Marco lui lance un coup d'œil ouvertement hargneux.

— Non. S'il voit quelqu'un avec moi, il risque d'annuler.

Ils se regardent dans le blanc des yeux.

— C'est moi qui ai le carnet de chèques, objecte Richard.

— Non, c'est moi, le corrige sèchement sa femme.

— Papa, je t'en prie ! intervient Anne, terrifiée à l'idée que son père fasse tout rater.

Elle les considère tour à tour, folle d'angoisse.

— Nous n'avons même pas la preuve que Cora soit encore en vie, insiste Richard. Ça pourrait être un piège.

— Si elle n'est pas au rendez-vous, je ne laisserai pas l'argent, assure Marco en suivant des yeux les déambulations de son beau-père devant la fenêtre.

— Ça ne me plaît pas, tout ça. On devrait prévenir les flics.

— Non ! s'écrie Marco.

Ils se défient de nouveau. Richard est le premier à se détourner.

— Nous n'avons pas le choix ! plaide Anne, paniquée.

— N'empêche, ça ne me plaît pas.

— Nous allons faire exactement ce qu'on nous demande, promet Alice en jetant un regard noir à son mari.

Richard se tourne alors vers sa fille.

— Excuse-moi, Anne. Tu as raison, on n'a pas le choix. Ta mère et moi, il est temps qu'on se mette à rassembler l'argent.

Marco observe ses beaux-parents qui montent dans leur Mercedes neuve. Il a à peine mangé, ces derniers jours, depuis que tout a commencé. Son jean bâille sur ses hanches.

Ç'a été affreux, le moment où Richard a fait des difficultés pour rassembler la somme. Mais c'était juste pour se faire mousser. Il fallait évidemment qu'il veille à ce que tout le monde sache quel type formidable il est. Que tout le monde prenne la mesure de son importance.

— Je le savais, qu'ils se mettraient en quatre pour nous, conclut Anne en s'approchant de lui.

Comment fait-elle pour réussir à dire systématiquement ce qu'il ne faut pas ? Du moins, dès qu'il s'agit de ses parents. Comment ne voit-elle pas son beau-père tel qu'il est ? Un manipulateur de première. Marco ne répond rien.

— Tout va bien se passer, poursuit-elle en lui prenant la main. On va la retrouver. Et là, tout le monde verra que les victimes, c'était nous.

Elle lui presse la main.

— Et ensuite, on obligera ces fichus flics à nous faire des excuses.

— Ton beau-père ne nous laissera jamais oublier qu'ils nous ont sauvés à coups de millions, ta mère et lui.

— Il ne verra pas les choses comme ça ! Ce qu'il verra, c'est que Cora sera sauvée, j'en suis sûre. Ils ne nous ennuieront pas avec ça.

Ce qu'elle peut être naïve ! À son tour, il lui presse la main.

— Si tu allais t'allonger, tenter de te reposer un peu ? Je vais sortir un moment.

— Je doute d'arriver à dormir, mais je vais essayer. Où vas-tu ?

— Il faut que je passe au bureau vérifier deux ou trois choses. Je n'y ai pas mis les pieds depuis... depuis que Cora n'est plus là.

— D'accord.

Il l'entoure de ses bras, la serre contre lui.

— J'ai hâte de la retrouver, Anne, lui dit-il à l'oreille.

Elle hoche la tête contre son épaule. Il relâche son étreinte.

Il la regarde gravir l'escalier. Puis il attrape ses clés de voiture dans le vide-poches sur la table de l'entrée, et sort.

Anne monte avec l'intention de s'allonger. Cependant elle est surexcitée – elle commence presque à espérer revoir bientôt sa petite fille, mais n'ose pas vraiment s'y autoriser, terrorisée à l'idée que cela tourne mal. Comme l'a dit son père, ils n'ont aucune preuve que Cora soit même encore en vie.

Pourtant, elle refuse de la croire morte.

Elle garde le body vert à la main, continue de le passer sous son nez pour inhaler le parfum de son bébé. La petite lui manque tant que c'est physiquement doulou-reux. Ses seins lui font mal. Dans le couloir du haut, elle fait halte, s'adosse au mur et se laisse glisser au sol, devant la chambre d'enfant. En fermant les yeux et en pressant le vêtement contre son visage, elle peut s'imaginer que Cora est encore là, dans la maison, de l'autre côté du couloir. Pendant quelques instants, elle se laisse aller à faire comme si. Mais ensuite, elle rouvre les yeux.

Celui qui a envoyé le body exige cinq millions de dol-lars. Qui que ce soit, il sait que leur fillette vaut cinq millions pour eux, et il est bien renseigné, apparemment, sur le fait qu'Anne et Marco peuvent trouver cette somme.

C'est peut-être quelqu'un qu'ils connaissent, ne serait-ce que de loin. Elle se remet lentement debout, se dirige vers sa propre chambre, s'arrête. Quelqu'un qu'ils connaissent de près, qui sait qu'ils ont accès à de l'argent. Quand tout cela sera derrière eux, une fois qu'ils auront retrouvé Cora, elle consacrera sa vie à son enfant – et à la recherche de son ravisseur. Peut-être qu'elle ne cessera jamais de scruter leur entourage en se demandant si untel ou untel est celui qui lui a volé sa fille, ou s'il connaît le coupable.

Elle prend soudain conscience qu'elle ne devrait sans doute pas tripoter le body ainsi. Si les choses tournent mal et qu'ils ne récupèrent pas Cora, ils devront le livrer – avec la lettre – à la police, comme pièce à conviction, et pour convaincre les flics de leur innocence. Cela met-tra sûrement fin aux soupçons. Or elle a dû détruire les indices que le vêtement aurait pu fournir, à force de le manipuler, de le respirer et même de l'utiliser pour essuyer ses larmes. Elle le pose sur sa commode et le lisse du plat de la main. Elle le contemple, esseulé sur le meuble. Elle le laisse là, avec la lettre épinglée dessus. Ils ne peuvent pas se permettre la moindre erreur.

C'est la première fois qu'elle se trouve seule chez elle depuis la nuit où Cora a été enlevée, réalise-t-elle tout à coup. Si seulement elle pouvait remonter dans le temps. Ces derniers jours n'ont été qu'un brouillard de peur, de chagrin, d'horreur, de désespoir... et de trahison. Elle a dit aux inspecteurs qu'elle faisait confiance à Marco ; c'était un mensonge. Elle ne se fie pas à lui en ce qui concerne Cynthia. Elle pense qu'il lui cache peut-être des choses. Après tout, elle lui en cache bien, elle aussi.

Elle erre de sa commode à celle de son mari et ouvre le tiroir du haut. Sans trop savoir où elle va, elle fouille parmi ses chaussettes et ses caleçons. Une fois qu'elle en a terminé avec le premier tiroir, elle s'attaque à celui du dessous. Elle ignore ce qu'elle cherche, mais elle le saura quand elle l'aura trouvé.

17

Marco monte dans l'Audi et démarre. Mais ce n'est pas vers son bureau qu'il se dirige. Au lieu de cela, il prend la première sortie et s'éloigne de la ville. Il déboîte, slalome ; l'Audi a de la reprise. Au bout de vingt minutes, il bifurque sur une plus petite route. Il ne tarde pas à atteindre un chemin de terre qu'il connaît bien, qui mène à un lac relativement isolé.

Il pénètre sur un parking gravillonné, devant l'étendue d'eau. Il y a là une petite plage de galets et plusieurs vieilles tables de pique-nique usées par les éléments, qu'il a rarement vues occupées. Une longue jetée s'avance sur le lac, à laquelle personne n'amarre plus son bateau. Cela fait des années que Marco vient ici. Il s'y rend seul, chaque fois qu'il a besoin de réfléchir.

Il s'arrête à l'ombre d'un arbre et descend de voiture. Le temps est beau et chaud, et une brise fraîche souffle du lac. Il s'assoit sur le capot pour contempler l'eau. L'endroit est désert.

Il se répète que tout va bien se passer. Cora va sûrement bien, il le faut. Les parents d'Anne vont rassembler l'argent. Son beau-père ne laisserait jamais filer une occasion de jouer les héros, les types importants, même si cela doit lui coûter un bras. Surtout s'il a l'air de sauver Marco de la ruine. Cet argent ne leur manquera même pas, se dit-il.

Il inhale une grosse goulée de l'air du lac, puis exhale, en tâchant de se calmer. Il flaire une odeur de poisson mort. Ce n'est pas grave : il a besoin d'aérer ses poumons. Ces derniers jours ont été un véritable enfer. Marco n'est pas taillé pour ça, il est à bout de nerfs.

Il a des regrets, maintenant, mais le jeu en vaudra la chandelle. Une fois qu'il aura récupéré Cora et mis la main sur l'argent, tout ira bien. Leur fille sera de retour à la maison et, lui, il aura deux millions et demi pour remettre son entreprise sur pied. L'idée d'extorquer de l'argent à son beau-père le fait sourire. Il le hait, ce salopard.

Avec cette somme, il pourra régler ses problèmes de trésorerie et donner une nouvelle dimension à son affaire. Il faudra l'injecter dans ses comptes par le biais d'un inter-médiaire muet et anonyme, via les Bermudes. Personne ne saura jamais rien. Son complice, Bruce Neeland, prendra sa moitié, s'en ira et la bouclera.

Marco a failli caler. Quand la baby-sitter s'est défilée à la dernière minute, il a paniqué. Il a été à deux doigts de tout annuler. Il savait que Katerina s'endormait toujours avec ses écouteurs dans les oreilles quand elle gardait la petite. À deux reprises, ils l'avaient surprise, avant minuit, profondément endormie sur le canapé, parce qu'elle ne les avait pas entendus rentrer. Et il avait fallu bien la secouer pour la réveiller ! Anne n'aimait pas ça. Elle pen-sait que Katerina n'était pas une très bonne baby-sitter, mais c'était difficile d'en trouver une, tant il y avait de jeunes enfants dans les environs.

Au départ, Marco avait projeté de sortir fumer une cigarette à minuit et demi, de s'introduire sans bruit dans la maison, de prendre l'enfant endormie dans son berceau et de la faire sortir par-derrière pendant que Katerina aurait dormi. Si elle s'était réveillée et l'avait vu entrer, il lui aurait dit qu'il passait juste voir si tout allait bien.

Si elle l'avait surpris avec sa fille dans les bras, il lui aurait raconté qu'il l'emmenait une minute chez les voisins pour leur montrer à quel point elle était mignonne. Dans un cas comme dans l'autre, il aurait annulé l'opération.

Et si tout avait réussi, l'histoire aurait été que la petite avait été enlevée dans sa chambre pendant que la baby-sitter était en bas.

Seulement voilà, elle a annulé. Pris de court, Marco a dû improviser. Il a convaincu Anne de laisser Cora à la maison, en convenant qu'ils reviendraient la voir chacun son tour, toutes les demi-heures. Cela n'aurait pas été possible si l'écran vidéo du babyphone avait fonctionné, mais, avec seulement le son, cela devait pouvoir se faire. Il porterait la petite jusqu'à la voiture lors d'une de ces visites. Il savait que cela donnerait une mauvaise image d'Anne et de lui, de laisser la petite seule chez eux, tout en se disant que cela pourrait passer.

S'il avait pressenti le moindre risque pour Cora, jamais il n'aurait fait ça. Pour rien au monde.

Cela a été affreux, ces derniers jours, de ne pas voir sa fille. De ne pas pouvoir la serrer dans ses bras, embrasser le sommet de son crâne, sentir l'odeur de sa peau. Ne pas pouvoir appeler pour prendre de ses nouvelles.

Ne pas savoir ce qui se passe, bon sang.

Marco se redit qu'elle va bien. Il faut juste qu'il tienne le coup. Tout sera très bientôt terminé. Ils auront Cora, et l'argent. Il regrette surtout que ce soit si dur pour Anne, mais il se dit que la joie de retrouver la petite lui fera mettre les choses en perspective. Ces derniers mois ont été sacrément difficiles pour lui, entre ses problèmes financiers et sa femme qui s'éloignait peu à peu, perdue dans sa propre spirale descendante.

Tout a été bien plus ardu qu'il ne s'y attendait. Quand Bruce Neeland, son complice, a omis d'appeler dans les premières heures, Marco est devenu fébrile. Ils avaient décidé que le premier contact surviendrait dans les douze heures après le kidnapping, pas plus. Voyant qu'il n'avait toujours pas de nouvelles le samedi après-midi, il a commencé à craindre que Bruce n'ait perdu son sang-froid. L'affaire faisait beaucoup de bruit. Pis encore : Bruce ne décrochait pas le portable que Marco devait appeler en cas d'urgence. Et il n'y avait pas d'autre moyen de le joindre.

Marco avait confié sa petite fille à un complice qui ne suivait pas le plan et qui demeurait injoignable. Il devenait fou d'inquiétude. « Bruce ne va pas lui faire du mal, quand même ? »

Il a même joué avec l'idée de tout avouer à la police, de révéler qu'il connaissait Bruce Neeland, dans l'espoir que les flics le retrouvent, et Cora avec lui. Mais il a pensé que c'était trop risqué pour la petite. Et donc, il a continué de ronger son frein.

Et puis, là-dessus, le body qui arrive par la poste. Son soulagement, lorsqu'ils ont reçu le vêtement, a été immense. Il s'est dit que Bruce avait pris peur à l'idée d'appeler comme prévu, même avec le téléphone prépayé. Neeland devait redouter la police. Il a trouvé un autre moyen.

Plus que deux jours, et tout sera terminé. Marco va apporter l'argent au point de rendez-vous – choisi au préalable avec son complice – et ramènera Cora. Quand ce sera fini, il appellera la police pour tout raconter. Il donnera un faux signalement de Bruce et de sa voiture.

S'il existe un moyen plus simple de dégoter rapidement deux millions de dollars, il ne l'a pas trouvé. Et ce n'est pas faute d'avoir cherché.

Les parents d'Anne reviennent le jeudi matin avec l'argent. Des liasses de billets de cent. Cinq millions de dollars en coupures non marquées. Les banques ont compté le tout à la machine. Ça n'a pas été une mince affaire de sortir cette somme en liquide en si peu de temps ; Richard veille à ce qu'ils en soient bien conscients. Le magot prend une place étonnante. Richard l'a emballé dans trois grands cabas de supermarché.

Marco pose un œil inquiet sur sa femme. Anne et Alice sont assises toutes les deux sur le canapé, la fille abritée sous l'aile protectrice de sa mère. Elle a l'air si petite, si vulnérable... Marco voudrait qu'elle soit forte. Il en a besoin.

Il tâche de garder en tête qu'elle subit une pression énorme. Encore plus que lui, à supposer que ce soit possible. Lui-même est au bord de craquer sous le stress, et il sait au moins ce qui se passe. Elle, non. Elle ignore encore qu'ils vont retrouver Cora aujourd'hui même, elle n'a que son espoir. Alors que lui sait bien que la petite sera de retour à la maison d'ici deux ou trois heures. Tout sera très vite terminé.

Bruce déposera la part de Marco sur le compte off-shore, comme convenu. Leurs chemins ne se recroiseront jamais. Rien ne permettra de faire le lien entre eux. Marco sera tranquille. Il aura sa fille, et l'argent qui lui manque.

Soudain, Anne rejette le bras de sa mère et se lève.

— Je veux venir avec vous, annonce-t-elle.

Marco est surpris. Elle a le regard vitreux et tremble comme une feuille. La manière bizarre dont elle le fixe... L'espace d'un instant, il redoute qu'elle n'ait tout compris. Non, impossible.

— Non, Anne, j'y vais seul. On en a déjà parlé. On ne va pas tout changer maintenant.

— Je peux rester dans la voiture, insiste-t-elle.

Elle reste plantée là, agitée de tremblements incontrô-lables. Il s'approche d'elle et la serre fort dans ses bras, tente de calmer ses frissons. Il lui parle à l'oreille :

— Chhhut… Tout va bien se passer. Je vais revenir avec Cora, c'est promis.

— Tu ne peux pas le promettre. Tu ne peux pas !

Sa voix remonte dans les aigus. Marco, Alice et Richard l'observent avec inquiétude. Il continue de la tenir jusqu'à ce qu'elle s'apaise et, pour une fois, ses parents restent en retrait et le laissent jouer son rôle d'époux. Enfin, il s'écarte, la regarde au fond des yeux et dit :

— Anne, il faut que j'y aille, maintenant. J'y serai dans à peu près une heure. Je t'appelle avec mon portable aussitôt que j'ai Cora, d'accord ?

Anne, plus calme, acquiesce, les traits tirés.

Richard accompagne Marco pour charger l'argent dans la voiture, qui se trouve dans le garage. Ils le sortent par la porte de derrière et le mettent dans le coffre de l'Audi, qu'ils referment à clé.

— Bonne chance, dit Richard, l'air tendu. Ne lâchez pas l'argent avant d'avoir la petite. C'est notre seul levier.

Marco s'installe au volant, puis se tourne vers son beau-père.

— Et n'oubliez pas : pas de police tant que vous n'avez pas de mes nouvelles.

— Ça marche.

Marco ne fait pas confiance à Richard. Il craint que ce dernier n'appelle les flics aussitôt qu'il aura démarré et ne les alerte à propos de l'échange. Il a expressément demandé à Anne de ne pas le quitter des yeux – il vient de le lui rappeler à l'oreille – et de ne pas le laisser avertir la police avant qu'il ait donné des nouvelles. À l'heure où il passera ce coup de fil, Bruce sera déjà loin. Mais tout de même, il s'inquiète. Anne n'a pas l'air en état de fonctionner correctement ; il ne peut pas compter sur elle. Richard peut très bien aller à la cuisine et passer l'appel sur son portable sans qu'elle s'en aperçoive. Ou carrément appeler les flics devant elle, une fois qu'il sera parti, pense-t-il avec un malaise. Elle ne serait pas capable de l'en empêcher.

Marco sort la voiture du garage, s'engage dans la ruelle et entreprend le long trajet vers le point de rendez-vous. Il est en vue de la bretelle d'autoroute lorsque son corps entier se glace brusquement.

Comment a-t-il pu être aussi bête ?

Richard peut très bien avoir prévenu la police avant. Si ça se trouve, les flics sont déjà en embuscade. Tout le monde est peut-être dans le coup, sauf Anne et lui. Alice le permettrait-elle ? Mais Richard l'aurait-il seulement mise au courant ?

Ses mains se mettent à transpirer sur le volant. Le cœur battant comme un tambour, Marco s'efforce de réfléchir. Richard était pour impliquer la police. Il n'a pas été écouté. Est-il jamais arrivé à cet homme de se laisser marcher sur les pieds ? Il veut retrouver Cora, mais il est aussi du genre à assurer ses arrières. Et en plus, il veut garder une possibilité de récupérer son argent. Marco a le cœur au bord des lèvres.

Que faire ? Il ne peut pas contacter Bruce, vu que l'autre ne répond pas au téléphone. Et maintenant, il est sans doute en train de l'attirer dans un piège. La chemise collant déjà à son dos, il s'engage sur l'autoroute.

18

Marco tâche de se calmer et se force à respirer profondément, les doigts crispés sur le volant.

Il pourrait prendre le risque de procéder à l'échange comme convenu. Richard n'a peut-être pas prévenu la police. Cora sera dans le garage abandonné, installée dans un petit siège-auto. Il l'emmènera, laissera l'argent et se tirera en vitesse.

Mais si Richard a bien alerté les flics, alors quoi ? Marco prendra Cora, laissera l'argent, s'en ira, et quand Bruce viendra chercher le fric, juste après, il se fera appréhender. Et si ce dernier parle ? Marco ira en prison pour longtemps.

Il pourrait tout annuler. Faire demi-tour, poser un lapin à Bruce et espérer que celui-ci lui envoie un nouveau message par la poste. Mais comment expliquer ça à la police ? Comment peut-on ignorer la possibilité de retrouver son bébé kidnappé ? Il pourrait tomber en panne, arriver trop tard, louper le rendez-vous. Ensuite, si Bruce le recontacte, il pourra refaire une tentative sans donner de détails à Richard. Sauf que Richard ne lui laissera jamais le fric dans l'intervalle. Merde, merde, merde. Il ne peut rien faire sans que son beau-père l'apprenne, parce que Alice lui laisse le contrôle sur l'argent.

Non, rien à faire, il faut qu'il récupère sa fille aujourd'hui. Il faut qu'il aille la chercher. Il ne peut plus laisser traîner les choses, quoi qu'il arrive.

Pendant qu'il se tourmentait, une demi-heure s'est écoulée. Il est à mi-chemin. Il faut qu'il prenne une décision. Il regarde l'heure, sort de l'autoroute, se gare sur le bas-côté, met les warnings et empoigne son téléphone, la main tremblante. Il appelle Anne sur son portable. Elle répond immédiatement.

— Ça y est, tu l'as ?

— Non, pas encore, ce n'est pas l'heure. Je veux que tu demandes à ton père s'il a parlé à la police.

— Il ne ferait pas ça.

— Demande-lui.

Marco entend des voix assourdies, puis Anne reprend le téléphone.

— Il dit qu'il n'a parlé à personne. Il n'a pas prévenu les flics. Pourquoi ?

Faut-il croire Richard ?

— Passe-le-moi.

— Qu'est-ce qu'il y a ? fait Richard dans l'appareil.

— Il faut que je puisse vous faire confiance. J'ai besoin d'être sûr que vous n'avez pas alerté la police.

— Mais non, je vous ai dit que je ne le ferais pas.

— Dites-moi la vérité. Si on nous observe, je n'y vais pas. Je ne peux pas prendre le risque qu'il flaire un piège et qu'il tue Cora.

— Je vous jure que je ne les ai pas prévenus. Allez la chercher, bon Dieu !

Richard semble presque aussi angoissé que Marco lui-même.

Celui-ci raccroche, et reprend le volant.

Richard Dries déambule dans le salon, le cœur cognant dans sa poitrine. Il jette un regard à sa femme et à sa fille, blotties l'une contre l'autre sur le canapé, et détourne

164

vivement la tête. Il est sur les nerfs, et suprêmement irrité par son gendre.

Il n'a jamais aimé Marco, mais là… ! Bon sang de bonsoir, comment celui-ci peut-il même envisager de ne pas aller au rendez-vous ? Il va tout faire rater ! Richard pose un nouveau regard inquiet sur les deux femmes.

Il peut au moins comprendre que Marco s'imagine qu'il a appelé la police. Depuis le début, puisque son gendre insistait pour qu'elle ne soit pas alertée, Richard a défendu la position inverse, sans être écouté. Il a dit et répété que cinq millions, c'était une grosse somme, même pour eux ; il a rappelé qu'il n'était même pas persuadé que Cora soit encore en vie. Mais il a aussi promis de ne pas avertir la police, et il s'y est tenu. Il ne s'attendait pas à ce que Marco doute de sa parole à la dernière minute et mette toute l'opération en péril.

Marco a intérêt à y aller. L'enjeu est trop important pour qu'il se dégonfle.

Un moment plus tard, il atteint le lieu convenu, après une demi-heure d'autoroute, plus presque trente minutes vers le nord-ouest, en empruntant une voie plus modeste, puis une petite route de campagne. Ils ont choisi une ferme abandonnée, avec un vieux garage au bout d'une longue allée. Marco s'approche du garage et s'arrête devant. La porte est fermée. Les lieux semblent déserts, mais Bruce doit être dans les environs, en train d'observer la scène.

Cora sera dans le garage. Marco en a le vertige : le cauchemar est presque terminé.

Il descend de voiture. Laissant l'argent dans le coffre, il se dirige vers la porte. Saisit la poignée. Elle est dure, il tire dessus avec énergie. La porte monte avec un roulement sonore. Il fait sombre à l'intérieur, surtout quand on vient du grand soleil. Il tend l'oreille. Rien. Cora dort peut-être. Il avise alors un petit siège-auto posé sur la terre battue dans un coin, au fond, une couverture blanche drapée sur la poignée. Il la reconnaît : c'est celle de Cora. Il court jusqu'au siège, tend la main, retire la couverture.

Le siège est vide. Marco se redresse, horrifié, et chancelle en arrière. Cela lui fait l'effet d'un coup de poing dans le ventre. Le siège bébé est là, la couverture est là, mais pas Cora. Est-ce une blague de mauvais goût ? Ou bien s'est-il fait doubler ? Son cœur lui tambourine aux oreilles. Un bruit derrière lui : il fait volte-face, pas assez vite. Une douleur violente éclate dans son crâne et il s'effondre au sol.

Lorsqu'il revient à lui, quelques minutes plus tard – il ne sait pas combien, au juste –, il se remet lentement à quatre pattes, puis debout. Il est groggy, sonné, la tête envahie par une douleur lancinante. Il sort du garage, encore titubant. La voiture est toujours là, coffre ouvert. Il s'en approche d'un pas mal assuré. L'argent – cinq millions de dollars – s'est envolé. Évidemment. Marco se retrouve seul avec un siège bébé vide et la couverture. Pas de Cora. Son portable est dans la voiture, sur le siège avant… il n'a pas la force d'appeler Anne.

Il devrait alerter la police, mais il ne veut pas faire ça non plus.

Quel imbécile ! Il hurle de toutes ses forces, et se laisse tomber au sol.

Anne attend avec une impatience fébrile. Elle s'écarte de sa mère, se tord les mains d'angoisse. Que se passe-t-il ? Qu'est-ce qui prend si longtemps ? Ils auraient dû recevoir des nouvelles de Marco il y a vingt minutes. Il a dû y avoir un problème.

Ses parents aussi sont agités.

— Qu'est-ce qu'il fabrique, nom de Dieu ? gronde Richard. S'il a reculé par peur que j'aie averti les flics, je l'étranglerai de mes mains.

— On essaie de l'appeler ? demande Anne.

— Je ne sais pas. Attendons encore un peu.

Cinq minutes plus tard, plus personne ne supporte cette incertitude.

— Je vais l'appeler, dit Anne. Il devait la récupérer il y a une demi-heure. Et si quelque chose a mal tourné ? Il téléphonerait, s'il le pouvait. S'ils l'ont tué ? Il lui est arrivé quelque chose !

Sa mère se lève d'un bond et essaie de l'entourer de ses bras, mais Anne ne veut rien savoir et la repousse, presque violemment.

— Je l'appelle, dit-elle en composant le numéro abrégé.

Le téléphone de Marco sonne, et sonne encore. L'appel passe sur boîte vocale. Anne est trop abasourdie pour faire autre chose que regarder droit devant elle.

— Il ne répond pas.

Elle tremble comme une feuille.

— Il faut qu'on prévienne la police, là, déclare Richard, l'air sonné. Quoi qu'en dise Marco. Il est peut-être en danger.

Il attrape son propre portable. L'inspecteur décroche à la deuxième sonnerie.

— Rasbach.

— C'est Richard Dries. Mon gendre est allé faire un échange avec les ravisseurs. Il devait nous rappeler il y a au moins une demi-heure. Il est injoignable. Nous craignons que ça n'ait mal tourné.

— Bon Dieu, pourquoi est-ce qu'on n'a pas été prévenus ? Enfin bref. Dites-moi ce qui se passe.

Richard l'informe rapidement de la situation et lui donne le lieu du rendez-vous. Ils ont gardé la lettre originale ; Marco a pris une photocopie avec lui pour s'orienter.

— J'y fonce. En attendant, on envoie les agents locaux sur zone en urgence. Je vous tiens au courant.

Et Rasbach raccroche.

— La police est en route pour là-bas, annonce Richard à sa fille. Il n'y a plus qu'à attendre.

— Je ne vais pas attendre. Tu nous emmènes, dans ta voiture.

Marco est toujours assis par terre, effondré contre un des pneus avant de l'Audi, lorsque le véhicule de police arrive. Il ne lève même pas la tête. Tout est terminé. Cora doit être morte. Il s'est fait doubler. Celui qui la détient possède aussi l'argent ; il n'a plus aucune raison de la garder en vie.

Comment a-t-il pu être idiot à ce point ? Pourquoi a-t-il fait confiance à Bruce Neeland ? Avec le recul, il n'en a plus la moindre idée : son cerveau est comme éteint par le chagrin et par la peur. Il n'y a plus rien à faire, à part avouer. Anne va le haïr. Il s'en veut à mort. Pour Cora, pour Anne, pour ce qu'il leur a fait. Les deux personnes qu'il aime le plus au monde.

Il a cédé à l'appât du gain. S'est persuadé que ce n'était pas du vol si c'était l'argent des parents d'Anne – dont elle hériterait un jour, de toute manière ; simplement, il lui en fallait une partie maintenant. Personne ne devait souffrir. Quand il préparait l'opération avec Bruce, il ne lui est jamais venu à l'idée que Cora courrait le moindre danger. Ce devait être un crime sans victimes.

Deux agents en uniforme descendent lentement du véhicule de police. Ils s'approchent de Marco, qui est toujours par terre, adossé à l'Audi.

— Marco Conti ?

Il ne répond pas.

— Vous êtes seul ?

Toujours pas de réaction. L'agent porte sa radio à sa bouche pendant que son collègue s'accroupit à côté de Marco.

— Vous êtes blessé ?

Marco est en état de choc. Il reste muet. Visiblement, il a pleuré. L'agent resté debout range sa radio, dégaine son arme et entre dans le garage, redoutant le pire. Il voit le siège bébé, la couverture blanche traînant sur la terre battue, mais pas d'enfant. Il ressort rapidement.

Marco ne parle toujours pas.

Bientôt, d'autres véhicules arrivent, gyrophares allumés. Une ambulance les rejoint et les médecins s'occupent de Marco.

Un peu plus tard, la voiture de l'inspecteur Rasbach s'engage dans la longue allée. Il descend en coup de vent et s'adresse à l'agent responsable sur place.

— Que s'est-il passé ?

— On ne sait pas vraiment. Il est mutique. Mais il y a un siège-auto dans le garage, une couverture de bébé blanche, et pas de bébé. Le coffre est ouvert, vide.

Rasbach observe la scène et marmonne un juron. Il suit l'autre policier dans le garage et voit le siège, la petite couverture sur le sol. Sa réaction immédiate est une pitié intense pour l'homme assis par terre dehors, qu'il soit coupable ou non. Clairement, celui-ci s'attendait à retrouver sa fillette. Si c'est un criminel, ce n'est qu'un piètre amateur. Rasbach ressort dans le soleil, s'accroupit et tente d'attirer l'attention de Marco, qui refuse de relever la tête.

— Marco. Que s'est-il passé ?

Ce dernier continue de l'ignorer.

De toute manière, l'inspecteur a une idée assez claire de la situation. Marco a dû descendre de voiture et entrer dans le garage en s'attendant à trouver le bébé, et le ravisseur, qui n'a jamais eu l'intention de rendre la fillette, l'a assommé et s'est emparé de la rançon, abandonnant Marco seul avec son chagrin.

Le nourrisson est probablement mort.

Rasbach se lève, et appelle Anne sur son portable, à contrecœur.

— Navré, dit-il. Votre mari est sain et sauf, mais la petite n'est pas là.

Il entend son cri de surprise se muer en sanglots hystériques au bout du fil.

— Retrouvez-nous au commissariat, lui dit-il.

Il y a des jours, comme ça, où il déteste son métier.

19

Marco est au commissariat, dans la même salle d'interrogatoire que la dernière fois, assis sur la même chaise, avec Rasbach en face de lui et Jennings à côté. La caméra enregistre, comme l'autre fois.

La presse, allez savoir comment, est déjà au courant de l'échange raté. Une horde de reporters attendait devant le poste de police quand Marco y a été amené. Les flashs crépitaient, des micros lui ont été fourrés sous le nez. Les agents ont dû les repousser.

On ne l'a pas menotté. Il s'en est étonné, car dans sa tête il avait déjà avoué. Il se sentait tellement coupable qu'il ne comprenait pas comment ils pouvaient ne pas le voir. Il a cru que c'était par simple courtoisie que les flics lui avaient épargné les menottes en l'embarquant, ou peut-être parce qu'ils n'en voyaient pas la nécessité. Car après tout, il était flagrant qu'il n'allait pas se battre. C'était un homme à terre. Il ne risquait pas de s'enfuir. Pour aller où ? Son chagrin et ses remords l'accompagneraient partout.

Ils l'ont laissé voir Anne avant de l'emmener dans cette pièce. Sa femme était déjà au poste avec ses parents. Marco a été salement secoué en la voyant. On lisait sur ses traits qu'elle avait perdu tout espoir. Elle s'est pendue à son cou et a sangloté contre lui comme s'il était la dernière chose au monde à laquelle elle pouvait se raccrocher, comme s'il était tout ce qui lui restait. Ils se sont cramponnés l'un à l'autre en pleurant. Deux êtres brisés, dont l'un était un menteur.

Ensuite, on l'a conduit ici pour prendre sa déposition.

— Je suis navré pour vous, déclare Rasbach.

Et c'est vrai, il est sincère. Marco relève la tête malgré lui.

— Nous avons envoyé le siège-auto et la couverture au labo. On en tirera peut-être quelque chose d'utile.

Marco garde le silence, affalé sur sa chaise.

Rasbach se fait plus insistant.

— Marco, si vous nous disiez ce qui se passe ?

Celui-ci regarde l'inspecteur, qui lui a toujours tapé sur les nerfs. Et soudain, son envie d'avouer se volatilise. Il se redresse sur son siège.

— J'ai apporté l'argent. Cora n'était pas là. Quelqu'un m'a agressé pendant que j'étais dans le garage et a volé l'argent dans le coffre.

Le fait d'être questionné par Rasbach, dans cette pièce, cette impression de jouer au chat et à la souris, tout cela lui aiguise l'esprit. Il a les pensées plus claires qu'il y a une heure, quand tout lui échappait. L'adrénaline court dans son organisme. Subitement, il songe à la survie. Il se rend compte que s'il disait la vérité il détruirait non seulement lui-même, mais aussi Anne. Jamais elle ne supporterait cette trahison. Il doit entretenir la fiction de son innocence. Ils n'ont rien contre lui, aucune preuve. Rasbach a manifestement des soupçons, mais rien d'autre.

— Avez-vous pu voir votre agresseur ?

Rasbach fait rebondir son stylo contre sa main, un signe d'impatience que Marco n'a jamais remarqué chez lui.

— Non, il m'a frappé par-derrière. Je n'ai rien vu.

— Une seule personne ?

— Je crois.

Un silence.

— Je ne sais pas.

— Pouvez-vous me dire autre chose ? A-t-il dit quelque chose ?

C'est évident, Rasbach est irrité contre lui. Marco secoue la tête.

— Non, rien.

L'inspecteur repousse sa chaise et se lève. Il arpente la pièce en se massant la nuque, comme si elle était raide. Puis il pivote pour faire face à Marco.

— Des traces indiquent qu'un autre véhicule était garé dans les hautes herbes, derrière le garage. L'avez-vous vu, entendu ?

Marco, une fois de plus, fait signe que non.

Rasbach regagne la table, s'y appuie des deux mains et se penche en avant pour le regarder au fond des yeux.

— Je dois vous le dire, Marco. Je doute que la petite soit encore en vie.

Marco baisse le nez, sent monter ses larmes.

— Et je pense que vous êtes responsable.

Il relève vivement la tête.

— Mais je n'ai rien fait !

Rasbach ne répond pas. Il attend.

— Qu'est-ce qui vous fait croire une chose pareille ? Mon bébé a disparu !

Il se met à sangloter. Il n'a pas besoin de faire semblant : son chagrin n'est que trop réel.

— C'est le timing, Marco. Vous êtes allé voir l'enfant à 0 h 30. Tout le monde est d'accord là-dessus.

— Et alors ?

— Alors j'ai des marques de pneus prouvant qu'une voiture autre que la vôtre est passée récemment dans votre garage. Et j'ai un témoin qui a vu une voiture s'en éloigner, dans la ruelle, à 0 h 35.

— Quel rapport avec moi ? Rien ne dit que cette voiture ait un lien avec la disparition de Cora. Aussi bien, elle a pu être enlevée par la porte d'entrée, à 1 heure.

Cela dit, Marco doit constater que cela n'a servi à rien de laisser la porte entrouverte : l'inspecteur n'est pas tombé dans le panneau. Si seulement il n'avait pas oublié de revisser l'ampoule !

Rasbach se redresse et toise Marco de toute sa hauteur.

— Le détecteur de mouvement du jardin était désactivé. Vous étiez dans la maison à minuit et demi. Une voiture s'éloignait de chez vous à minuit trente-cinq. *Tous feux éteints.*

— Et alors ? C'est tout ce que vous avez ?

— Il n'y a pas la moindre trace d'une intrusion dans la maison ni dans le jardin. Si quelqu'un de l'extérieur avait traversé la pelouse pour aller la chercher, nous aurions des empreintes. Mais non. Les seules traces de pas qu'on a trouvées, Marco, sont les vôtres.

Il se rapproche de nouveau de Marco, par-dessus la table.

— Je pense que c'est vous qui avez porté Cora jusqu'à une voiture dans le garage.

Marco reste muet.

— Nous savons aussi que vos affaires vont mal.

— Ça, je le reconnais ! Et vous trouvez que c'est une raison pour kidnapper ma propre fille ?

— On a vu des enlèvements organisés pour moins que ça.

— Eh bien, laissez-moi vous dire une chose, rétorque Marco en fixant Rasbach droit dans les yeux. J'aime ma fille plus que tout au monde. J'aime ma femme, et je suis extrêmement attentif à leur bien-être à toutes les deux.

Il s'adosse à sa chaise, et réfléchit avec soin avant de poursuivre :

— J'ai des beaux-parents très fortunés, qui se sont montrés très généreux. Ils se mettraient en quatre pour nous aider financièrement si Anne le leur demandait. Alors pourquoi voulez-vous que j'aille enlever ma propre enfant ?

Rasbach plisse les yeux pour mieux l'observer.

— Je vais interroger vos beaux-parents. Et votre femme. Et tous ceux qui vous connaissent.

— Je vous en prie, ne vous gênez pas !

Marco sait qu'il se comporte comme un crétin, qu'il n'assure pas, mais c'est plus fort que lui.

— Je peux partir ?

— Oui, vous êtes libre. Pour le moment.

— Dois-je prendre un avocat ?

— Ça, c'est vous qui voyez.

Rasbach retourne dans son bureau pour réfléchir. S'il s'agit d'un faux enlèvement, mis en scène par Marco, ce dernier est à l'évidence tombé sur des criminels endurcis qui ont profité de lui. Rasbach en serait presque désolé pour lui. En tout cas, il est désolé pour sa femme, éperdue de chagrin. Si c'est Marco qui a tout manigancé, et qu'il s'est fait duper, son bébé est probablement mort, l'argent envolé, et il est dans le collimateur de la police. C'est un mystère qu'il tienne encore le coup.

Cependant, l'inspecteur est troublé. Il y a la baby-sitter, un problème qui le turlupine. Et puis cette question de bon sens : pourquoi un type qui pourrait sans doute obtenir assez facilement de l'argent en le demandant risquerait-il tout ce qu'il a dans une entreprise aussi idiote, aussi risquée, qu'un kidnapping ?

Il y a aussi cette nouvelle information perturbante à propos d'Anne, de sa propension à la violence. Plus Rasbach creuse cette affaire, plus elle lui semble compliquée.

Il est temps d'interroger les parents d'Anne. Quant à elle, il lui reparlera demain matin.

Rasbach finira par comprendre. La vérité est là. Elle est toujours là. Il ne reste plus qu'à la mettre au jour.

Anne et Marco sont de retour chez eux, seuls. La maison est vide, occupée seulement par leur horreur, leur chagrin et leurs idées noires. Il serait difficile de dire lequel est le plus ravagé. Tous deux sont harcelés par l'angoisse de ne pas savoir ce qui est arrivé à leur petite fille. Ils espèrent de toutes leurs forces qu'elle est encore en vie, mais il y a peu d'éléments pour soutenir cet espoir. Chacun tâche de faire comme si, pour l'autre. Et Marco a encore plus de raisons de faire semblant.

Anne ignore pourquoi elle n'adresse pas plus de reproches à Marco. Quand cela s'est produit, quand leur bébé a été enlevé, elle lui en a voulu du fond du cœur. Et pourtant ! Elle ignore pourquoi elle se cramponne à lui, mais c'est bien ce qu'elle fait. Peut-être parce qu'elle n'a rien d'autre à quoi se raccrocher. Elle ne saurait même pas dire si elle l'aime encore. Elle ne lui pardonnera jamais pour Cynthia, non plus.

Peut-être qu'elle s'accroche à lui parce que nul autre ne peut partager ni comprendre sa douleur. Ou peut-être parce que lui, au moins, croit en elle. Il sait qu'elle n'a pas tué leur enfant. Même sa mère la soupçonnait, jusqu'à l'arrivée du petit vêtement par la poste. Elle en est certaine.

Ils vont se coucher et restent longtemps éveillés. Enfin, Marco, absolument épuisé, succombe à un sommeil troublé. Anne, elle, est trop agitée. Elle finit par sortir du lit, descend et déambule dans la maison, de plus en plus impatiente.

Elle commence à fouiller, sans savoir ce qu'elle cherche, de plus en plus contrariée. Elle bouge et pense de plus en plus vite. Elle cherche quelque chose qui incriminerait son mari infidèle, mais elle cherche aussi son bébé. Les lignes se brouillent.

Ses pensées s'accélèrent et deviennent moins rationnelles ; son esprit fait des bonds fantasques. Ce n'est pas que les choses n'aient plus de sens pour elle quand elle est ainsi – au contraire, elles en ont parfois davantage. Elles se tiennent, à la manière des rêves : c'est seulement au réveil que l'on voit combien tout était étrange et incohérent.

Elle n'a pas trouvé de lettres ni de mails de Cynthia dans l'ordi de Marco, ni de petites culottes inconnues dans la maison. Elle n'a pas trouvé de reçus pour des chambres d'hôtel ni de pochettes d'allumettes venues d'un bar louche. Elle a découvert des informations financières inquiétantes, mais ce n'est pas ce qui l'intéresse en ce moment. Elle veut savoir ce qui se trame entre Marco et Cynthia et quel rapport cela peut avoir avec la disparition du bébé. *Cynthia aurait-elle enlevé Cora ?*

Plus elle retourne l'idée dans sa tête bouleversée et frénétique, plus cela lui paraît sensé. Cynthia n'aime pas les enfants. Cynthia est bien du genre à s'en prendre à un tout-petit. Elle a le cœur froid. Et elle n'aime plus Anne. Elle veut la blesser. Cynthia veut prendre à Anne son mari et sa fille, juste pour voir. Parce qu'elle le peut, tout simplement.

Au bout d'un moment, Anne atteint un état de lassitude totale ; elle s'endort sur le canapé.

Le lendemain matin, elle se réveille et se douche avant que Marco se rende compte qu'elle a passé la nuit en bas.

Elle enfile un legging noir et une tunique, comme dans une transe, pleine d'appréhension.

Elle se sent paralysée lorsqu'elle pense à la police, au fait d'être questionnée de nouveau par cet horrible inspecteur. Elle ignore complètement où se trouve leur bébé, et pourtant il semble croire le contraire. Il lui a demandé hier, après la déposition de Marco, de venir le voir ce matin. Elle n'a pas envie d'obtempérer. Elle ne comprend pas pourquoi il veut encore lui parler. Quel est l'intérêt de redire toujours les mêmes choses ?

Marco la regarde s'habiller, assis dans le lit, appuyé contre les oreillers, le visage inexpressif.

— Je suis obligée d'y aller ? lui demande-t-elle.

Elle s'en passerait bien, si elle le pouvait. Elle ignore quels sont ses droits en la matière. Devrait-elle refuser ?

— Je ne pense pas que ce soit obligatoire. Je n'en sais rien. Il est peut-être temps qu'on voie un avocat.

— Mais ça fera mauvaise impression, non ? s'inquiète Anne.

— Je n'en sais rien. On fait déjà mauvaise impression.

Elle s'approche du lit, baisse les yeux vers lui. Le voir ainsi, si clairement malheureux, lui briserait le cœur s'il n'était déjà brisé.

— Je devrais en parler à mes parents. Ils pourraient nous trouver un bon avocat. Même si ça paraît ridicule de penser qu'on puisse seulement en avoir besoin.

— Ce serait peut-être une bonne idée, suggère Marco avec gêne. Je te l'ai dit hier soir, j'ai le sentiment que Rasbach nous soupçonne encore. Il a l'air de croire qu'on a tout mis en scène.

— Comment peut-il encore penser ça, après ce qui s'est passé hier ? demande Anne, dont la voix se fait plus stridente. Pourquoi est-ce qu'il s'imagine une chose pareille ? Tout ça parce qu'une voiture est passée dans la ruelle à l'heure où tu es allé voir Cora ?

— En gros, oui, ça a l'air d'être ça.

— Je vais y aller, annonce finalement Anne. Il veut me voir à 10 heures.

Marco a un hochement de tête fatigué.

— Je t'accompagne.

— Tu n'es pas obligé, proteste mollement Anne. Je pourrais appeler ma mère.

— Bien sûr que si, j'y vais avec toi. Tu ne vas pas affronter la meute toute seule, de toute manière. Le temps de m'habiller, et je t'emmène, dit-il en se levant.

Anne l'observe tandis qu'il s'approche de sa commode, en caleçon. Comme il a maigri ! Elle distingue le contour de ses côtes. Elle est soulagée qu'il l'accompagne au poste de police. Elle n'a aucune envie d'appeler sa mère, et elle ne se sent pas capable d'endurer cette épreuve seule. En plus, elle trouve important que Marco et elle soient vus ensemble, qu'ils apparaissent unis.

Les reporters se pressent de plus belle devant la maison, depuis le fiasco d'hier. Anne et Marco doivent batailler contre eux pour atteindre leur taxi – la police garde l'Audi pour l'instant, et il n'y a pas d'agents pour les aider. Une fois à l'abri dans la voiture, Anne se hâte de verrouiller les portières. Elle se sent prise au piège, harcelée par tous ces visages avides, baragouinants, qui s'agglutinent contre les vitres. Elle se recroqueville sur son siège, mais les regarde fixement. Marco souffle un juron entre ses dents.

Tandis qu'ils s'éloignent, Anne reste silencieuse, les yeux perdus au loin. Elle ne comprend pas comment les journalistes peuvent être si cruels. Ils n'ont donc pas d'enfants, ces gens-là ? Ils ne peuvent pas imaginer, ne serait-ce qu'un instant, ce que c'est que de ne pas savoir où est son bébé ? De rester éveillé la nuit en se languissant de son petit, en voyant son petit corps, inerte, mort, chaque fois qu'on ferme les yeux ?

Ils longent le fleuve jusqu'au commissariat. Aussitôt qu'elle voit le bâtiment, Anne se crispe. Elle voudrait prendre ses jambes à son cou. Mais Marco est là. Il l'aide à descendre et à entrer dans le poste de police, en la tenant par le coude.

Pendant qu'ils patientent à l'accueil, Marco lui parle tout bas à l'oreille.

— Ça va aller. Ils vont essayer de te déstabiliser, mais tu sais qu'on n'a rien fait de mal. Je reste là, je t'attends.

Il lui adresse un petit sourire d'encouragement. Elle répond par un hochement de tête. Il pose les mains sur ses épaules, la regarde avec intensité.

— Ils vont peut-être tenter de nous monter l'un contre l'autre, Anne. Ils risquent de dire des choses sur moi, des choses négatives.

— Comme quoi ?

Il hausse les épaules, détourne les yeux.

— Je n'en sais rien. Sois prudente, c'est tout. Ne te laisse pas atteindre.

Elle fait oui de la tête, pourtant la voilà encore plus stressée, et non rassurée.

À ce moment, l'inspecteur Rasbach s'approche d'eux. Il n'est pas souriant.

— Merci d'être venue. Par ici, je vous prie.

Il emmène Anne dans une autre salle d'interrogatoire, celle qu'ils ont utilisée avec Marco. Lui reste seul à l'accueil. Anne s'arrête sur le seuil et se retourne vers son mari, qui lui sourit. Un sourire nerveux.

Elle entre.

20

Anne prend la chaise qu'on lui indique. En s'asseyant, elle sent ses genoux céder. Jennings lui propose un café, et elle décline l'offre car elle n'est pas sûre de pouvoir le boire sans le renverser. Elle est plus angoissée que lors du dernier entretien. Elle s'interroge au sujet des policiers, se demande pourquoi ils sont si suspicieux envers Marco et elle. Ils devraient pourtant l'être moins, depuis que le body est arrivé par la poste et que l'argent a été volé. Il est désormais évident que le bébé est entre les mains de quelqu'un d'autre.

Les inspecteurs s'assoient en face d'elle.

— Je suis absolument navré pour hier, dit Rasbach.

Elle ne dit rien. Elle a la bouche sèche. Elle joint les mains sur ses genoux.

— Détendez-vous, je vous en prie, ajoute-t-il d'une voix douce.

Elle acquiesce, mais comment veut-il qu'elle se détende ? Elle ne lui fait pas confiance.

— J'ai juste quelques questions sur les derniers événements.

Nouveau hochement de tête ; elle s'humecte les lèvres du bout de la langue.

— Pourquoi ne nous avez-vous pas appelés quand vous avez reçu le paquet ? demande l'inspecteur, sur un ton plutôt amical.

— On a pensé que c'était trop risqué.

Sa voix est mal assurée ; Anne se racle la gorge.

— La lettre disait : « pas de police ».

Elle prend la bouteille d'eau qui a été posée pour elle sur la table, dévisse le bouchon avec difficulté. Sa main tremble légèrement quand elle la porte à sa bouche.

— C'est ce que vous avez pensé, vous ? Ou ce que Marco a pensé ?

— On était d'accord.

— Pourquoi avoir autant manipulé le body ? Les indices qu'il aurait pu nous fournir sont contaminés, malheureusement.

— Oui, je sais, désolée. Je n'ai pas réfléchi. Je sentais l'odeur de Cora dessus, alors je l'ai gardé avec moi, pour qu'elle soit près de moi.

Anne se met à pleurer.

— Ça me la ramenait un peu. Je pouvais presque m'imaginer qu'elle était dans son petit lit, en train de dormir. Qu'il ne s'était rien passé.

Rasbach opine du chef.

— Je comprends. On fera quand même les tests qu'on pourra sur le vêtement et sur la lettre.

— Vous croyez qu'elle est morte, n'est-ce pas ? dit Anne avec raideur, en le fixant droit dans les yeux.

Il soutient son regard.

— Je ne sais pas. Peut-être pas. Nous ne cesserons pas de la chercher.

Anne prend un mouchoir dans la boîte et s'en tamponne les paupières.

Rasbach s'adosse tranquillement à sa chaise.

— Je me posais des questions à propos de votre baby-sitter.

— Katerina ? Pourquoi ? s'enquiert Anne, surprise. Elle n'est même pas venue ce soir-là.

— Je sais. Simple curiosité. Est-ce une bonne baby-sitter ?

Anne hausse les épaules, ne sachant pas où il veut en venir.

— Elle est bien avec Cora. On voit qu'elle aime les bébés – contrairement à la plupart des jeunes filles, qui ne les gardent que pour l'argent. En général, elle est fiable. On ne peut pas lui en vouloir d'avoir perdu sa grand-mère. Quoique… si ce n'était pas arrivé, nous aurions toujours Cora.

— Bon, disons les choses ainsi : si on vous demandait de la recommander, vous le feriez ?

Anne se mord la lèvre.

— Non, je ne crois pas. Elle a tendance à s'endormir avec ses écouteurs enfoncés dans les oreilles, en écoutant de la musique. En rentrant, il faut la secouer pour la réveiller. Donc, non, je ne la recommanderais pas.

Rasbach prend note. Puis il relève la tête.

— Parlez-moi de votre mari.

— Quoi, mon mari ?

— C'est quel genre d'homme ?

— C'est quelqu'un de bien, affirme Anne en se redressant sur sa chaise. Aimant et bon. Il est intelligent, attentionné et travailleur. Il est la meilleure chose qui me soit arrivée, en dehors de Cora.

— Il pourvoit bien à vos besoins ?

— Oui.

— Qu'est-ce qui vous fait dire ça ?

— C'est la vérité, lâche Anne, sèchement.

— Mais n'est-il pas vrai que ce sont vos parents qui ont financé son entreprise ? Et vous m'avez dit vous-même qu'ils avaient payé votre maison.

— Attendez une minute. Mes parents n'ont pas « financé son entreprise », comme vous dites. Marco est

183

diplômé en commerce et en informatique. C'est lui qui a monté sa boîte, et avec succès. Mes parents ont simplement investi dedans, par la suite. Il gagnait déjà très bien sa vie. Vous ne pouvez pas le prendre en défaut en tant qu'homme d'affaires.

Tout en disant cela, Anne a vaguement conscience des données financières qu'elle a découvertes dans l'ordi de Marco. Elle ne s'y est pas attardée sur le moment, et ne lui a pas posé de questions ; maintenant, elle se demande si elle ne vient pas de mentir à la police.

— Vous croyez que votre époux est honnête avec vous ?

Anne rougit. Puis se déteste de s'être trahie ainsi. Elle prend son temps pour répondre.

— Oui. Je le crois honnête avec moi… la plupart du temps, ajoute-t-elle d'une voix qui vacille.

— La plupart du temps ? Mais l'honnêteté, n'est-ce pas quelque chose de permanent ? la presse Rasbach.

— Je vous ai entendus, avoue soudain Anne. Le lendemain de l'enlèvement. J'étais sur le palier. Je vous ai entendu accuser Marco d'avoir fait des saletés avec Cynthia. Elle prétendait qu'il avait fait le premier pas, et il a nié.

— Désolé, je ne savais pas que vous écoutiez.

— Pas tant que moi. Je préférerais ne pas le savoir.

Elle baisse les yeux vers ses mains crispées autour du mouchoir en papier, sur ses genoux.

— D'après vous, c'est lui qui a fait des avances sexuelles à Cynthia, ou c'est plutôt le contraire, comme le soutient Marco ?

Anne triture le mouchoir et répond, la gorge serrée :

— Je ne sais pas. Ils sont en faute tous les deux. Je ne leur pardonnerai jamais, ni à l'un ni à l'autre, précise-t-elle de manière inconsidérée.

— Reprenons. Vous dites que votre mari pourvoit bien à vos besoins. Parle-t-il de ses affaires avec vous ?

Elle déchiquette le mouchoir entre ses doigts.

— Je ne m'intéresse pas trop aux affaires, en ce moment. Je suis très absorbée par le bébé, vous savez.

— Il ne vous a pas dit comment se portait son entreprise ?

— Pas récemment, non.

— Vous ne trouvez pas ça un peu curieux ?

— Pas du tout, répond Anne, tout en se disant que si, en effet, c'est curieux. J'étais complètement accaparée par la petite.

Sa voix se brise.

— Les marques de pneus… elles ne correspondent pas à votre voiture. Quelqu'un est entré dans votre garage au volant d'un véhicule, peu avant l'enlèvement. Vous avez vu Cora dans son lit à minuit. Marco était dans la maison avec elle à minuit et demi. Nous avons un témoin qui a vu une voiture s'éloigner de chez vous dans la ruelle à minuit trente-cinq. Rien n'indique la présence d'une personne extérieure dans la maison ou le jardin. Marco a peut-être apporté l'enfant, à minuit et demi, à un complice qui attendait dans votre garage.

— C'est ridicule, enfin ! s'écrie Anne.

— Vous n'avez aucune idée de qui pourrait être le complice ? persiste Rasbach.

— Vous vous trompez du tout au tout.

— Vous croyez ?

— Oui. Marco n'a pas enlevé Cora.

Rasbach réduit l'espace qui les sépare.

— Je vais vous dire quelque chose. L'entreprise de votre mari a des problèmes. Des problèmes graves.

Anne se sent pâlir.

— Ah bon ?

— J'en ai peur, oui.

— Pour être franche, inspecteur, je me fiche un peu des difficultés de la boîte. Notre fille a disparu. Alors les questions d'argent, que voulez-vous que ça nous fasse ?

— C'est juste que...

Rasbach se tait, comme s'il se ravisait. Il lance un coup d'œil à Jennings.

— Quoi ? fait Anne, qui les observe nerveusement tour à tour.

— Disons que je vois des choses, chez votre mari, que vous ne voyez peut-être pas.

Anne ne veut pas mordre à l'hameçon. Mais le policier attend, laisse le silence s'étirer. Elle n'a pas le choix.

— Quel genre de choses ?

— Vous ne trouvez pas ça un peu manipulateur de sa part, de ne pas avoir été honnête avec vous à propos de la boîte ?

— Non, pas si je ne m'y intéressais pas. Il voulait sans doute me protéger, parce que j'étais déprimée.

Rasbach ne dit rien, se contente de la considérer de ses vifs yeux bleus.

— Marco n'est pas manipulateur, insiste Anne.

— Qu'en est-il des relations entre lui et vos parents ? Lui et votre beau-père ?

— Je vous l'ai dit, ils ne s'aiment pas. Ils se tolèrent uniquement pour me faire plaisir. Mais ça, c'est la faute de mes parents. Quoi qu'il fasse, ça ne sera jamais assez bien. J'aurais pu épouser n'importe qui, ç'aurait été pareil.

— Et pourquoi, à votre avis ?

Sur les genoux d'Anne, le mouchoir est en charpie.

— Je ne sais pas. Ils sont comme ça, c'est tout. Surprotecteurs et très critiques. Peut-être parce que je suis fille unique. De toute manière, ce n'est pas grave, si la boîte va mal. Mes parents ont beaucoup d'argent. Ils pourraient toujours nous aider s'il le fallait.

— Mais le feraient-ils ?

— Évidemment. Il suffit que je le leur demande. Mes parents ne m'ont jamais rien refusé. Ils ont débloqué cinq millions de dollars pour Cora du jour au lendemain.

— En effet.

L'inspecteur marque une pause, et reprend :

— J'ai voulu voir le Dr Lumsden ; il paraît qu'elle est à l'étranger.

Anne, sentant son sang refluer de ses joues, s'efforce de rester bien droite sur sa chaise. Elle sait qu'il ne peut pas avoir parlé à Lumsden.

— Elle ne vous dira rien sur moi. Elle ne peut pas. Elle est mon médecin, et vous le savez. Pourquoi est-ce que vous jouez avec moi comme ça ?

— Vous avez raison. Je ne peux pas obliger votre médecin à briser le secret médical.

Anne se détend sur sa chaise et adresse à l'inspecteur une moue contrariée.

— Y a-t-il quelque chose que vous aimeriez me dire, vous ? demande-t-il.

— Pourquoi voulez-vous que je vous parle de mes séances avec ma psychiatre ? Ce ne sont pas vos affaires, que je sache. Je traverse une légère dépression post-partum, comme beaucoup de jeunes mères. Ça ne signifie pas que j'aie fait du mal à mon bébé. Tout ce que je veux, c'est la retrouver.

— Je ne peux pas m'empêcher de me dire qu'il est possible que Marco l'ait fait disparaître pour vous couvrir, si jamais vous l'avez tuée.

— C'est grotesque ! Dans ce cas, comment expliquez-vous l'arrivée du body par la poste, et le vol de la rançon ?

— Marco peut avoir simulé l'enlèvement, une fois l'enfant déjà morte. Quant au siège bébé, au coup sur la tête… c'est peut-être de la comédie.

Elle le dévisage avec incrédulité.

— C'est absurde. Et je n'ai pas fait de mal à ma fille, inspecteur.

Rasbach tripote son stylo sans la lâcher des yeux.

— J'ai questionné votre mère, tout à l'heure.

Autour d'Anne, la pièce commence à tourner.

21

Rasbach surveille Anne, en craignant qu'elle ne se trouve mal. Il patiente pendant qu'elle boit un peu d'eau, attend que ses couleurs reviennent.

Il ne peut rien faire à propos de la psychiatre. Là, il a les mains liées. Il n'a pas eu plus de chance avec la mère, mais Anne redoute visiblement qu'elle n'ait dit quelque chose. Et il est à peu près sûr de savoir quoi.

— Que m'a raconté votre mère, à votre avis ? lui demande-t-il.

— À mon avis, rien du tout. Il n'y a rien à raconter.

Pensif, il considère Anne pendant quelques instants. Constate à quel point elle est différente d'Alice Dries – une femme très maîtresse d'elle-même, occupée par ses comités et ses œuvres de charité, et bien plus prudente que sa fille. Nettement moins émotive, la tête plus claire. Elle est entrée dans la salle d'interrogatoire, a eu un sourire glacial, a donné son nom, puis l'a informé qu'elle n'avait rien à lui dire. L'entretien a été des plus brefs.

— Elle ne m'a pas prévenue qu'elle venait ce matin, s'étonne Anne.

— Ah non ?

— Qu'est-ce qu'elle vous a dit ?

— Rien, vous avez raison.

Anne sourit, pour la première fois depuis le début de l'interrogatoire, mais c'est un sourire amer.

— En revanche, j'ai parlé à une de vos anciennes camarades de classe. Une certaine Janice Foegle.

Anne s'immobilise complètement, comme un animal sauvage qui a détecté un prédateur. Puis elle se lève brusquement, sa chaise raclant le sol derrière elle, ce qui prend Rasbach et Jennings par surprise.

— Je n'ai plus rien à dire.

Elle retrouve Marco à l'accueil. Voyant sa détresse, celui-ci l'entoure d'un bras protecteur. Elle sent le regard de Rasbach dans son dos pendant qu'ils sortent sans un mot. Une fois dans la voiture, alors qu'ils démarrent, elle déclare :

— Je crois qu'il est temps qu'on prenne un avocat.

Rasbach leur met la pression, et on dirait bien qu'il ne les lâchera pas. Ils en sont au point où, bien qu'ils ne soient pas mis en examen, ils savent qu'on les traite comme des suspects.

L'issue de l'entrevue entre Anne et l'inspecteur inquiète Marco. La panique se lisait dans ses yeux quand elle en est sortie. Quelque chose, dans cet interrogatoire, l'a suffisamment ébranlée pour qu'elle veuille maintenant un avocat le plus vite possible. Il a bien essayé de savoir quoi, mais elle est restée évasive. « Qu'est-ce qu'elle me cache ? » Cela le met encore plus sur les nerfs.

Une fois chez eux, après qu'ils se sont frayé un passage dans la foule des journalistes pour entrer dans la maison, Anne suggère qu'ils invitent ses parents pour discuter.

— Pourquoi faudrait-il les faire venir ? On peut trouver quelqu'un sans leur aide.

— Un bon avocat, ça coûte cher, fait remarquer Anne.

Marco hausse les épaules, et elle appelle Richard et Alice.

Ils arrivent sans tarder. Évidemment, ils se sont déjà renseignés sur les meilleurs défenseurs.

— Je suis désolé qu'on en soit là, Anne, dit son père.

Ils sont assis dans la cuisine ; le soleil du début d'après-midi pénètre à l'oblique par la fenêtre et tombe sur la table en bois. Anne a fait du café.

— Nous aussi, nous pensons que c'est une bonne idée d'en prendre un, ajoute Alice. On ne peut pas se fier à la police.

Anne se tourne vers elle.

— Pourquoi tu ne m'as pas dit que tu étais convoquée ce matin ?

— Ce n'était pas nécessaire, et je n'ai pas voulu t'inquiéter, répond sa mère en lui tapotant la main. Tout ce que je leur ai dit, c'est mon nom, et que je n'avais rien à déclarer. Je ne vais pas me laisser faire. Ç'a été réglé en cinq minutes.

— Moi aussi, ils ont voulu m'interroger, ajoute Richard. Ils n'ont rien obtenu de moi non plus.

Il pose les yeux sur Marco.

— De toute manière, qu'est-ce que je pourrais bien leur dire ?

Un frisson de peur traverse Marco. Il se méfie de Richard mais, tout de même, celui-ci irait-il jusqu'à le poignarder dans le dos ?

— Ils ne t'ont accusée de rien, poursuit Richard en s'adressant à Anne, et je serais étonné qu'ils le fassent… Je ne vois pas comment ils le pourraient. Mais je suis d'accord avec ta mère : si tu es représentée par un bon avocat, peut-être qu'ils cesseront de te malmener et de te convoquer à tout bout de champ, et qu'ils se mettront vraiment à chercher Cora.

Pendant toute cette conversation, Richard s'est montré plus froid qu'à l'ordinaire envers Marco. C'est à peine s'il le regarde. Tous l'ont remarqué. Et personne ne l'a noté plus soigneusement que Marco lui-même. « Comme il reste stoïque, alors que j'ai perdu leurs cinq millions, songe-t-il. Il n'a pas fait une réflexion. Il n'en a même pas besoin. » Marco sait ce qu'il pense : « Mon bon à rien de gendre a encore tout foiré. » Il l'imagine au bar du country club, en train de siroter des alcools de luxe et de raconter ça à ses riches amis. De leur dire quel raté sa fille a épousé. De claironner qu'il a perdu sa petite-fille chérie et cinq millions durement gagnés, tout ça à cause de lui. Et le pire, c'est que, cette fois, Marco sait que c'est vrai.

— Pour tout dire, nous avons pris la liberté d'en réserver un dès ce matin, annonce Richard.

— Lequel ? demande Anne.

— Aubrey West.

Marco relève la tête, contrarié.

— C'est vrai ?

— Une pointure, un des meilleurs du pays, souligne Richard en élevant un peu la voix. Et c'est nous qui payons. Alors, ça vous pose un problème ?

Anne supplie en silence Marco de laisser tomber, d'accepter le cadeau.

— Peut-être, dit-il.

— Qu'y a-t-il de mal à avoir le meilleur avocat possible ? plaide Anne. Ne t'en fais pas pour l'argent, Marco.

— Ce n'est pas l'argent qui m'inquiète. Ça me paraît juste excessif. Ça nous donne l'air de coupables qui ont besoin d'une « pointure », célèbre pour avoir défendu les pires criminels. Est-ce que ça ne nous met pas dans le même sac que ses autres clients ? Ça ne va pas déteindre sur nous ?

Le silence règne autour de la table, le temps qu'ils réfléchissent. Anne a l'air soucieuse. Elle n'avait pas vu les choses ainsi.

— Il a fait acquitter beaucoup de coupables, et alors ? C'est son métier, contre-attaque Richard.

— Qu'est-ce que ça veut dire, ça ? Vous pensez que c'est nous qui avons fait le coup ? lance Marco, légèrement menaçant.

Anne semble sur le point de vomir.

— Ne racontez pas n'importe quoi, répond Richard en s'empourprant. Je cherche juste une solution pratique. Autant vous armer du meilleur avocat possible. Les flics ne sont pas tendres avec vous.

— Évidemment que nous ne vous pensons pas mêlés à la disparition de Cora, ajoute Alice en regardant son mari, et non pas eux. Mais la presse vous crucifie. Cet avocat saura peut-être y mettre fin. Et je pense que vous êtes persécutés par la police, qui ne vous a accusés de rien et qui continue de vous embarquer sous prétexte de recueillir vos témoignages volontaires… Il faut que ça cesse. C'est du harcèlement.

— Les flics n'ont rien contre vous, reprend Richard, donc ils vont peut-être commencer à battre en retraite. Simplement, il est là si vous avez besoin de lui.

Anne pivote vers Marco.

— Je pense qu'on devrait le garder.

— Oui, bon, d'accord. Comme vous voulez.

Cela fait des jours que Cynthia et Graham se disputent. Une semaine s'est écoulée depuis le dîner fatal, et ils ne sont toujours pas tombés d'accord. Graham est partisan de ne pas bouger, de faire comme si la vidéo montrant Cynthia sur les genoux de Marco, tous deux s'en donnant à cœur joie, n'existait pas ou, mieux encore, de la détruire. C'est ce qu'il y a de plus sûr. Et pourtant il est embêté, car il sait que la bonne chose à faire serait d'aller voir la police avec l'enregistrement. Or c'est illégal de filmer des gens à leur insu pendant des ébats sexuels, et c'est ce qu'ils ont fait. Si Cynthia et lui étaient accusés, ce serait catastrophique pour sa carrière. Il est administrateur dans une très grosse société, très conservatrice. Si cette histoire sort au grand jour, il est cuit.

Cynthia se fiche pas mal de bien ou mal agir. Ce qui compte pour elle, c'est que sur ces images on voit Marco entrer chez lui à 0 h 31 la nuit du kidnapping, ressortir par la porte arrière de sa maison à 0 h 33, le bébé dans les bras, et pénétrer dans le garage. Garage où il reste environ une minute, après quoi il ressort en pleine vue et regagne le jardin des Stillwell. Peu après, le porno soft commence.

Graham a d'abord été horrifié que cet homme ait enlevé son propre enfant ; ensuite, il a tergiversé. Il voulait bien faire preuve de civisme, mais pas s'attirer des ennuis. Et maintenant, c'est trop tard pour parler à la police. On leur demanderait pourquoi ils ont tant attendu. Ce qui leur attirerait encore plus de problèmes que l'utilisation d'une caméra cachée pour filmer des actes sexuels : ils pourraient être accusés de dissimulation de preuve d'un enlèvement, d'obstruction à la justice, ou quelque chose du genre. Du coup, il préfère faire comme si cet enregistrement n'avait jamais existé. Il veut le faire disparaître.

Cynthia a des raisons bien à elle pour ne pas le montrer aux flics. Elle détient une preuve contre Marco, cela doit bien valoir quelque chose.

Elle va l'informer de l'existence de ce film. Elle est sûre qu'il lui paiera une jolie somme pour se le procurer. Inutile d'en parler à Graham.

Il faut être sans cœur pour faire ça ; d'un autre côté, quel genre d'homme kidnappe son propre enfant ? Il l'a bien cherché.

22

Marco et Anne, installés dans la cuisine, tentent de prendre un petit déjeuner. Ils ont à peine touché à leurs toasts. Tous deux se nourrissent principalement de café et de désespoir, ces temps-ci.

Marco, silencieux, parcourt le quotidien. Anne regarde fixement par la fenêtre, sans rien voir. Certains jours, elle ne supporte pas la vue du journal et lui demande comment il arrive à le lire. D'autres fois, elle l'épluche ligne à ligne pour chercher la moindre mention de l'enlèvement. En fin de compte, elle lit tout. C'est plus fort qu'elle. Comme une croûte qu'elle ne peut s'empêcher de gratter.

Elle découvre qu'il n'y a rien de plus étrange qu'entendre parler de soi-même dans la presse.

Soudain, Marco sursaute sur sa chaise.

— Quoi ?

Il ne répond pas.

Elle se désintéresse de la question. Elle est dans un de ses jours de haine contre les médias. Elle ne veut pas savoir. Elle se lève et jette son café froid dans l'évier.

Marco retient sa respiration. L'article qui a capté son attention ne concerne pas l'enlèvement – sauf que si. Lui-même est le seul au monde à savoir qu'il y a un lien, et maintenant il réfléchit furieusement à ce qu'il doit faire.

Il scrute la photo. C'est lui. Aucun doute. Bruce Neeland, son complice, a été retrouvé mort – sauvagement assassiné – dans une cabane en rondins des monts Catskill. L'article est très avare de détails ; on soupçonne un cambriolage qui a mal tourné. L'homme a eu le crâne défoncé. Sans le cliché de la victime, Marco serait complètement passé à côté de cette brève et des précieuses informations qu'elle contient. D'après le journal, le mort s'appelle en réalité Derek Honig.

Le cœur battant à se rompre, Marco tâche de reconstituer les faits. Bruce – qui ne se prénomme pas du tout Bruce – est décédé. L'article ne précise pas quand. Voilà qui pourrait expliquer qu'il ne se soit pas manifesté comme prévu, qu'il n'ait pas répondu au téléphone. Mais qui l'a tué ? Et où est Cora ? Marco comprend soudain avec horreur que l'assassin a dû l'emmener. Et que ce même assassin doit être en possession de l'argent. Il faut qu'il prévienne les flics. Or, comment donner l'alerte sans révéler son propre rôle, accablant, dans cette affaire ?

Il se met à transpirer. Il contemple sa femme, qui lui tourne le dos, debout devant l'évier. Une tristesse inexprimable se dégage de ses épaules voûtées.

Il faut qu'il aille voir la police.

Ou bien, est-ce par trop naïf ? Quelles sont les chances que Cora soit encore en vie ? Ce salopard a le fric. Il a dû la tuer, à l'heure qu'il est. Peut-être va-t-il redemander de l'argent. S'il existe la moindre chance que la petite ne soit pas morte, Marco doit prévenir Rasbach. Mais comment ? Comment en parler sans s'incriminer lui-même, bon sang ?

Il essaie de réfléchir à tous les détails. Bruce est mort – il ne peut plus rien dire à personne. Et il était le seul à savoir. Si on retrouve son ou ses meurtriers, même en imaginant que Bruce leur ait révélé l'implication de Marco, cela ne peut pas le faire condamner : c'est une preuve par ouï-dire. Rien ne prouve que c'est lui qui a sorti Cora de son lit et qui l'a livrée à Bruce dans le garage.

C'est peut-être même une bonne chose que Bruce ne soit plus là pour parler.

Il faut qu'il informe Rasbach, mais comment ? Les yeux fixés sur la photo du défunt, il trouve la solution. Il va dire à l'inspecteur qu'en voyant ce portrait dans le journal il a reconnu le bonhomme. Qu'il l'a déjà vu traîner autour de la maison. Qu'il l'avait complètement oublié, jusqu'au moment où il est tombé sur cet article. On ne le croira peut-être pas, cependant il n'a pas mieux.

Il est quasiment certain que personne ne l'a jamais vu avec Bruce. Il ne pense pas qu'on puisse faire le lien entre eux. De toute manière, il ne pourra plus jamais se regarder dans la glace s'il ne fait pas tout son possible pour Cora.

Il va d'abord falloir en parler à son épouse. Il réfléchit encore une minute, hésitant, puis dit :

— Anne.

— Quoi ?

— Viens voir.

Elle s'approche et examine, par-dessus son épaule, la photo qu'il pointe du doigt. Elle l'étudie.

— Et alors ?

— Tu ne le reconnais pas ?

Elle l'observe encore.

— Je ne crois pas. Qui est-ce ?

— Je suis sûr de l'avoir déjà vu dans les parages.

— Où ça ?

— Je ne sais plus, mais cette tête me dit quelque chose. Je l'ai vu récemment, dans le quartier… près de la maison.

Anne regarde encore, de plus près.

— Tu sais quoi ? Moi aussi, il me semble que je l'ai déjà vu quelque part.

« Encore mieux », songe Marco.

Avant de se rendre au commissariat, il prend son ordinateur portable et cherche d'autres informations sur le meurtre de Derek Honig dans différents journaux en ligne. Il ne veut pas avoir de surprises.

Il n'y a pas grand-chose. L'histoire a peu attiré l'attention. Derek Honig avait pris des congés pour aller séjourner dans cette cabane. La femme de ménage qui passe une fois par semaine a trouvé son corps. Il vivait seul. Divorcé, sans enfants. Marco est parcouru par un frisson en lisant cela. L'homme qu'il a connu sous le nom de Bruce lui avait dit en avoir trois et donc savoir s'occuper d'un bébé, et il l'avait cru. Avec le recul, ses propres actes le stupéfient. Il a mis sa petite fille entre les mains d'un type qui était en fait un parfait inconnu, en comptant sur lui pour prendre soin d'elle. Comment a-t-il pu faire ça ?

Anne et Marco débarquent à l'improviste au commissariat. L'Audi leur a été restituée la veille, dans l'après-midi. Marco, qui serre le journal dans sa main, demande l'inspecteur Rasbach au comptoir de l'accueil. Le policier est là, bien qu'on soit samedi.

— Vous auriez une minute ?

— Bien sûr.

Rasbach les fait entrer dans la salle qu'ils connaissent bien, à force. Jennings va chercher une chaise supplémentaire. Tous quatre s'assoient deux par deux, face à face.

Marco pose le quotidien sur la table devant Rasbach et pointe du doigt la photo du mort. L'inspecteur l'étudie, parcourt le bref article. Puis il relève la tête.

— Oui ?

— Je le reconnais, dit Marco.

Il sait qu'il a l'air sur les nerfs, même s'il le cache autant qu'il le peut. Il s'oblige à regarder l'inspecteur dans les yeux.

— Je pense l'avoir vu au cours des deux semaines qui ont précédé l'enlèvement de Cora.

— Vu où ?

— C'est ça, le problème : je ne sais plus trop. Mais à l'instant où je suis tombé sur ce cliché, j'ai su que je l'avais croisé récemment, et plus d'une fois. Je pense que c'était dans les environs de la maison, dans notre quartier... dans notre rue.

Rasbach le dévisage sans broncher, les lèvres pincées.

— Anne aussi le reconnaît, ajoute Marco.

Rasbach reporte son attention sur elle. Elle hoche vigoureusement la tête.

— Je l'ai déjà vu, je ne sais plus où.

— Vous êtes certaine ?

Elle confirme.

— Attendez ici un moment.

Les deux inspecteurs se lèvent et sortent.

Anne et Marco patientent en silence. Ils n'ont pas envie de se parler devant la caméra. Marco doit se contraindre à rester sur sa chaise sans gigoter nerveusement.

Rasbach finit par revenir.

— Je vais me rendre sur place dès aujourd'hui. Si je trouve quoi que ce soit qui ait un rapport avec votre dossier, je vous appelle.

— Combien de temps avant que vous nous donniez des nouvelles, à votre avis ? s'enquiert Marco.

— Aucune idée. Je reviens vers vous dès que possible.

Marco et Anne n'ont plus qu'à rentrer chez eux pour attendre.

23

Marco ne tient pas en place, ce qui exaspère Anne. Ils se querellent.

— Je vais faire un tour au bureau, dit-il brusquement. J'ai tout laissé en plan là-bas. Il faut que je m'aère l'esprit et que je rappelle quelques clients. Avant de ne plus en avoir du tout.

— Bonne idée, approuve Anne, qui n'en peut plus de l'avoir à la maison.

Elle a un terrible besoin de parler au Dr Lumsden. Celle-ci l'a rappelée rapidement après le message urgent qu'elle a déposé sur sa boîte vocale et, bien que la psychiatre se soit montrée compréhensive et encourageante, la conversation l'a laissée sur sa faim. Le Dr Lumsden l'a exhortée à s'adresser à son remplaçant, mais Anne n'a aucune envie de se confier à un inconnu.

Elle envisage de demander des explications à Cynthia. Si elle ne pense plus que celle-ci ait enlevé leur fille, elle voudrait au moins savoir ce qui se passe entre elle et son mari. Peut-être qu'elle se tourmente avec cette question parce que ce n'est pas aussi douloureux que de songer à ce qui a pu arriver à Cora.

Anne sait que Cynthia est chez elle. Elle l'entend de temps en temps de l'autre côté du mur mitoyen. Elle sait aussi que Graham est reparti : elle l'a vu ce matin, par la fenêtre de sa chambre, monter dans une limousine noire d'aéroport avec des bagages. Elle pourrait aller là-bas, dire son fait à Cynthia et lui interdire d'approcher son mari. Elle cesse de s'agiter et fixe le mur du salon, indécise. Cynthia est juste de l'autre côté de cette cloison.

Mais Anne ne trouve pas le courage. Elle est trop perturbée. Elle a dit à l'inspecteur ce qu'elle avait entendu depuis le palier, cependant elle n'a pas évoqué la question avec Marco. Lui-même ne lui en a pas soufflé mot. Ils ont apparemment une nouvelle habitude : ne pas aborder les sujets difficiles. Avant, ils partageaient tout – enfin, presque. Depuis le bébé, les choses ont changé.

C'est dû à sa dépression. Plus rien ne l'intéresse. Au début, Marco lui achetait des fleurs, des chocolats, avait des petits gestes pour lui remonter le moral, mais rien ne marchait vraiment. Il a cessé de lui raconter ses journées, de lui parler de la boîte. Elle-même ne pouvait pas évoquer son boulot, puisqu'elle ne travaillait plus. Ils n'avaient plus grand-chose à échanger, sauf au sujet de la petite. Marco avait peut-être raison. Elle aurait dû reprendre son job à la galerie.

Il faut qu'elle lui parle, qu'elle lui fasse promettre de ne plus s'approcher de Cynthia. On ne peut pas lui faire confiance, à celle-là. Leur amitié avec les Stillwell est terminée. Si Anne met Marco au pied du mur en lui révélant ce qu'elle sait, si elle lui répète ce qu'elle a entendu sur le palier, il culpabilisera. C'est déjà le cas. Elle ne doute pas qu'il tiendra désormais ses distances avec la voisine. Rien à craindre de ce côté-là.

S'ils survivent à cette épreuve, il faudra qu'elle discute avec lui de Cynthia, et aussi de la boîte. Ils devront recommencer à être plus honnêtes l'un envers l'autre.

Elle aurait besoin de nettoyer quelque chose, or la maison est déjà impeccable. C'est curieux, l'énergie qui l'anime en ce moment. Quand elle avait encore Cora, elle se traînait du matin au soir. À cette heure-ci, en général, elle priait pour que la petite fasse une sieste. Un sanglot lui échappe.

Il faut qu'elle s'occupe. Elle va commencer par l'entrée : la grille ancienne qui ferme le conduit d'aération a besoin d'être récurée. Le fer forgé est couvert de poussière, et doit être astiqué à la main. Elle remplit un seau d'eau chaude, prend un chiffon, s'assoit par terre à côté de la porte et se met à l'ouvrage, en nettoyant bien dans les coins. C'est apaisant.

Alors qu'elle est assise là, le courrier arrive, tombant en cascade par la fente de la porte pour atterrir juste à côté d'elle, ce qui la fait sursauter. À la vue du tas par terre, elle s'immobilise. Encore des lettres d'injures, sans doute. Elle n'en peut plus. Mais s'il y avait autre chose ? Elle pose son chiffon humide, s'essuie les mains sur son jean et passe les enveloppes en revue. Aucune n'est libellée à la machine, comme l'était le paquet contenant le body vert. Anne se rend compte qu'elle est en apnée, et s'oblige à respirer.

Elle n'ouvre aucune lettre. Elle aimerait toutes les jeter, mais Marco lui a fait promettre de les garder. Il les parcourt une à une, tous les jours, au cas où le ravisseur réessaierait d'entrer en contact. Il ne lui parle pas de leur contenu.

Anne prend le seau et le chiffon, et monte s'attaquer aux grilles de l'étage. Elle commence par le bureau, au bout du couloir. En retirant la grille décorative d'origine pour la nettoyer plus facilement, elle aperçoit quelque chose de petit et sombre dans le conduit. Surprise, elle se penche, craignant que ce ne soit une souris morte, ou peut-être un rat. Ce n'est pas un animal. C'est un téléphone portable.

Elle met la tête entre ses genoux et se concentre pour ne pas perdre connaissance. Cela ressemble à une crise de panique : c'est comme si tout son sang quittait son corps. Des taches noires dansent devant ses yeux. Au bout de quelques instants, le malaise se dissipe et elle relève la tête. Elle regarde le téléphone dans le conduit. Elle a envie de remettre la grille, de descendre se faire un café et de se persuader qu'elle n'a rien vu. Elle tend pourtant la main pour s'en saisir. Il adhère à la paroi du conduit. Elle tire, fort, et il vient : il était fixé avec du gros Scotch argenté.

Elle examine l'appareil. Elle ne l'a jamais vu. Ce n'est pas celui de Marco : elle connaît son portable, il l'a toujours sur lui. Mais elle ne peut pas se mentir : quelqu'un a caché ce téléphone dans la maison, et ce n'est pas elle.

Marco a un portable secret. Pourquoi ?

Sa première idée est Cynthia. Ils seraient donc vraiment amants ? Ou bien est-ce quelqu'un d'autre ? Marco reste parfois tard au bureau. Elle est devenue grosse et pas marrante. Cela dit, jusqu'à la soirée chez les voisins, elle n'avait jamais imaginé qu'il puisse la tromper. Elle était peut-être complètement aveugle, elle est peut-être naïve. L'épouse est toujours la dernière au courant, n'est-ce pas ?

Le téléphone a l'air neuf. Elle le met en marche : il s'illumine. Marco veille donc à ce qu'il soit chargé. Et maintenant, il faut qu'elle dessine un certain motif sur l'écran pour le déverrouiller. Elle ignore lequel. Elle ne connaît même pas le code de l'appareil habituel de Marco. Au bout de quelques tentatives, l'accès est bloqué en raison de trop nombreuses erreurs.

« Réfléchis », se dit-elle, alors qu'elle en est bien incapable. Elle reste assise par terre sans bouger, assommée, le portable à la main.

Beaucoup de choses passent par la tête de l'inspecteur Rasbach pendant le trajet vers la scène de crime dans les Catskill. Il repense à son entretien du matin avec Marco et Anne Conti.

Il soupçonne que c'est le stratagème qu'a trouvé Marco pour lui dire que ce mort était son complice – et que Marco lui demande de l'aider à retrouver son bébé. Ils savent tous les deux que c'est sans doute un peu tard pour cela. Marco est conscient que Rasbach pense qu'il a enlevé Cora et qu'il s'est fait doubler. Il est clair que ce défunt est lié à l'affaire. Ce doit être lui l'acolyte mystère, celui qui était au volant d'une voiture, dans la ruelle, à minuit trente-cinq. Et quel meilleur endroit, pour cacher un bébé, qu'une cabane en pleine nature ?

L'enfant devait être encore en vie au moment où elle a quitté la maison, comprend-il soudain, faute de quoi Marco ne serait pas venu le voir maintenant. Si la théorie de Rasbach est juste, cela innocente la mère : nonobstant ses problèmes psychiatriques, elle ne doit pas avoir tué la petite.

Il est impatient de voir ce qu'il trouvera sur le terrain.

Pendant ce temps, Jennings s'efforce d'établir un lien entre Marco et la victime de meurtre, Derek Honig. Une connexion entre eux apparaîtra peut-être, si ténue soit-elle. Rasbach n'y compte pas trop, car dans ce cas Marco ne serait pas venu le trouver. Derek Honig étant décédé, Marco se dit peut-être que c'est un risque à prendre, au cas très improbable où cela lui permettrait de retrouver la petite.

Rasbach ne doute pas que Marco aime sa fille, qu'il n'ait jamais eu l'intention de lui faire du mal. Mais quand il pense au nourrisson, probablement mort, et à la mère, anéantie, la compassion que l'inspecteur pourrait éprouver pour le père s'envole.

— Tournez ici, dit-il à l'agent au volant.

Ils quittent la voie rapide et roulent pendant un moment sur une piste déserte. Enfin, ils atteignent une bifurcation. La voiture est secouée sur un chemin plein d'ornières, envahi par les herbes folles, puis s'arrête devant une simple cabane en bois, entourée de ruban jaune. Un autre véhicule de police est déjà présent : visiblement, ils sont attendus.

Ils descendent. Rasbach n'est pas fâché de se dégourdir les jambes.

— Inspecteur Rasbach, se présente-t-il à l'agent sur place.

— Agent Watts, monsieur. Par ici.

L'inspecteur observe les lieux sans rien en perdre. Un coup d'œil derrière la cabane lui révèle un petit lac parfaitement tranquille. Aucune autre construction en vue. Le lieu idéal pour cacher un bébé pendant quelques jours.

Il entre dans la cabane. La déco date des années 1970 : lino affreux dans la cuisine, table en Formica, placards démodés.

— Où était le corps ? s'enquiert Rasbach.

— Là-bas, répond l'agent en indiquant la pièce principale.

Celle-ci est meublée avec des articles de récupération hétéroclites. L'emplacement du corps ne fait aucun doute : la vieille moquette beige est tachée de sang.

Rasbach s'accroupit pour mieux regarder.

— L'arme du crime ?

— On l'a envoyée au labo. Il s'est servi d'une pelle. Pour lui taper sur la tête. Plusieurs fois.

— Le visage est-il encore reconnaissable ?

— Meurtri mais reconnaissable, oui.

Rasbach se remet debout, envisage d'emmener Marco à la morgue pour lui montrer le cadavre. *Voilà à quoi vous jouez.*

— Alors, quelle est la théorie ?

— À première vue ? On pense à un cambriolage raté, quoique, de vous à moi, il n'y a rien à voler ici. Bien sûr, on ne sait pas s'il y avait quelque chose avant. C'est plutôt isolé, comme coin. Un trafic de drogue qui a mal tourné, peut-être.

— Ou un kidnapping.

— Ou un kidnapping. Ça paraît assez personnel, le fait qu'on l'ait frappé de manière répétée avec la pelle. Je veux dire, il a eu son compte.

— Et pas d'affaires de bébé ? Pas de couches, de bibe-rons, rien de ce genre ? demande Rasbach en promenant son regard dans la pièce.

— Non. S'il y a eu un bébé ici, celui qui l'a emmené a bien nettoyé derrière lui.

— Qu'est-ce qu'il faisait de ses ordures ?

— On pense qu'il en brûlait dans le poêle, donc on a vérifié ça, et il y a aussi un foyer à ciel ouvert dehors. Or il n'y a pas du tout d'ordures ici, et rien dans le poêle ni dans le foyer. Donc, soit notre mort revenait tout juste de la déchetterie, soit quelqu'un a fait le ménage. Il y a une déchetterie à trente bornes, où ils prennent les numéros de plaque minéralogique, et il n'y est pas passé de la semaine.

— Donc, ce n'est pas un cambriolage raté. Personne n'embarque les poubelles après avoir cambriolé et tué quelqu'un.

— Non.

— Où est sa voiture ?

— Au labo.

— Quel modèle ?

— Une hybride, une Prius *v.* Noire.

Bingo, songe Rasbach. Quelque chose lui dit que les marques de pneus vont correspondre à celles qui ont été trouvées dans le garage des Conti. Et même si les lieux ont été nettoyés à fond, si la petite a passé quelques jours ici, il y aura des traces d'ADN. On dirait bien qu'ils tiennent leur première grande avancée dans l'affaire de l'enlèvement de la petite Cora.

24

Marco, dans son bureau, contemple sans la voir la vue par la fenêtre. Il est seul. Il n'a pas de personnel sur place et, comme on est samedi, l'immeuble entier est plongé dans le silence, à son grand soulagement.

Il repense à sa dernière entrevue avec Rasbach. L'inspecteur sait, il en est sûr. Ces yeux qu'il a… ils semblent voir à travers lui. Marco aurait aussi bien pu aller le trouver et lui déclarer : « Voici l'homme avec qui j'ai conspiré pour enlever Cora pendant deux jours et négocier une rançon. Maintenant il est mort, et je ne maîtrise plus rien. J'ai besoin de votre aide. »

Ils ont un défenseur, désormais. Un avocat célèbre pour avoir fait acquitter des gens totalement coupables. Marco reconnaît que c'est une bonne chose. Il n'y aura plus d'interrogatoires hors de la présence de l'avocat. Marco ne se préoccupe plus de sa réputation ; la priorité, dorénavant, c'est d'éviter la prison et de maintenir Anne dans le brouillard.

Son portable sonne. Il consulte l'écran : Cynthia. Cette salope. Pourquoi est-ce qu'elle l'appelle ? Il hésite entre répondre et laisser la messagerie se déclencher, mais finit par décrocher.

— Oui ?

Sa voix est glaciale. Il ne lui pardonnera jamais d'avoir menti à la police.

— Marco, roucoule-t-elle comme si de rien n'était.

Comme si les derniers jours n'avaient jamais eu lieu, et que tout était comme avant. Il aimerait que ce soit vrai !

— Quoi ?

Il veut abréger autant que possible.

— J'ai quelque chose dont je voudrais te parler, lui annonce Cynthia sur un ton un peu plus impersonnel. Tu peux passer à la maison ?

— Pourquoi ? Tu comptes t'excuser ?

— M'excuser ?

Elle a l'air surprise.

— D'avoir menti au flic. De lui avoir dit que je t'avais draguée alors qu'on sait tous les deux que c'est toi qui m'as sauté dessus.

— Ah, désolée. C'est vrai que j'ai menti, admet-elle sur un ton qui se veut enjoué.

— Pardon ? Tu es *désolée* ? Tu as une idée des emmerdes que tu m'as apportées ?

— On peut en discuter ?

Elle n'est plus enjouée du tout.

— Pour quoi faire ?

— Je t'expliquerai quand tu seras là, souffle-t-elle.

Sur ce, elle raccroche abruptement.

Marco reste assis cinq bonnes minutes à tambouriner sur la surface de son bureau avec ses doigts, hésitant sur la marche à suivre. Finalement, il se lève, baisse les stores et sort en fermant à clé derrière lui. Il ne se voit pas ignorer la demande de Cynthia. Elle n'est pas femme à se laisser snober. Mieux vaut découvrir ce qu'elle a à lui dire.

En arrivant dans son quartier, il prend conscience que s'il lui rend visite, ne serait-ce que deux minutes, il vaut mieux qu'Anne ne l'apprenne pas. Et qu'il doit aussi éviter les journalistes, donc ne pas se garer devant la maison. En mettant la voiture au garage, il pourra passer par le jardin pour aller voir Cynthia en vitesse, puis rentrer chez lui.

C'est ce qu'il fait, puis il traverse la pelouse et franchit le portillon pour aller frapper chez la voisine. Il se sent furtif, coupable, comme s'il se cachait de sa femme. Pourtant ce n'est pas le cas : il veut juste savoir ce que Cynthia a à lui dire, après quoi il se tirera de là vite fait. Il ne *veut* pas se cacher d'Anne. Il promène son regard sur la terrasse en patientant. C'est là qu'il était assis quand elle est venue se coller sur ses genoux.

Cynthia arrive.

— Je t'attendais à la porte de devant, s'étonne-t-elle.

On dirait qu'elle insinue quelque chose. Mais elle ne flirte pas comme d'habitude. Il voit tout de suite qu'elle n'a pas la tête à la bagatelle. Ça tombe bien, lui non plus.

Ils entrent ensemble dans la cuisine.

— Qu'est-ce qu'il y a ? attaque aussitôt Marco. Il faut que je rentre chez moi.

— Je pense que tu vas trouver deux minutes pour ce que j'ai à te montrer, répond-elle en s'appuyant au comptoir, les bras croisés sous ses seins.

— Pourquoi as-tu menti aux flics ? lâche-t-il de but en blanc.

— Ce n'était qu'un petit mensonge.

— Non, pas du tout.

— J'aime bien dire des mensonges. Comme toi.

— Qu'est-ce que tu racontes ? crache-t-il avec colère.

— Tu *vis* dans un mensonge, pas vrai, Marco ?

Il éprouve un début de sensation glaçante. Elle ne peut pas savoir. Elle ne peut rien savoir. Comment serait-ce possible ?

— De quoi tu parles ?

Il secoue la tête, comme s'il ne voyait absolument pas où elle veut en venir.

Cynthia pose sur lui un long regard tranquille.

— Pardon d'avoir à te dire ça, Marco, mais Graham a une caméra cachée, sur la terrasse.

Marco ne souffle mot tandis que le froid l'envahit.

— Et elle tournait le soir où tu étais là, le soir où ton bébé a *disparu.*

« Elle sait. Merde, merde, merde. » Il commence à transpirer. Il scrute son beau visage ; il le trouve affreux, maintenant. Cette chienne est une immonde manipulatrice. Peut-être qu'elle bluffe. Il peut en faire autant.

— Il y avait une caméra ? Vous avez quelque chose sur le ravisseur ? demande-t-il comme si c'était une bonne nouvelle.

— Oh, ça oui.

Là, il sait que c'est terminé. Elle l'a en vidéo. Il le voit à son expression.

— Et le ravisseur, c'est toi.

— N'importe quoi, réplique-t-il inutilement.

— Tu veux voir ?

Il veut lui tordre le cou, oui.

— D'accord.

— Viens avec moi.

Et elle tourne les talons pour monter à l'étage.

Il la suit jusqu'à sa chambre, celle qu'elle partage avec Graham. Il se dit qu'elle est folle d'inviter ainsi dans sa chambre un homme qu'elle sait capable de commettre un kidnapping. Elle n'a pas l'air d'avoir peur. Elle semble parfaitement maîtresse de la situation. Mais elle est comme ça, elle aime tout contrôler, tenir les ficelles et regarder les gens danser. Elle aime aussi un peu de piment, un peu de danger. Elle va évidemment le faire chanter. Il se demande s'il la laissera faire.

Un ordinateur portable est ouvert sur le lit. Quelques clics, et une vidéo démarre, avec la date et l'heure incrustées numériquement. Marco bat des paupières en visionnant le court film. Le voilà tripotant l'ampoule, entrant dans la maison. Il en sort deux minutes plus tard, Cora dans les bras, enveloppée dans sa couverture blanche. Pas d'erreur possible, c'est lui. Il jette des coups d'œil aux alentours pour s'assurer que personne ne l'observe. Il regarde presque directement la caméra, sans se douter un instant de sa présence. Puis il rejoint d'un pas rapide la porte arrière du garage, réapparaît environ une minute plus tard, traverse la pelouse sans le bébé. Il a oublié de revisser l'ampoule de la porte de derrière. À revoir tout cela maintenant, il est submergé par les regrets, les remords, la honte.

Et la rage de s'être fait surprendre. Par elle. Elle va montrer ça à la police. À Anne. Il est foutu.

— Qui d'autre a vu ça ?

Il s'étonne que sa voix soit si normale. Elle ne relève pas sa question.

— Tu l'as tuée ? demande-t-elle, retrouvant presque son ton enjoué.

Il est écœuré, par elle, par sa curiosité morbide, insensible. Il ne répond pas. Après tout, il a peut-être intérêt à ce qu'elle le croie capable de tuer.

— Qui d'autre ? insiste-t-il farouchement.

— Personne, ment-elle.

— Graham ?

— Non, il n'a pas vu ça. Je lui ai dit que ça n'avait pas filmé parce que la batterie était morte. Il ne s'est pas posé de questions. Il ne sait rien. Tu connais Graham, ajoute-t-elle, il ne s'intéresse pas à grand-chose.

— Alors pourquoi tu me le montres ? Pourquoi tu n'es pas allée tout droit chez les flics ?

— Quelle idée ! On est amis, non ?

Elle lui adresse un sourire faussement innocent.

— Épargne-moi les conneries, Cynthia.

Le sourire disparaît.

— Très bien. Si tu veux que je garde ça pour moi, il va falloir raquer.

— Eh bien, ça pose un petit problème, ça, Cynthia, dit-il d'une voix très maîtrisée. Car, vois-tu, je n'ai pas un rond.

— Oh, allez. Tu as bien quelque chose.

— Fauché comme les blés, lâche-t-il froidement. À ton avis, pourquoi j'ai enlevé mon propre enfant ? Pour le fun ?

Il lit sa déception sur son visage au moment où elle revoit ses attentes à la baisse.

— Tu peux hypothéquer ta baraque, non ?

— Déjà fait.

— Prends une deuxième hypothèque.

« Mais quelle salope ! »

— Je ne peux pas. Du moins pas sans qu'Anne le sache, évidemment.

— Alors il va peut-être falloir lui montrer le film, à elle aussi.

Soudain, Marco fait un pas vers elle. Il n'a pas besoin de jouer le rôle du type poussé à bout : il l'est vraiment. Il pourrait l'étrangler, là, s'il le voulait. Elle n'a pas l'air effrayée : elle est excitée. Ses yeux brillent, et ses seins se soulèvent et redescendent rapidement. C'est peut-être le danger qu'elle aime, plus que tout. Le frisson. Elle voudrait peut-être qu'il la jette sur le lit à côté duquel ils se tiennent tous les deux. Pendant un bref instant, il envisage de le faire. Est-ce qu'elle renoncerait pour autant à le faire chanter ? Sans doute pas.

— Tu ne vas montrer ce film à personne.

Elle prend son temps pour répondre. Le regarde droit dans les yeux. Leurs visages sont à quelques centimètres l'un de l'autre.

— Je préférerais, Marco. J'aimerais que ça reste entre nous. Mais il faut que tu m'aides, là. Tu dois bien pouvoir nous dégoter du pognon.

Marco réfléchit furieusement. Non, il n'a pas de pognon. Il ne sait pas comment en dégoter. Il va falloir qu'il gagne du temps.

— Bon, écoute, laisse-moi un délai pour m'organiser. Tu sais dans quel merdier je suis en ce moment.

— Ça n'a pas vraiment tourné comme tu le voulais, hein ? Je suppose que tu comptais récupérer ta gamine ?

Il a envie de la frapper, se retient.

Elle l'observe comme pour le jauger.

— Très bien. Je vais te laisser un peu de temps. Je ne vais pas utiliser la vidéo... pour l'instant.

— Tu pensais à quel genre de somme ?

— Deux cent mille.

C'est moins que ce à quoi il s'attendait. Il aurait cru qu'elle réclamerait davantage, un montant plus en accord avec sa nature flamboyante. Cependant, s'il la paie, elle en redemandera, encore et encore : c'est comme ça avec les maîtres chanteurs, on n'en est jamais débarrassé. Donc, la somme qu'elle annonce aujourd'hui ne veut rien dire. Même s'il la paie et qu'elle supprime la vidéo devant lui, il ne sera jamais certain qu'elle n'en a pas fait de copies. Sa vie est totalement détruite, sur tous les fronts.

— Je ne trouve pas ça cher payé, ajoute-t-elle.

— Je vais partir, maintenant. Ne t'approche pas d'Anne.

— D'accord. Mais si je m'impatiente, si je n'ai pas de nouvelles de toi, je risque d'appeler.

Marco la bouscule pour sortir de la chambre, descend l'escalier et franchit la porte-fenêtre de la cuisine sans un coup d'œil en arrière. Il est tellement en colère qu'il n'a plus les idées claires. En colère, et terrifié. Il existe une preuve. Une preuve qu'il a enlevé la petite. Ça change tout. Anne saura. Et il risque d'aller en prison, pour long-temps.

En cet instant, il ne voit pas comment les choses pour-raient être pires. Il pénètre dans son jardin par le portil-lon. Anne est dehors, en train d'arroser les plantes.

Leurs regards se croisent.

25

Quand Anne voit Marco arriver de chez la voisine, ses yeux s'agrandissent tout seuls. Le choc la cloue sur place, l'arrosoir à la main. Il est allé chez Cynthia. Pourquoi ? Il ne peut y avoir qu'une explication. Elle lui pose quand même la question, à travers la pelouse.

— Qu'est-ce que tu faisais chez elle ?

Sa voix est glaciale.

Marco a son regard de chevreuil paralysé par les phares, celui qu'il a quand il est pris sur le fait et ne sait pas comment réagir. Il n'a jamais été doué pour l'improvisation. Elle en serait attendrie, si elle ne le haïssait pas, pour l'heure. Elle lâche son arrosoir et rentre en courant dans la maison.

Il la suit en l'appelant avec désespoir.

— Anne ! Attends !

Mais elle n'attend pas. Elle monte l'escalier quatre à quatre ; elle sanglote, maintenant. Il la suit de près, en la suppliant de lui parler, de le laisser s'expliquer.

Sauf qu'il n'a pas la moindre idée de ce qu'il pourrait dire. Comment justifier son passage en douce chez Cynthia sans révéler l'existence de la vidéo ?

Il s'attend à ce qu'Anne s'engouffre dans leur chambre et se jette sur le lit, ce qu'elle fait habituellement quand elle est bouleversée. Peut-être va-t-elle lui claquer la porte au nez et s'enfermer à double tour. Ce ne serait pas la première fois. Elle finira par ressortir, et entre-temps il aura le loisir de réfléchir.

Mais non, elle ne court pas se jeter sur le lit en pleurant. Elle ne s'enferme pas dans la chambre. Non, elle se précipite droit vers la pièce du fond, celle qui sert de bureau. Marco est toujours sur ses talons. Il la voit se laisser tomber à genoux devant la bouche d'aération.

« Oh, non. Mon Dieu, pas ça. »

Elle retire la grille, plonge la main à l'intérieur et arrache le téléphone de la paroi du conduit. Marco a le cœur au bord des lèvres. Elle pose l'appareil sur sa paume ouverte et le lui présente sous le nez, les joues baignées de larmes.

— Qu'est-ce que c'est que *ça,* Marco ?

Il se pétrifie. Il ne parvient pas à y croire. Tout à coup, il doit faire un effort pour ne pas éclater de rire. C'est comique, vraiment, tout ce qui lui arrive. La vidéo de Cynthia. Et maintenant, ceci. « Qu'est-ce que je vais bien pouvoir lui raconter ? »

— C'est comme ça que tu communiquais avec elle, hein ?

Il reste interdit un petit instant. Se retient au dernier moment de répliquer : « Pourquoi est-ce qu'il me faudrait un portable pour appeler Cynthia alors qu'elle habite à vingt centimètres ? » Anne déduit autre chose de son hésitation.

— À moins que ce ne soit quelqu'un d'autre ?

Il ne peut pas lui dire la vérité – lui dire que le téléphone secret qu'elle tient à la main était son seul moyen de joindre son complice dans l'enlèvement de leur bébé. De joindre l'homme qui est mort, à présent. Il a dissimulé un portable prépayé, intraçable, dans le mur, afin d'appeler son partenaire de crime, un crime impardonnable. Elle croit qu'il avait une liaison, avec Cynthia ou une autre.

217

Le premier mouvement de Marco est de la maintenir à distance de Cynthia. Il trouvera bien quelque chose.

— Pardon, dit-il. Ce n'est pas Cynthia, je le jure.

En hurlant, elle lui jette violemment le téléphone à la tête. L'appareil le touche au front : Marco ressent une vive douleur au-dessus de l'œil droit.

Il devient suppliant.

— Tout est fini, Anne. Ce n'était rien. Ça n'a duré que quelques semaines, juste après la naissance de Cora, quand tu étais si fatiguée... C'était une erreur. Je ne l'ai pas voulu, c'est arrivé comme ça.

Il bredouille toutes les excuses qui lui passent par la tête.

Elle le regarde avec rage et dégoût, le visage inondé de larmes, la goutte au nez, les cheveux en bataille.

— À partir de maintenant, tu peux dormir sur le canapé, jusqu'à ce que je décide quoi faire, déclare-t-elle méchamment, la voix teintée de douleur.

Sur ces mots, elle gagne leur chambre et claque la porte. Il entend le loquet tourner.

Marco ramasse lentement le téléphone par terre. Il se touche le front, là où il l'a reçu ; ses doigts se mouillent de sang. Machinalement, il allume l'appareil, compose le code secret. Il y a un journal des appels qu'il a passés – tous au même numéro. Tous restés sans réponse.

Marco s'efforce de naviguer entre sa peur et sa confusion. Qui pouvait savoir que Bruce détenait Cora ? Bruce a-t-il parlé de leur plan à quelqu'un, quelqu'un qui s'est ensuite retourné contre lui ? C'est peu probable. Ou bien a-t-il été imprudent ? Quelqu'un a-t-il vu la petite et l'a-t-il reconnue ? Pas très vraisemblable non plus.

L'esprit ailleurs, il regarde le portable dans sa main et, avec un coup au cœur, remarque l'icône des appels manqués. Elle n'était pas là la dernière fois qu'il a vérifié. L'appareil est en mode silencieux, évidemment. Qui peut l'avoir appelé avec le téléphone de Bruce ? Bruce est mort. Marco clique sur « Rappeler », le cœur battant la chamade. Il entend une sonnerie. Deux.

Et là, une voix qu'il reconnaît.

— Je me demandais quand vous alliez appeler.

Anne s'endort à force de pleurer. Lorsqu'elle se réveille, la nuit est tombée. Elle reste au lit, à guetter les bruits de la maison. Elle n'entend rien. Elle se demande où est Marco. Est-elle seulement capable de supporter sa vue ? Doit-elle le jeter dehors ? Serrant son oreiller contre elle, elle réfléchit.

Ce serait mal vu qu'elle le chasse maintenant. La presse se jetterait sur eux comme une horde de bêtes sauvages. Ils auraient l'air plus coupables que jamais. S'ils étaient innocents, pourquoi se sépareraient-ils ? La police risque de les arrêter. S'en soucie-t-elle simplement ?

En dépit de tout, elle sait que Marco est un bon père et qu'il aime Cora. La disparition du bébé fait autant de peine à son mari qu'à elle-même. Elle sait qu'il n'y est pas mêlé, ni de près ni de loin, quoi qu'en dise la police, quoi qu'insinuent les flics avec leurs questions sournoises et leurs hypothèses. Elle ne peut pas le virer, du moins pas pour le moment, même si le fait de penser à lui avec une autre femme lui retourne l'estomac.

Elle ferme les yeux et essaie de se remémorer cette nuit-là. C'est la première fois qu'elle tente de se revoir dans la chambre d'enfant, la nuit où Cora a disparu. Jusqu'ici elle a évité de le faire. Mais à présent, elle revoit, en pensée, la dernière image qu'elle a de sa fille. Cora était dans son berceau. Il faisait noir dans la pièce. La petite était couchée sur le dos, ses bras potelés remontés autour de la tête, ses boucles blondes humides sur son front, à cause de la chaleur. Le ventilateur tournait paresseusement au plafond. Malgré la fenêtre ouverte, l'air était étouffant.

Annc se souvient, à présent. Elle était debout à côté du berceau, elle regardait les petits poings de sa fille, ses jambes nues, arquées. Il faisait trop chaud pour la couvrir. Elle a résisté à la tentation de lui caresser le front, de peur de la réveiller. Bien qu'elle ait eu envie de prendre Cora dans ses bras, d'enfouir son visage dans le cou de l'enfant et de sangloter, elle s'est retenue. Submergée par toutes sortes de sentiments – l'amour, principalement, et la tendresse, mais aussi la détresse, le désespoir, l'impression d'être nulle –, elle avait honte d'elle-même.

Elle a tâché de ne pas se faire de reproches, mais c'était difficile. Elle culpabilisait de ne pas être une jeune maman béate. D'être brisée. Sa fille, elle… était parfaite. Sa précieuse petite fille. Ce n'était pas la faute de Cora. Rien n'était sa faute.

Elle a eu envie de rester dans la chambre, de s'installer dans le douillet fauteuil d'allaitement et de s'endormir. Au lieu de cela, elle est sortie sur la pointe des pieds et a regagné la fête à côté.

Anne ne se rappelle rien d'autre de cette dernière visite à minuit. Elle n'a pas secoué la petite, ne l'a pas laissée tomber par terre. Pas à ce moment-là, en tout cas. Elle ne l'a même pas sortie de son berceau. Elle se souvient très clairement qu'elle ne l'a pas prise dans ses bras ni même touchée cette fois-là, parce qu'elle avait peur de la réveiller. Parce que, quand elle lui avait donné le sein à 23 heures, Cora s'était montrée agitée. Même une fois nourrie, la petite n'avait pas voulu se calmer. Sa mère l'avait bercée dans ses bras, lui avait chanté une chanson. Elle lui avait peut-être donné une claque. Oui… elle lui a mis une claque. Elle en est malade de honte.

Elle était crevée, irritée, contrariée par ce qui se passait entre Marco et Cynthia chez les voisins. Elle pleurait. Elle ne se rappelle pas avoir lâché Cora, ni l'avoir secouée. Mais elle ne se rappelle pas non plus l'avoir déshabillée et rhabillée. Pourquoi ? Si elle ne se souvient pas d'avoir remplacé un vêtement par un autre, qu'a-t-elle oublié d'autre ? Qu'a-t-elle fait après avoir giflé sa fille ?

Quand la police l'a questionnée à propos du body rose, elle a dit ce qu'elle croyait vrai : qu'elle avait rhabillé sa fille. Elle le faisait souvent lors de la dernière tétée, en même temps qu'elle changeait sa couche. Elle a supposé que c'était ce qu'elle avait fait à ce moment-là. Elle sait que ça doit être ça. Pourtant elle n'en a aucun souvenir.

Anne sent son âme se glacer. Elle se demande si elle a fait quelque chose à sa fille à l'occasion de la dernière tétée, à 23 heures. Elle l'a giflée, et ensuite ? A-t-elle eu un geste plus grave ? Oui ou non ? L'a-t-elle tuée ? Marco a-t-il trouvé son enfant morte à minuit et demi, a-t-il supposé le pire et pris des dispositions pour couvrir sa femme ? A-t-il appelé quelqu'un pour qu'il emporte Cora ? Est-ce pour cela qu'il voulait rester plus tard à la fête, pour donner à l'autre le temps de venir la chercher ? Anne essaie désespérément, maintenant, de se rappeler si la petite respirait à minuit. Elle ne sait plus. Elle n'a aucune certitude. Elle est malade de terreur et de remords.

Osera-t-elle poser la question à Marco ? Veut-elle savoir ?

26

En entendant la voix de son beau-père, Marco se laisse glisser jusqu'au sol. Soufflé, incrédule, il en reste coi.

— Marco ? dit Richard.

— Oui.

Sa voix paraît morte, même à ses propres oreilles.

— Je sais ce que vous avez fait.

— Ce que j'ai fait, répète Marco d'un ton monocorde.

Il en est toujours à essayer de reconstituer les événements. « Comment se fait-il que le père d'Anne ait le portable de Derek Honig ? La police l'aurait trouvé sur la scène de crime et le lui aurait donné ? C'est un piège ? »

— Enlever votre propre enfant pour toucher la rançon. Voler les parents de votre femme. Comme si on ne vous avait pas déjà assez donné.

— Qu'est-ce que vous racontez ? demande Marco, aux abois, tentant de gagner du temps, de s'orienter dans cette situation bizarroïde.

Il lutte contre l'envie irraisonnée de raccrocher. Il va devoir nier en bloc. Il n'y a aucune preuve de rien. Mais ensuite, il se rappelle la vidéo de Cynthia. Et maintenant, ce coup de fil. Quelles sont au juste les implications de cet appel ? Si c'est bien la police qui a trouvé le téléphone de Derek, si les flics écoutent en ce moment, tandis que Marco est au bout du fil, ils ont la preuve que ce dernier était en cheville avec Derek.

Cela dit, la police ne sait peut-être rien de ce téléphone. Et dans ce cas, les implications sont glaçantes. Marco sent son sang se figer.

— Allons, Marco. Soyez un homme, pour une fois dans votre vie.

— Où avez-vous eu ce portable ?

Si ce n'est pas la police qui a confié l'appareil à Richard, pour prendre son gendre au piège, alors Richard a dû l'obtenir directement de Derek. Richard aurait tué Derek ?

— C'est vous qui avez Cora, espèce de salopard ? crache Marco entre ses dents.

— Non. Pas encore. Mais je vais la retrouver. Et pas grâce à vous, lâche son beau-père avec hargne.

— Quoi ? Elle est en vie ?

— Je pense.

Marco étouffe un cri. Cora, en vie ! Rien d'autre n'a d'importance. Tout ce qui compte, c'est qu'ils retrouvent leur bébé.

— Comment le savez-vous ? Vous en êtes sûr ?

— Autant que je peux l'être sans la tenir dans mes bras.

— Mais comment le savez-vous ? insiste désespérément Marco.

— Les ravisseurs nous ont contactés. Ils avaient appris par la presse que c'était nous qui avions payé la première rançon. Ils en veulent plus. Nous paierons ce qu'ils demanderont. Nous aimons Cora, vous le savez.

— Vous ne l'avez pas dit à Anne, souffle Marco, qui n'a pas encore tout à fait assimilé ce nouveau coup de théâtre.

— Bien sûr que non. Nous avons conscience que c'est dur pour elle, mais c'est probablement pour le mieux, en attendant de savoir ce qui va se passer.

— Je vois.

— De fait, Marco, nous devons protéger nos filles contre vous, ajoute Richard d'un ton glacial. Nous devons protéger Cora. Et protéger Anne. Vous êtes dangereux, Marco, avec vos manigances.

— Je ne suis pas dangereux, espèce de salopard ! proteste Marco, hors de lui. Où avez-vous eu ce téléphone ?

— Les ravisseurs nous l'ont envoyé, comme ils vous ont envoyé le vêtement. Avec une lettre – qui parlait de vous. Sans doute pour nous dissuader de prévenir la police. Et vous savez quoi ? Je m'en félicite. Car à présent, nous savons ce que vous avez fait. Et nous pouvons le prouver, si l'envie nous en prend. Mais chaque chose en son temps. D'abord, il nous faut retrouver Cora.

Il baisse la voix, adopte un ton menaçant.

— C'est moi qui décide, maintenant, Marco. Alors n'allez pas tout faire foirer. Ne dites rien à la police. Et ne dites rien à Anne – je ne voudrais pas lui donner de faux espoirs.

— D'accord, dit Marco, en proie à un vertige.

Il ferait n'importe quoi pour que Cora revienne. Il ne sait plus que croire, mais il veut croire qu'elle est en vie.

Il faut qu'il détruise ce portable.

— Et n'allez pas contacter Alice – elle ne souhaite pas vous parler. Elle vous en veut énormément.

— D'accord.

— Je n'en ai pas fini avec vous, Marco, conclut Richard.

Sur ces mots, il raccroche abruptement.

Marco reste un long moment assis par terre, inondé d'un nouvel espoir… et de détresse.

Anne descend de son lit. Elle rejoint sans bruit la porte de la chambre, tourne le loquet, ouvre. Elle jette un coup d'œil dans le couloir. Il y a de la lumière dans la pièce du fond. Marco y est-il depuis tout à l'heure ? Qu'est-ce qu'il fabrique ?

Elle longe lentement le couloir et pousse la porte du bureau. Marco est assis par terre, le téléphone à la main. Il est affreusement pâle. Une bosse effrayante saignote au-dessus de son œil, là où elle lui a jeté l'appareil. Il relève la tête vers elle quand elle entre. Ils se regardent longtemps sans savoir quoi se dire.

Enfin, Anne prend la parole.

— Est-ce que ça va, Marco ?

Il touche sa bosse au front, se rend compte qu'il a très mal au crâne, et hoche légèrement la tête.

Il a une terrible envie de lui annoncer que Cora est peut-être saine et sauve. Qu'il y a de l'espoir. Que c'est son père qui s'occupe de tout, dorénavant, et qu'il n'échoue jamais, en rien. Pas comme son bon à rien de mari. Il voudrait lui dire que tout va s'arranger.

Tout ne va pas s'arranger. Ils retrouveront peut-être Cora – et Dieu sait s'il l'espère –, mais le père d'Anne veillera à ce que Marco soit arrêté pour enlèvement. Il veillera à ce qu'il soit envoyé derrière les barreaux. Marco ignore si Anne, dans son état psychologique fragile, peut survivre à une trahison si choquante.

Un instant, il songe avec cynisme que Cynthia va être bien déçue par la tournure des événements.

— Marco, dis quelque chose.

— Ça va, murmure-t-il.

Il a la bouche sèche. Il s'étonne qu'Anne lui parle. Il s'interroge sur ce revirement de sa part. Il y a quelques heures, elle lui enjoignait de s'installer sur le canapé le temps qu'elle décide de son sort. Il a supposé qu'elle comptait le chasser de la maison. Maintenant, elle a presque l'air de s'excuser.

Elle vient s'asseoir par terre à côté de lui. Il redoute soudain que son beau-père ne le rappelle sur ce téléphone. Comment pourrait-il expliquer ça ? Il éteint discrètement le portable.

— Marco, j'ai quelque chose à te dire, commence Anne d'un ton hésitant.

— Quoi donc, bébé ?

Il tend la main pour écarter une mèche de son visage. Elle ne se recule pas. Ce geste tendre, un rappel de jours plus heureux, lui met les larmes aux yeux.

Elle baisse la tête.

— Il faut que tu sois franc avec moi, Marco.

Il acquiesce, mais ne dit rien. Il se demande si elle a des soupçons. Il ignore ce qu'il répondra si elle le met face à la vérité.

— La nuit de l'enlèvement, la dernière fois que tu es allé voir Cora...

Elle le regarde en face, à présent, et il se crispe, redoutant ce qui vient.

— ... Elle était vivante ?

Il tressaille. Il ne s'attendait pas à ça.

— Bien sûr qu'elle était vivante. Pourquoi cette question ?

Il observe ses traits soucieux avec inquiétude.

— Parce que je ne me rappelle pas, dit-elle dans un souffle. Quand je l'ai vue à minuit, je ne me rappelle plus si elle respirait ou non. Tu es certain qu'elle respirait ?

— Mais oui, je suis certain qu'elle respirait !

Il ne peut pas lui raconter qu'il le sait parce qu'il a senti son petit cœur battre contre lui quand il l'a portée hors de la maison.

— Comment peux-tu en être sûr ? insiste-t-elle en le regardant intensément, comme pour lire dans ses pensées. Tu as vérifié ? Ou tu l'as juste regardée ?

— J'ai vu son torse se soulever, dans le berceau.

— Tu en es certain ? Tu ne me mentirais pas ?

— Non, Anne, pourquoi tu me demandes ça ? Qu'est-ce qui te fait croire qu'elle ne respirait pas ? C'est à cause d'une bêtise que l'inspecteur a dite ?

Elle baisse les yeux vers ses genoux.

— Parce que je ne suis pas certaine qu'elle respirait quand je l'ai vue à minuit. Je ne l'ai pas prise dans mes bras. Je ne voulais pas la réveiller. Je n'arrive pas à me rappeler si elle respirait vraiment.

— C'est bien tout ?

— Non.

Elle marque une pause, hésite. Puis elle relève la tête.

— Quand je suis allée la voir à 23 heures... j'ai un trou. Je ne me souviens de rien du tout.

Son expression terrific Marco. On dirait qu'elle est sur le point de lui confesser quelque chose de monstrueux, une chose à laquelle il s'attendait sans se l'avouer, depuis le début. Il ne veut pas l'entendre, mais est incapable de faire un geste.

Anne parle tout bas.

— Je ne me rappelle pas ce que j'ai fait. Ça m'arrive, de temps en temps. J'ai des trous de mémoire. Je fais des choses, et ensuite je ne m'en souviens pas.

— Comment ça ? demande Marco d'une voix étrangement froide.

Elle le supplie du regard.

— Ce n'est pas à cause du vin. Je ne te l'ai jamais dit, mais, adolescente, j'étais malade. Je croyais que c'était passé quand je t'ai rencontré.

— Malade comment ?

Elle pleure, maintenant.

— J'ai des absences. Comme si je partais un petit moment. Et à mon retour, je ne me souviens de rien.

Marco est abasourdi.

— Et tu n'as jamais pris la peine de me le dire ?

— Pardon ! J'aurais dû. Je pensais… J'ai menti à la police à propos du body. Je ne me rappelle pas l'avoir changé. J'ai juste supposé que je l'avais fait ; en réalité je n'en ai aucun souvenir. J'ai… un blanc dans la tête.

Sa voix monte vers l'hystérie.

— Chhhut… Anne, elle était en pleine forme. J'en suis sûr et certain.

— Parce que, tu vois, les flics pensent que je lui ai fait du mal. Ils pensent que j'ai pu la tuer, l'étouffer sous un oreiller, ou l'étrangler, et que tu l'as fait disparaître pour me protéger !

— C'est grotesque ! s'exclame Marco, qui en veut à la police de lui avoir mis de telles idées en tête.

Ils savent tous que c'est après lui qu'il faut courir – pourquoi faut-il qu'ils la poussent, elle, jusqu'au bord de la folie ?

— Tu crois ? Je l'ai frappée. J'étais en colère, et je l'ai frappée.

— Hein ? Quand ? Quand l'as-tu frappée ?

— Quand je lui ai donné la tétée, à 23 heures. Elle était grognon. Je… j'ai craqué. Parfois… je ne me maîtrisais plus, et je la giflais. Quand tu étais au boulot et qu'elle pleurait sans cesse.

Marco est consterné.

— Non, Anne, je suis sûr que tu n'as pas fait ça, dit-il en espérant réellement qu'elle se trompe.

C'est perturbant, cette histoire, tout autant que la révélation de cette maladie qui lui fait faire des choses à son insu.

— Mais je ne sais pas, tu comprends ? s'écrie-t-elle. Je ne me souviens pas. Je lui ai peut-être fait du mal. Est-ce que tu me protèges, Marco ? Dis-moi la vérité.

Il lui prend le visage entre ses deux mains et l'empêche de bouger.

— Anne, elle allait bien. Elle était en vie et elle respirait à minuit et demi. Ce n'est pas ta faute. Rien de tout ça n'est ta faute.

Il la serre dans ses bras et elle s'effondre en sanglots.

« C'est ma faute, à moi », songe-t-il en silence.

27

Lorsque Anne finit par sombrer dans un sommeil agité, Marco reste longtemps éveillé dans le lit, à essayer de tout reconstituer. Il aimerait pouvoir disséquer cette histoire avec elle. Les discussions qu'ils avaient avant lui manquent, quand ils parlaient de tout, qu'ils évoquaient leurs projets. Maintenant, il ne peut plus lui parler de rien. Lorsqu'il s'endort enfin, ses rêves sont épouvantables ; il se réveille en sursaut à 4 heures du matin, le cœur battant, couvert de sueur, dans des draps trempés.

Voici ce qu'il sait : Richard négocie avec les ravisseurs. Alice et lui paieront le nécessaire pour que Cora leur soit rendue. Marco n'a plus qu'à prier pour que Richard réussisse là où lui-même a échoué. Richard est en possession du portable de Derek, et il s'attendait à trouver Marco au bout du fil. Richard – et Alice – savent que Marco était en cheville avec Derek, qu'il a enlevé sa propre enfant pour de l'argent. La première pensée de Marco – que Richard a tué Derek et volé son téléphone – lui semble à présent absurde. Comment aurait-il pu connaître Derek ? Et puis, Richard est-il capable de défoncer la tête d'un homme ? Marco a beau détester cet enfoiré, il en doute.

S'il est vrai que ce sont les ravisseurs qui ont envoyé l'appareil à Richard, c'est une bonne chose. Cela signifie que la police ignore son existence – du moins pour l'instant. Cependant, Richard l'a menacé. Qu'a-t-il dit, au juste ? Marco ne s'en souvient pas. Il va falloir qu'il lui parle et qu'il le persuade de ne pas dévoiler aux flics – ni à Anne – son rôle dans l'enlèvement. Comment va-t-il s'y prendre ? Il devra les convaincre qu'Anne ne résisterait pas au choc, que l'impliquer, lui, dans la disparition de Cora la détruirait entièrement.

Les parents d'Anne le tiendront en leur pouvoir toute sa vie avec cela, mais, au moins, Anne, Cora et lui pourront peut-être retrouver une vie de famille. Du moment que leur bébé leur est rendu, Anne sera heureuse. Il pourra prendre un nouveau départ, travailler comme un damné afin de pourvoir à leurs besoins. Peut-être que Richard ne veut pas réellement le démasquer. Ce serait une honte vis-à-vis de leur cercle social, cela nuirait à sa réputation dans le monde des affaires. Richard veut peut-être faire peser cette menace, ce sale petit secret de famille, sur Marco pour le restant de ses jours. Ce serait du Richard tout craché. Marco commence à respirer un peu mieux.

Il faut qu'il bazarde le téléphone. Si Anne cliquait sur « Rappeler » et tombait sur son père ? Puis il se souvient qu'elle ne connaît pas le code secret. Mais il faut quand même qu'il s'en débarrasse. Cet appareil le compromet dans le kidnapping de Cora. Il ne peut pas prendre le risque que la police mette la main dessus.

Reste le problème de Cynthia et de sa vidéo. Il n'a aucune idée de ce qu'il peut y faire. Elle va se taire à court terme, aussi longtemps qu'il pourra la persuader qu'il va lui trouver de l'argent.

Bon Dieu, quel bordel !

Marco se lève dans le noir et se déplace en silence dans la chambre moquettée, attentif à ne pas réveiller Anne. Il enfile le même tee-shirt et le même jean que la veille, puis se rend dans la pièce du fond et attrape le portable dans le tiroir du bureau, où il l'a rangé avant de se coucher. Il l'allume et le consulte une dernière fois. Rien. Inutile de garder cet appareil. S'il a besoin de parler à Richard, il le fera en direct. Cet objet est la seule preuve physique, en dehors de la vidéo de Cynthia, qui existe contre lui.

Une chose à la fois. D'abord, se débarrasser du téléphone.

Il récupère ses clés de voiture dans le vide-poches de l'entrée. Il envisage de laisser un mot à Anne, puis se dit qu'il sera rentré avant son réveil, et ne s'embête pas avec ça. Il se glisse dehors sans bruit par la porte de derrière, traverse la pelouse et entre dans le garage pour prendre l'Audi.

Sans avoir décidé consciemment de ce qu'il allait faire, il s'aperçoit qu'il roule en direction du lac. Il fait encore nuit. Tout en conduisant sur la voie rapide déserte, il pense à Cynthia. Il faut du caractère pour faire chanter quelqu'un. Il se demande ce qu'elle a déjà fait d'autre, s'il peut trouver quelque chose contre elle qui soit aussi accablant que ce qu'elle a contre lui. Histoire de rééquilibrer la balance. S'il ne découvre rien d'utile sur elle, il pourrait peut-être trouver le moyen de la piéger. Il lui faudrait de l'aide pour cela. Il se recroqueville intérieurement. Le crime n'est pas son truc, visiblement, et pourtant il s'enfonce encore, il persiste à creuser.

Il se raccroche à l'idée qu'il pourra peut-être recouvrer un semblant d'existence si Cora lui est rendue indemne, si Richard garde son secret, s'il parvient à dénicher quelque chose contre Cynthia, n'importe quoi du moment que cela la fait battre en retraite. Il n'est pas question qu'il la paie et qu'il continue de payer. Il ne peut pas se mettre à sa merci.

Mais même s'il réussit à obtenir tout cela, jamais, jamais il ne retrouvera la paix de l'esprit. Il le sait. Il vivra pour

Cora, et pour Anne. Il fera de son mieux pour leur offrir une existence aussi heureuse que possible. Il le leur doit. Son bien-être à lui n'entre plus en ligne de compte ; il s'est privé de tout droit au bonheur.

Il arrête la voiture à son emplacement habituel, sous l'arbre, face au lac. Il y reste assis quelques minutes, en se remémorant sa dernière visite ici. Tant de choses se sont passées depuis. La dernière fois qu'il est venu, il y a à peine quelques jours, il était certain de retrouver Cora. Si tout s'était déroulé comme prévu, il aurait son bébé en ce moment, ainsi que l'argent, et personne n'aurait jamais rien su.

Et puis, tout est parti en vrille.

Au bout d'un moment, il sort de la voiture. Il ne fait pas chaud, à l'aube, au bord du lac. Le ciel commence à pâlir. Le portable est dans sa poche. Il descend vers la plage. Il va aller jusqu'au bout de la jetée et balancer le téléphone dans le lac, où personne ne le trouvera jamais. Ce sera déjà un souci de moins.

Il s'attarde un moment au bout de la jetée, plein de regrets. Puis il sort l'appareil de sa poche et l'essuie entiè-rement avec le bas de sa veste pour effacer les empreintes, au cas où. Adolescent, il était bon en base-ball. Veillant à recouvrir ses doigts de sa manche, il jette le téléphone le plus loin possible dans le lac. Le portable coule avec un *plouf* sonore. Des cercles concentriques s'écartent du point d'impact. Ça lui rappelle quand il jetait des cailloux dans l'eau, enfant. Comme c'est lointain, tout ça !

Soulagé d'être débarrassé, Marco rebrousse chemin. Il fait de plus en plus clair. Avec un coup au cœur, il s'aperçoit qu'une autre voiture est présente sur le par-king, une voiture qui n'était pas là avant. Comment a-t-il pu ne pas être alerté par les phares ? Peut-être qu'elle est arrivée toutes lumières éteintes.

Ça ne fait rien, se dit-il malgré ses frissons d'horreur. Ce n'est pas grave qu'on l'ait vu jeter quelque chose dans le lac au petit matin. Il est trop loin pour qu'on le reconnaisse.

Mais sa voiture est là, bien visible, avec ses plaques minéralogiques. Marco devient nerveux. Il n'avait pas prévu qu'il puisse y avoir des témoins. En se rapprochant, il y voit mieux : c'est un véhicule de police, banalisé. On les identifie toujours à la calandre. Marco a la nausée. Pourquoi y a-t-il une voiture de flics ici, maintenant ? A-t-il été suivi ? L'a-t-on vu balancer quelque chose dans le lac ? Voilà qu'il transpire dans le froid, et qu'il sent son cœur battre dans ses oreilles. Il s'efforce de rejoindre sa voiture d'un pas normal, en restant aussi loin que possible du véhicule de police sans avoir l'air de l'éviter. La vitre descend. Et merde.

— Tout va bien ? lui demande l'agent en sortant la tête pour bien le distinguer.

Marco s'immobilise. Il ne reconnaît pas le policier – ce n'est pas Rasbach ni un de ses hommes. L'espace d'un instant surréaliste, il s'est attendu à voir la tête de l'inspecteur jaillir par cette portière.

— Oui, ça va. Je suis insomniaque, répond-il.

L'agent hoche la tête, remonte sa vitre et s'en va.

Marco s'installe au volant, agité de tremblements incontrôlables. Il doit patienter plusieurs minutes avant d'être en état de conduire.

Au petit déjeuner, Anne et Marco ne disent pas grand-chose. Marco est pâle et distant depuis son expérience au lac. Anne est fragile, son bébé lui manque, elle est tracassée par l'incident de la veille. Elle ne croit toujours pas Marco à propos de Cynthia. Pourquoi sortait-il de chez elle hier ? S'il a menti là-dessus, sur quoi d'autre a-t-il menti ? Elle se méfie de lui. Cependant, ils sont arrivés à une sorte de trêve gênée. Ils ont besoin l'un de l'autre. Peut-être peuvent-ils encore s'accrocher l'un à l'autre, malgré tout.

— Il faut que je passe au bureau ce matin, annonce Marco.

Sa voix déraille un peu. Il se racle bruyamment la gorge.

— On est dimanche, fait-elle remarquer.

— Je sais, mais il faudrait que j'y aille pour régler quelques dossiers en retard.

Il reprend une gorgée de café.

Elle hoche la tête. Elle se dit que ça lui fera du bien – il a une mine de déterré. Cela lui changera les idées, ne serait-ce que pour un court moment. Elle l'envie. Elle n'a pas le luxe, elle, de pouvoir se jeter corps et âme dans le travail pour oublier, même un instant. Tout, dans la maison, lui rappelle Cora, lui rappelle ce qu'ils ont perdu. La chaise haute, esseulée dans la cuisine. Les jouets en plastique bariolés, dans leur panier, au salon. Le tapis de jeu sur lequel elle posait Cora, avec les objets suspendus vers lesquels la petite adorait tendre les mains en babillant et en riant. Pour elle, il n'y a pas d'échappatoire, si brève soit-elle.

Marco s'inquiète à son sujet, elle le voit bien.

— Qu'est-ce que tu vas faire pendant ce temps-là ?

Elle hausse les épaules.

— Je n'en sais rien.

— Tu devrais peut-être laisser un message à l'autre médecin, celui qui remplace Lumsden. Essayer de prendre un rendez-vous pour le début de semaine.

— D'accord, répond Anne sans entrain.

Pourtant, quand Marco s'en va, elle n'appelle pas le cabinet. Elle erre dans la maison en pensant à Cora. Elle l'imagine morte, quelque part dans une benne à ordures, grouillante d'asticots. Elle l'imagine dans une tombe peu profonde, dans les bois, exhumée et grignotée par les bêtes sauvages. Elle songe aux histoires d'enfants perdus qu'elle a lues dans les journaux. Impossible de se sortir ces horreurs de la tête. Elle est nauséeuse et affolée. Elle se regarde dans la glace : ses yeux lui mangent le visage.

Il vaut peut-être mieux qu'elle n'apprenne jamais ce qui est arrivé à son bébé. Mais elle a besoin de savoir. Pendant le restant de ses jours, son esprit torturé lui suggérera des idées monstrueuses qui sont peut-être pires que la réalité. La mort de Cora a peut-être été rapide. Anne prie pour que ce soit le cas. Pour autant, elle n'aura probablement jamais de certitude.

Depuis l'instant de la naissance de Cora, Anne a toujours su où était celle-ci, à chaque minute de sa courte vie, et voilà qu'elle ignore où elle se trouve. Parce qu'elle est une mauvaise mère. Une mauvaise mère, brisée, qui n'aimait pas assez sa fille. Elle l'a laissée seule à la maison, sans personne pour veiller sur elle. Elle la frappait. Pas étonnant que la petite ait disparu. Il y a une raison à tout, et la raison pour laquelle elle a perdu son enfant, c'est qu'elle ne la méritait pas.

Maintenant, elle ne fait plus que déambuler dans la maison, de plus en plus vite. Sa cervelle tourne à toute vitesse, ses pensées se bousculent. Elle éprouve une culpabilité intense. Elle ignore s'il faut croire Marco quand il dit que Cora était en vie à minuit et demi. Elle ne peut plus rien croire de ce qu'il dit – c'est un menteur. Elle a dû faire du mal à Cora. Elle a dû tuer son bébé. Il n'y a pas d'autre explication qui se tienne.

C'est une éventualité horrible, un fardeau épouvantable. Il faut qu'elle en parle à quelqu'un. Elle a essayé de dire à Marco ce qu'elle avait fait, mais il n'a pas voulu l'écouter. Il veut faire comme si ce n'était pas arrivé ;

il veut faire comme si elle n'était pas capable de faire du mal à sa petite fille. Elle se souvient de son expression quand elle lui a avoué qu'elle frappait Cora. Sa répulsion.

Il ressentirait peut-être autre chose s'il l'avait vue la gifler.

Il ressentirait peut-être autre chose s'il connaissait son histoire.

Or ce n'est pas le cas, parce qu'elle ne lui en a jamais rien dit.

Il y a eu l'incident à St Mildred's – celui dont elle n'a aucun souvenir. Elle se rappelle seulement les suites : elle, dans les toilettes des filles, le sang sur le mur, Susan effondrée au sol comme si elle était morte, et tout le monde – Janice, Debbie, la prof de sciences et la directrice – la dévisageant d'un air horrifié. Elle n'avait aucune idée de ce qui s'était passé.

Ensuite, sa mère l'avait emmenée chez un psychiatre, qui avait diagnostiqué un trouble dissociatif. Anne se revoit dans son cabinet, pétrifiée de trouille, sa mère anxieuse à ses côtés. Le diagnostic avait assommé Anne, de terreur et de honte.

« Je ne comprends pas, avait déclaré sa mère au psy. Je ne comprends pas ce que vous dites.

— Je sais que cela peut faire peur, avait-il répondu avec douceur, mais ce n'est pas aussi étrange qu'on peut le penser. Voyez cela comme un mécanisme de survie – un mécanisme imparfait. Le sujet se déconnecte temporairement de la réalité. »

Il s'était ensuite tourné vers Anne, qui avait refusé de le regarder.

« Vous pouvez vous sentir détachée de vous-même, comme si les événements arrivaient à quelqu'un d'autre. Ou alors faire l'expérience d'un état de fugue, comme cette fois-ci : une brève période d'amnésie.

— Est-ce que ça va recommencer ? avait demandé Alice.

— Je l'ignore. Était-ce déjà arrivé ? »

Oui, c'était déjà arrivé. Pas de manière si spectaculaire, toutefois.

« Il y a eu des épisodes, depuis qu'elle est toute petite, où elle semblait faire des choses et ne pas s'en souvenir, avait reconnu Alice avec hésitation. Je... j'ai d'abord cru qu'elle disait cela pour ne pas se faire gronder. Plus tard, j'ai compris qu'elle ne le contrôlait pas. »

Un silence.

« Mais ce n'est jamais allé si loin. »

Le médecin, joignant les mains, avait considéré Anne avec attention, tout en demandant à sa mère :

« A-t-elle connu des traumatismes dans sa vie ?

— Des traumatismes ? Bien sûr que non. »

Il avait continué à l'observer d'un air sceptique.

« Les troubles dissociatifs sont en général le résultat d'un traumatisme réprimé.

— Mon Dieu », avait soufflé Alice.

Le médecin, haussant les sourcils, avait attendu.

« Son père, avait soudain lâché Alice.

— Son père ?

— Il est mort sous ses yeux. Ça a été affreux. Elle l'adorait. »

Les yeux d'Anne étaient fermement fixés sur le mur en face d'elle ; elle était restée parfaitement immobile.

« Comment est-il mort ?

— J'étais partie faire les courses. Il était à la maison, il jouait avec elle. Il a eu une crise cardiaque. Il a dû mourir presque en un instant. Elle a tout vu. À mon retour, il était trop tard. Anne pleurait et appuyait sur les touches du téléphone, mais elle ne savait pas composer un numéro.

Et de toute manière, plus rien ne pouvait le sauver. Elle n'avait que quatre ans. »

Le médecin avait hoché la tête avec compréhension.

« Je vois. »

Il était resté silencieux pendant quelques instants.

« Elle a fait des cauchemars pendant longtemps, avait poursuivi Alice. Je ne la laissais pas en parler – j'ai peut-être eu tort, mais cela la mettait dans des états épouvantables, et j'essayais de l'aider. Chaque fois qu'elle abordait le sujet, je tâchais de la distraire. Elle semblait s'en vouloir, parce qu'elle n'avait pas su quoi faire. Ce n'était pas sa faute, elle était si petite ! Et on nous a dit que rien n'aurait pu le sauver, même si l'ambulance avait été sur place.

— C'est forcément une situation difficile pour n'importe quel enfant », avait reconnu le médecin.

Il s'était tourné vers Anne, qui refusait toujours de le regarder.

« Le stress peut aggraver temporairement les symptômes de ce trouble. Je vous suggère un suivi régulier, pour tenter d'alléger un peu votre anxiété. »

Anne avait pleuré dans la voiture sur tout le trajet du retour. À la maison, avant d'entrer, sa mère l'avait serrée dans ses bras.

« Ça va aller, Anne. »

Celle-ci ne l'avait pas crue.

« On va dire à ton père que tu vois quelqu'un pour soigner ton anxiété. Il n'a pas besoin d'être au courant pour le reste. Il ne comprendrait pas. »

Elles ne lui avaient pas parlé de l'incident à l'école. La mère d'Anne avait assuré elle-même tous les rendez-vous avec les parents des trois autres filles à St Mildred's.

Depuis, il y avait eu d'autres « épisodes », pour la plupart anodins, où Anne avait une absence – de plusieurs minutes, parfois de plusieurs heures –, durant laquelle elle ignorait ce qui s'était passé. Ils étaient provoqués par le stress. Elle se retrouvait dans un lieu inattendu, sans savoir comment elle y était arrivée, et elle appelait sa mère, qui venait la chercher. Mais cela ne s'était pas reproduit depuis sa première année d'université. Cela remontait à une époque révolue ; elle pensait avoir mis cela derrière elle.

Bien sûr, elle s'en est immédiatement souvenue après l'enlèvement. Si la police l'apprenait ? Si Marco le découvrait et la regardait autrement ? Mais le body leur a été renvoyé – et sa mère a cessé de la lorgner comme si elle craignait qu'elle n'ait tué sa propre fille et que Marco n'ait fait le nécessaire pour le dissimuler.

Désormais, les policiers savent qu'elle a agressé Susan. Ils pensent qu'elle est violente. Depuis le début, elle a eu peur que la police ne la croie coupable, à tort ou à raison. Cela dit, il y a pire que d'être accusé à tort.

Sa plus grande terreur, à présent, c'est d'être coupable.

Dans les jours qui ont suivi la disparition de Cora, alors qu'Anne était encore certaine qu'un inconnu l'avait enlevée… c'était difficile, de devoir endurer les soupçons de la police, du public, de sa propre mère. Marco et elle l'ont supporté parce qu'ils se savaient innocents. Ils n'avaient commis qu'une erreur : laisser leur petite fille sans surveillance. Ils ne l'avaient pas abandonnée.

À présent, à cause de ce qui s'est passé l'autre soir avant qu'elle s'endorme sur le canapé, elle a mélangé la recherche de preuves de l'infidélité de Marco et la recherche de Cora. La réalité s'est distordue. Elle se rappelle avoir songé que Cynthia lui avait volé son bébé.

La maladie est de retour. Quand, au juste, est-elle revenue ?

Elle croit le savoir. Cela date de la nuit de l'enlèvement, après qu'elle a giflé Cora. Elle a un trou. Elle ne sait pas ce qui s'est passé.

C'est presque un soulagement, maintenant, de se dire que c'est elle qui a fait ça. À tout prendre, mieux vaut que Cora ait été tuée rapidement par sa propre mère, dans sa chambre, sous le regard des agneaux au mur, plutôt que kidnappée par on ne sait quel monstre, molestée, torturée, terrifiée.

Anne devrait appeler sa mère, celle-ci saurait quoi faire. Mais elle ne veut pas. Alice va essayer de tout balayer sous le tapis, de faire comme si de rien n'était. Comme Marco. Ils s'efforcent tous de dissimuler ce qu'elle a fait.

Elle ne veut plus de cela. Elle doit tout raconter à la police. Et tout de suite, avant que quiconque essaie de l'arrêter. Elle veut que tout sorte au grand jour. Elle ne supporte plus les secrets, les mensonges. Elle a besoin de savoir où est sa fille, en quel lieu elle repose. Elle a besoin de la serrer une dernière fois dans ses bras.

Par la fenêtre de sa chambre, elle jette un coup d'œil dans la rue. Elle n'y voit plus de reporters. Elle s'habille en vitesse et appelle un taxi pour qu'il l'emmène au commissariat.

L'attente lui semble interminable ; le taxi finit toutefois par arriver. Elle s'y engouffre et s'installe sur la banquette arrière, dans un état d'esprit étrange, mais avec détermination. Elle a besoin d'en finir. Elle va leur dire ce qui s'est passé. Elle a tué Cora. Marco a dû trouver quelqu'un pour emporter le corps, puis l'inciter à demander une rançon afin de lancer la police sur une fausse piste. À présent, il va devoir cesser de la protéger. Cesser de lui mentir. Il va devoir dire où il a mis le corps de Cora, et ainsi elle saura. Il faut qu'elle sache où est son bébé. Elle ne supporte pas de ne pas savoir.

Elle ne peut attendre la vérité de personne, à moins qu'elle ne prenne l'initiative.

Lorsqu'elle parvient au poste de police, la fliquette en poste à l'accueil la regarde avec une inquiétude visible.

— Est-ce que ça va, madame ?

— Très bien, lance-t-elle. Je voudrais voir l'inspecteur Rasbach.

Sa voix sonne bizarrement à ses propres oreilles.

— Il n'est pas là. On est dimanche. Je vais voir si je peux le joindre.

La femme passe un bref coup de fil.

— Il arrive. Il sera là dans une demi-heure.

Anne attend avec impatience, l'esprit tourmenté.

Quand Rasbach fait son apparition, il est vêtu de manière décontractée, en pantalon de toile et tee-shirt. Cela le change beaucoup ; elle a l'habitude de le voir en costume. Elle trouve cela déstabilisant.

— Anne, dit-il en l'observant attentivement, avec ses yeux qui voient tout. Que puis-je faire pour vous ?

— Il faut que je vous parle.

— Où est votre avocat ? On m'a informé que vous ne nous parleriez plus hors de sa présence.

— Je ne veux pas de mon avocat, insiste-t-elle.

— Vous êtes sûre ? Vous devriez peut-être l'appeler. Je peux patienter.

Un défenseur l'empêcherait de façon certaine de dire ce qu'elle a sur le cœur.

— Non ! Je suis sûre. Je n'ai pas besoin d'avocat. Je n'en veux pas. Et n'appelez pas mon mari.

— Bon, d'accord.

Rasbach l'emmène dans le long couloir.

Anne le suit dans une des salles d'interrogatoire. Elle commence à parler avant même qu'il soit assis. Il lui demande de patienter.

— Pour les archives, lui indique-t-il, déclinez votre nom, la date d'aujourd'hui, et précisez que vous avez reçu le conseil d'appeler votre avocat, mais que vous avez refusé.

Anne s'exécute, et ils commencent.

— Pourquoi êtes-vous ici ? s'enquiert l'inspecteur.

— Je suis venue vous faire des aveux.

28

L'inspecteur Rasbach observe Anne avec attention.
Il est clair qu'elle est agitée. Elle a les pupilles dilatées et
le teint très pâle. Il ne sait pas bien s'il faut poursuivre.
Elle a renoncé à son droit à être défendue, devant la
caméra, mais il s'interroge sur son état mental, se demande
si elle est vraiment en mesure de prendre cette décision.
D'un autre côté, il a envie d'entendre ce qu'elle a à dire.
Ils pourront toujours écarter ce témoignage – c'est sans
doute ce qu'ils feront –, mais de toute manière il doit en
prendre connaissance. Il veut savoir.

— C'est moi qui l'ai tuée, annonce Anne.

Si elle est perturbée, elle paraît rationnelle, pas folle.
Elle sait qui elle est, où elle se trouve, ce qu'elle fait.

— Racontez-moi ce qui s'est passé, Anne, dit Rasbach,
assis en face d'elle, de l'autre côté de la table.

— Je suis allée la voir à 23 heures. J'ai essayé de la
nourrir au biberon parce que j'avais bu du vin. Or elle
était très grognon, elle voulait le sein. Elle refusait la
tétine.

Anne se tait, fixe le mur par-dessus l'épaule de l'inspecteur, comme si elle revoyait le film des événements
sur un écran derrière lui.

— Continuez.

— Alors je me suis dit tant pis, et je l'ai mise au sein. Je
n'étais pas fière de moi, mais elle ne voulait pas du bibe-

ron et elle avait faim. Elle pleurait, pleurait, pas moyen de la faire taire. Elle n'avait jamais fait d'histoires avec le biberon. Comment pouvais-je savoir qu'elle le refuserait justement le soir où je m'accorderais quelques verres ?

Rasbach attend la suite. Il ne veut pas parler, pour ne pas interrompre le flux de ses pensées. Elle semble presque dans une sorte de transe, le regard rivé au mur.

— Je ne savais plus quoi faire. Du coup, je lui ai donné le sein.

Elle détache lentement ses yeux du mur pour les poser sur lui.

— J'ai menti, quand j'ai dit que je me rappelais lui avoir retiré le body rose. J'ai supposé que c'était ce que j'avais fait ; en réalité je n'en ai aucun souvenir.

— De quoi vous souvenez-vous ?

— Je me revois lui donnant le sein, et elle l'a pris, un peu, mais ça n'a pas été une bonne tétée, et ensuite elle s'est remise à chougner.

Les yeux d'Anne glissent de nouveau vers l'écran invisible sur le mur.

— J'ai marché pendant un petit moment en la tenant dans mes bras, en lui chantant une berceuse, et elle n'a fait que pleurer plus fort. Moi aussi, je pleurais.

Elle regarde l'inspecteur.

— Je l'ai giflée.

À ce stade, Anne fond en larmes.

— Après, je ne me rappelle rien. Elle portait le body rose quand je l'ai frappée, je me souviens de ça, mais de rien après. J'ai dû la changer, lui mettre l'autre body. Peut-être que je l'ai lâchée, ou que je l'ai secouée, je ne sais pas. Peut-être que je l'ai étouffée avec un oreiller, pour l'empêcher de pleurer, comme vous l'avez dit… en tout cas elle est morte, sans doute.

Les larmes se muent en sanglots incontrôlables.

— Et quand j'y suis retournée à minuit, elle était dans son petit lit, et je ne l'ai pas touchée. Je ne sais pas si elle respirait encore.

Rasbach la laisse pleurer. Enfin, il dit :

— Anne, si vous ne vous rappelez rien, pourquoi pensez-vous avoir tué Cora ?

— Parce qu'elle n'est plus là ! Justement parce que je ne me souviens pas. Parfois, quand je suis stressée, mon esprit se divise en deux, se déconnecte de la réalité. Puis je prends conscience que j'ai eu une absence, que j'ai fait des choses dont je n'ai aucun souvenir. Ça m'est déjà arrivé.

— Parlez-moi de ça.

— Vous savez tout : vous avez discuté avec Janice Foegle.

— Je veux entendre votre version. Dites-moi ce qui s'est passé.

— Non.

Elle prend plusieurs mouchoirs dans la boîte et se tamponne les yeux.

— Pourquoi ?

— Je ne veux pas parler de ça.

Rasbach se radosse à sa chaise.

— Anne, je ne pense pas que vous ayez tué Cora.

— Mais si. Vous l'avez dit, l'autre fois.

Elle tortille les mouchoirs entre ses doigts.

— Je n'y crois plus. Si c'est moi qui vous ai mis cette idée en tête, j'en suis sincèrement navré.

— Je l'ai tuée, c'est sûrement ça. Et Marco a fait venir quelqu'un pour me protéger. Pour que je ne sache pas ce que j'avais fait.

— Alors où est-elle, maintenant ?

— Je ne sais pas ! Marco refuse de me le dire ! Je l'ai supplié, mais il refuse. Il nie tout. Il ne veut pas que je sache que j'ai tué mon bébé. Il me protège. Ça doit être affreux pour lui. J'ai pensé que si je venais vous avouer ce qui s'était passé, il n'aurait plus à faire semblant, et il pourrait nous dire où il l'a mise, et je saurais, et tout serait terminé.

Elle s'affaisse sur sa chaise, la tête basse.

Il est vrai qu'au début Rasbach a soupçonné quelque chose dans ce genre. Que la mère avait peut-être craqué, tué le nourrisson, et que le mari et elle avaient dissimulé la chose. Cela aurait pu arriver. Mais pas comme elle le dit. Car si elle avait tué la petite à 23 heures, ou même à minuit, et que Marco ne l'avait su qu'à minuit et demi, comment Derek Honig aurait-il pu être déjà en train d'attendre avec une voiture dans le garage pour emporter le corps ? Non, elle n'a pas tué la petite. Ça ne colle pas.

— Anne, vous êtes sûre que c'est à 23 heures que vous l'avez nourrie, et qu'elle a pleuré ? Ça ne peut pas avoir été plus tôt ? À 22 heures, par exemple ?

Dans ce cas, Marco aurait pu le savoir plus tôt – quand il est allé la voir à 22 h 30.

— Non, c'était à 23 heures. Je lui donne toujours la dernière tétée à 23 heures, et ensuite elle dort généralement jusqu'à 5 heures. C'est la seule fois où je me suis absentée du dîner plus de cinq minutes. Vous pouvez demander aux autres.

— Oui, Marco et Cynthia confirment tous deux que vous vous êtes longuement absentée à ce moment-là – que vous n'êtes pas revenue avant la demie, environ, puis que vous êtes retournée la voir à minuit. Avez-vous dit à Marco que vous pensiez lui avoir fait du mal, en regagnant le dîner ?

— Non, je... je viens de me rendre compte hier soir que j'avais dû faire ça.

— Mais, Anne, vous voyez bien que ce n'est pas possible, ce que vous décrivez là, objecte doucement Rasbach.

Comment Marco aurait-il pu y aller à minuit et demi sans savoir que la petite était morte, et avoir un complice en voiture dans le garage, attendant pour partir avec elle, cinq minutes plus tard ?

Anne s'immobilise complètement. Ses mains cessent de bouger. Elle semble perplexe.

Rasbach a autre chose à lui dire.

— Il semblerait que l'homme qui a été assassiné dans une cabane, Derek Honig, soit celui dont la voiture est passée dans votre garage et qui a enlevé Cora. Les traces de pneus sont de la bonne marque ; nous saurons bientôt si elles correspondent. Nous pensons qu'il a emmené Cora dans sa cabane des Catskill. Par la suite, on l'a tué à coups de pelle.

Anne semble incapable d'intégrer cette information. Rasbach s'inquiète pour elle.

— Puis-je appeler quelqu'un pour vous reconduire chez vous ? Où est Marco ?

— Au bureau.

— Un dimanche ?

Elle ne répond pas.

— Puis-je contacter votre mère ? Une amie ?

— Non ! Ça va bien. Je vais me débrouiller pour rentrer. Vraiment, ça va.

Anne se lève brusquement.

— Je vous en prie, ne dites à personne que je suis venue.

— Au moins, laissez-moi vous commander un taxi.

Juste avant l'arrivée de la voiture, elle se tourne abruptement vers l'inspecteur.

— Mais... il avait le temps, entre minuit et demi et le moment où nous sommes rentrés à la maison. Si je l'avais tuée et qu'il l'avait trouvée à minuit et demi, puis avait appelé quelqu'un. Nous ne sommes rentrés qu'à 1 heure et demie, ou presque, parce qu'il n'avait pas envie de partir. Vous ne pouvez pas être certain que la voiture qui a été vue dans l'allée à 1 heure moins vingt-cinq est celle qui a emmené Cora. Cela a pu se passer plus tard.

— Sauf que Marco n'aurait pas pu appeler quelqu'un sans que nous le sachions. Nous avons vos relevés de téléphone. Il n'a contacté personne. Si Marco a fait en sorte que quelqu'un emporte le bébé, c'était forcément organisé à l'avance, planifié. *Ce qui signifie que vous ne l'avez pas tué.*

Anne lui adresse un regard surpris, semble sur le point d'ajouter quelque chose, mais à ce moment-là le taxi apparaît, et elle se tait.

Rasbach la regarde partir, en la plaignant du fond du cœur.

Anne regagne une maison vide. Elle s'étend sur le canapé du salon, absolument épuisée, et réfléchit à ce qui vient de se passer au commissariat.

Rasbach a failli la convaincre qu'elle n'avait pas pu tuer Cora. Cependant il ignore l'existence du téléphone caché dans le mur. Marco a *pu* appeler quelqu'un, à minuit et demi. Elle ne sait plus, pour l'heure, pourquoi elle n'a rien dit à propos de ce portable. Elle ne voulait peut-être pas que Rasbach soit au courant de l'infidélité de Marco. Elle avait trop honte.

Soit cela, soit l'homme de la cabane l'a enlevée, vivante, après la visite de Marco à minuit et demi. Elle ne voit pas pourquoi l'inspecteur est tellement persuadé que la voiture qui est passée dans la ruelle à minuit trente-cinq est liée à l'affaire.

Elle se rappelle qu'elle avait l'habitude de s'allonger sur ce canapé, avec Cora sur sa poitrine. Cela lui paraît si loin. Elle était tellement crevée qu'elle avait souvent besoin de s'étendre quelques minutes avec le bébé. Toutes deux se pelotonnaient sur les coussins, à l'heure calme de la journée, comme maintenant, et parfois elles s'endormaient ensemble. Les larmes coulent sur ses joues.

Elle entend des bruits de l'autre côté du mur mitoyen. Cynthia est chez elle : elle se déplace dans son salon en écoutant de la musique. Anne la hait. Elle déteste tout chez cette femme : le fait qu'elle n'ait pas d'enfants, ses airs supérieurs et son pouvoir, sa silhouette, ses vêtements aguichants. Elle la hait d'allumer son mari, d'essayer de détruire leur vie de couple. Elle ne sait pas si elle pourra jamais lui pardonner ce qu'elle a fait. Elle hait Cynthia d'autant plus fort qu'elles ont été très bonnes copines, à une époque.

Anne ne supporte pas l'idée que Cynthia vive de l'autre côté du mur. Elle se rend soudain compte qu'ils peuvent déménager. Ils peuvent mettre leur logement en vente. De toute manière, leur réputation est faite, ici – le courrier s'accumule encore tous les jours –, et la maison qu'elle aimait tant lui fait désormais l'effet d'une crypte. Elle se sent enterrée vivante.

Ils ne vont plus pouvoir demeurer ici bien longtemps, avec Cynthia de l'autre côté du mur, à la portée de Marco.

Que faisait-il hier, d'ailleurs, à sortir de chez elle, l'air si coupable ? Il dément vigoureusement une liaison avec elle, mais Anne n'est pas idiote. Elle n'arrive pas à lui extorquer la vérité. Elle n'en peut plus de ses bobards.

Elle mettra elle-même Cynthia au pied du mur. Elle lui fera cracher la vérité. Cela dit, avec Cynthia, il est tout aussi difficile de distinguer la vérité d'un tissu de mensonges.

Se ravisant, elle se lève et sort par l'arrière. Elle va chercher ses gants de jardinage dans le garage. Là, elle s'arrête et attend que ses yeux s'accoutument à la pénombre. Elle flaire l'odeur familière d'huile, de vieux bois et de chiffons moisis. Debout là, elle imagine ce qui a dû se passer. Tout est si embrouillé ! Si elle n'a pas tué Cora, et que Marco n'a pas demandé à un complice de venir la chercher, alors quelqu'un, probablement l'homme qui est mort, a volé sa petite fille dans son lit et l'a mise dans la voiture après minuit et demi, pendant qu'elle – tout comme Marco et Cynthia et Graham – ne se doutait de rien à côté.

Elle est contente qu'il soit mort. Elle espère qu'il a souffert.

Elle ressort dans le jardin et se met à arracher énergiquement les mauvaises herbes, jusqu'à avoir des ampoules aux mains et le dos en compote.

29

Marco est assis à son bureau, le regard aveugle, perdu vers la fenêtre. La porte est fermée. Il baisse les yeux vers son coûteux bureau en acajou, celui qu'il a choisi avec tant de soin lorsqu'il a signé le bail de ce local, au moment où il a agrandi son affaire.

En repensant maintenant à l'innocence et à l'optimisme de cette époque-là, il en a mal au cœur. Il observe avec amertume cette pièce qui projette si parfaitement l'image d'un entrepreneur couronné de succès. L'impressionnante table de travail, la vue sur la ville et sur le fleuve, les luxueux fauteuils en cuir... l'art moderne. Anne l'a aidé pour la déco : elle a l'œil.

Il se rappelle combien ils se sont amusés à faire cela : choisir les œuvres d'art, tout disposer. Une fois qu'ils ont eu terminé, il a verrouillé la porte, ouvert une bouteille de champagne et fait l'amour par terre à sa femme qui riait.

Il subissait déjà une certaine pression ; il devait se montrer à la hauteur des plus grandes attentes de tous – Anne, ses parents, lui-même. Peut-être que s'il avait épousé quelqu'un d'autre, il se serait satisfait de gravir les échelons, à la dure, construisant son affaire plus lentement, à force d'huile de coude, de talent et de longues heures de travail. Mais il se trouve qu'il a eu l'occasion d'accélérer les choses, et il en a profité. Il était ambitieux. Cet argent lui a été apporté sur un plateau, et bien sûr on comptait sur lui pour le transformer en résultats immédiats. Comment pouvait-il échouer, avec un jeu si magnifique en main ? La pression était forte. Richard, surtout, s'intéressait à la santé de l'entreprise, étant donné qu'il l'avait financée.

Cela paraissait trop beau pour être vrai, et ça l'était.

Il a décroché de gros clients alors qu'il n'était pas encore prêt. Il a commis les erreurs classiques du débutant qui grandit trop vite. S'il n'avait pas épousé Anne... non, s'il n'avait pas accepté la maison en cadeau de mariage et, quelques années plus tard, le prêt de ses beaux-parents, ils seraient peut-être locataires d'un appartement en ce moment, il aurait un bureau moche et plus excentré, il ne roulerait pas au volant d'une Audi, mais il travaillerait dur et réussirait par lui-même. Anne et lui seraient heureux.

Cora serait à la maison.

Voyez comment tout a tourné. Le voici à la tête d'une boîte qui périclite, vacillant au bord du gouffre. Il est devenu un ravisseur d'enfant. Un criminel. Un menteur. Soupçonné par la police. À la merci d'un beau-père égocentrique qui sait ce qu'il a fait, et d'une voisine au cœur froid qui le fait chanter et n'arrêtera jamais de réclamer plus d'argent. La société est presque en faillite, malgré tout ce qu'on lui a donné – de l'argent pour investir, des relations grâce aux amis de Richard au country club.

L'investissement d'Alice et de Richard dans son entreprise est perdu. Comme les cinq millions de dollars qu'ils ont versés pour récupérer Cora. Et maintenant, Richard négocie avec les kidnappeurs : Alice et lui vont payer encore plus cher pour retrouver sa fille. Marco ignore combien.

Comme les parents d'Anne doivent le haïr. Pour la première fois, il envisage la situation de leur point de vue. Il peut comprendre leur déception. Il les a tous déçus.

Au bout du compte, son projet a échoué, de manière spectaculaire, malgré toute leur aide. Il est encore convaincu que s'il avait fait les choses à sa manière, il aurait très bien réussi – à terme. Seulement, Richard l'a poussé à signer des contrats qu'il ne pouvait pas honorer. Alors, Marco s'est retrouvé aux abois.

Quand les choses ont commencé à mal tourner, vraiment mal tourner, il y a deux ou trois mois, il a pris l'habitude d'aller boire un verre au bar du coin avant de rentrer auprès d'Anne, démuni face à la montée de sa dépression. En général, c'était assez calme quand il arrivait sur le coup de 17 heures. Il s'asseyait au comptoir, s'accordait un verre, un seul, les yeux plongés dans le liquide ambré, en se demandant ce qu'il allait bien pouvoir faire.

Puis il s'en allait marcher le long du fleuve, pour retarder le retour à la maison. Il s'asseyait sur un banc et contemplait fixement les flots.

Un jour, un homme entre deux âges est venu s'asseoir à côté de lui. Contrarié par cette invasion de son espace, Marco a voulu se lever. Mais avant qu'il en ait eu le temps, l'homme a engagé la conversation, sur un ton amical.

« Ça n'a pas l'air d'aller fort », lui a-t-il lancé d'un air compréhensif.

Marco n'a pas tourné autour du pot.

« On peut dire ça, oui.

— Une copine qui s'est barrée ?

— J'aimerais que ce soit aussi simple.

— Ah, ça doit être les affaires, alors, a dit l'homme avec un sourire. C'est bien pire. »

Il lui a tendu la main.

« Bruce Neeland.

— Marco Conti », a indiqué Marco en serrant la main tendue.

Il s'est mis à anticiper avec plaisir ses rencontres avec Bruce. C'était un soulagement d'avoir quelqu'un – quelqu'un qui ne le connaissait pas vraiment, qui ne le jugerait pas – à qui confier ses soucis. Il ne pouvait pas expliquer à Anne ce qui se passait réellement, étant donné sa dépression et ses attentes. Il ne lui avait rien dit quand les choses avaient tourné au vinaigre et, maintenant qu'il avait commencé à lui cacher la gravité de la situation, il ne se voyait pas tout lui annoncer d'un coup.

Bruce semblait le comprendre. Il était attachant, avec son attitude ouverte et sympathique. C'était un agent de change. Il avait eu de bonnes et de mauvaises années. Il fallait serrer les dents, disait-il, faire le gros dos dans la tempête.

« Ce n'est pas toujours facile, disait-il, assis à côté de Marco dans son costume de marque bien coupé.

— C'est sûr. »

Un jour, Marco a un peu trop bu au bar. Plus tard, au bord du fleuve, il en a révélé plus qu'il ne l'aurait voulu. Cela lui a échappé, le problème avec ses beaux-parents. Bruce était quelqu'un qui savait écouter.

« Je leur dois une grosse somme, a reconnu Marco.

— Ce sont tes beaux-parents. Ils ne vont pas te jeter à l'eau avec les pieds dans le béton si tu ne paies pas, a répliqué Bruce en contemplant le fleuve.

— Ça vaudrait peut-être mieux », a répondu Marco, morose.

Il a détaillé l'emprise que les parents de sa femme avaient sur lui : la boîte, la maison, même Anne, qu'ils cherchaient à monter contre lui.

« Si je peux me permettre, on dirait qu'ils te tiennent par les couilles, a dit Bruce en pinçant les lèvres.

— Eh oui ! »

Marco a retiré sa veste, l'a posée sur le dossier du banc ; c'était l'été, les soirées étaient chaudes.

« Qu'est-ce que tu vas faire ?

— Aucune idée.

— Tu pourrais leur demander un nouveau prêt, histoire de te remettre à flot jusqu'à ce que les affaires reprennent. Un peu plus ou un peu moins…

— Je ne crois pas. »

Bruce l'a regardé dans les yeux.

« Pourquoi ? Ne sois pas con. Ça ne coûte rien de demander. Sors-toi de ce trou. Bats-toi. Ils voudront sauver leur investissement, de toute manière. Au moins, donne-leur le choix. »

Marco a réfléchi. Il avait beau détester l'idée, cela semblait normal de mettre Richard au courant, de lui dire que la boîte allait mal. Il pourrait le prier de garder cette info pour lui, de ne pas embêter Anne et Alice avec ça. Après tout, une faillite, c'était chose courante. La faute à la crise. Le monde était plus dur que quand Richard avait débuté. Bien sûr, il ne verrait jamais les choses ainsi. Ou du moins il ne l'avouerait jamais.

« Demande à ton beau-père, lui a conseillé Bruce. Ne va pas à la banque. »

Marco ne le lui a pas raconté, mais il était déjà allé voir sa banque. Il avait hypothéqué la maison quelques mois plus tôt. Il avait dit à Anne que c'était pour développer la société en profitant d'un pic de croissance, et elle n'avait pas posé de questions. Il lui avait fait promettre de ne pas le dire à ses parents, arguant qu'ils se mêlaient déjà trop de leurs affaires.

« Peut-être », a-t-il convenu.

Il y a pensé pendant deux jours. En dormant mal. Finalement, il a décidé d'approcher son beau-père. C'était toujours avec Richard qu'il traitait lorsqu'il était question d'argent avec les parents d'Anne. Richard aimait qu'il en soit ainsi. Rassemblant tout son courage, Marco l'a appelé pour lui proposer d'aller boire un verre. Richard, apparemment surpris, a suggéré le bar du country club. Bien sûr. Il fallait toujours qu'il joue à domicile, ce salopard.

En arrivant, Marco, tendu comme un arc, a vidé rapidement son premier verre. Il s'est efforcé de ralentir en atteignant les glaçons.

Richard le fixait.

« Qu'est-ce qui se passe, Marco ? »

Celui-ci a hésité.

« Les affaires ne marchent pas aussi bien que je le voudrais. »

Son beau-père a tout de suite eu l'air méfiant.

« À quel point ? »

C'était exactement ce que Marco détestait chez lui. Richard était toujours prêt à vous rabaisser. Il n'aurait pas pu le laisser sauver la face. La générosité, il ne connaissait pas.

« Ça va mal, en fait. J'ai perdu certains clients. D'autres ne m'ont pas payé. J'ai un petit problème de trésorerie en ce moment.

— Je vois », a dit Richard avant de terminer son verre.

Il y a eu un long silence. Il n'allait pas proposer, a compris Marco. Il allait l'obliger à demander. Marco a relevé les yeux de son verre, et considéré le visage sévère de son beau-père.

« Pourriez-vous m'accorder un nouveau prêt pour traverser cette mauvaise passe ? Nous pourrions le structurer comme un véritable prêt. Je veux vous rembourser avec intérêts, cette fois. »

Il n'avait pas vraiment envisagé que Richard puisse refuser. Il ne pensait pas qu'il oserait, car, dans ce cas, que deviendrait sa fille ? C'était surtout l'humiliation qu'il redoutait, ce moment où il devrait réclamer de l'aide, se mettre à la merci de Richard.

Celui-ci lui a retourné son regard, les yeux froids.

« Non. »

Même à cet instant-là, Marco n'a pas compris. Il croyait que Richard disait non aux intérêts.

« J'insiste, vraiment. Je tiens à vous verser des intérêts. Cent mille dollars me suffiraient. »

Richard s'est penché par-dessus la petite table qui les séparait.

« J'ai dit non. »

Marco a senti la chaleur monter dans son cou, la rougeur envahir ses joues. Il n'a rien dit. Il ne pensait toujours pas que Richard puisse être sérieux.

Son beau-père s'est fait une joie de le détromper.

« Nous n'allons plus vous donner d'argent, Marco. Nous ne vous en *prêterons* plus non plus. Vous êtes seul sur ce coup-là. »

Il s'est calé de nouveau dans son confortable fauteuil club.

« Je sais reconnaître un mauvais investissement quand j'en vois un. »

Marco ne savait plus quoi ajouter. Il n'allait quand même pas supplier ! Quand Richard était décidé, il n'y avait plus rien à faire. Et manifestement, il l'était.

« Alice et moi, nous sommes d'accord. Nous avions déjà décidé de ne plus vous subventionner. »

« Et votre fille, alors ? » a eu envie de rétorquer Marco, mais il avait perdu sa langue. Puis il a pris conscience qu'il connaissait déjà la réponse.

Richard allait en parler à Anne. Il lui dirait qu'elle avait épousé un bon à rien. Qu'elle avait fait un choix déplorable. Richard et Alice ne l'avaient jamais apprécié, et ils avaient patiemment attendu leur heure. Ils *voulaient* qu'Anne le quitte. Qu'elle prenne son bébé et s'en aille. Bien sûr que c'était ce qu'ils voulaient.

Marco ne pouvait pas laisser faire.

Il s'est levé subitement, renversant la petite table entre eux.

« Très bien. Je me débrouillerai seul. »

Il a tourné les talons et est sorti du bar, aveuglé par la rage et la honte. Il parlerait à Anne le premier. Lui dirait quel salopard était son père.

C'était la fin d'après-midi. Il avait le temps de prendre un dernier verre avant de rentrer. Il a regagné son bar pour boire un coup vite fait, puis est allé faire sa promenade. Bruce était déjà là, sur le banc. Cela a été *le* moment. Le point de non-retour.

30

« T'as une sale mine », a constaté Bruce quand Marco s'est assis à côté de lui sur le banc.

Marco était sonné. Il avait pris son courage à deux mains pour demander, sans avoir sérieusement envisagé un refus de Richard. La boîte pouvait être sauvée, il en était certain. Il y avait de mauvaises dettes, des clients qui n'avaient pas payé ; mais il y avait de nouvelles entreprises qu'il démarchait, qui étaient juste lentes à se décider. Tout pouvait encore s'arranger, avec juste un peu de trésorerie pour faire la jointure. Son ambition était toujours là. Il croyait toujours en lui-même. Il avait seulement besoin d'un peu d'air. D'un peu de cash.

« Il me faut du fric, a-t-il dit à Bruce. Tu ne connaîtrais pas des usuriers, des fois ? »

Il ne plaisantait qu'à moitié. Il savait à quel point il devait avoir l'air désespéré. Mais Bruce l'a pris au sérieux. Il s'est tourné sur le côté pour le regarder.

« Non, je ne connais pas d'usuriers. Et de toute manière, ce serait une mauvaise idée.

— Ouais, eh bien, je ne vois pas quoi faire d'autre, a dit Marco en se passant une main dans les cheveux, les yeux rageusement rivés sur le fleuve.

— Tu pourrais déposer le bilan, repartir de zéro, a fini par suggérer Bruce. C'est ce que font beaucoup de gens.

— Je ne peux pas, s'est entêté Marco.

— Pourquoi ?

— Parce que ça tuerait ma femme. Elle est... fragile, en ce moment. Le baby blues. Tu sais. »

Marco s'est penché en avant, les coudes sur les genoux, pour cacher son visage dans ses mains.

« Vous avez un bébé ? » s'est étonné Bruce.

Marco a relevé la tête.

« Oui. Une petite fille. »

Bruce s'est adossé et l'a fixé longuement.

« Quoi ?

— Rien.

— Non, tu allais dire quelque chose », a insisté Marco en se redressant.

Visiblement, Bruce retournait quelque chose dans sa tête.

« Ils sont comment avec leur petite-fille, tes beaux-parents ?

— Ils sont gagas. C'est leur seul petit-enfant. Je sais où tu veux en venir. Ils verseront des fonds pour son éducation, lui ouvriront sans doute un compte pour sa majorité, mais ils le lieront à un trust pour que je ne puisse pas mettre la main dessus. Rien à espérer de ce côté-là.

— À moins d'être un peu créatif, a avancé Bruce en inclinant la tête sur le côté.

— Comment ça ? »

Bruce s'est penché vers lui et a baissé la voix.

« Tu serais prêt à prendre un petit risque ?

— Quoi, qu'est-ce que tu racontes ? »

Marco a jeté des coups d'œil autour de lui. Personne ne pouvait les entendre : ils étaient seuls.

« Ils ne te donneront rien, à toi, mais je parie qu'ils paieraient vite fait pour récupérer leur petite-fille.

— Qu'est-ce que tu proposes ? » a soufflé Marco.

En fait, il savait déjà.

Les deux hommes se sont regardés dans le blanc des yeux. Si Marco n'avait pas eu quelques verres dans le nez, surtout le verre misérable qu'il avait bu avec son beau-père, peut-être qu'il aurait opposé à Bruce une fin de non-recevoir, qu'il serait rentré auprès de sa femme et qu'il lui aurait dit la vérité. Il aurait déposé le bilan et pris un nouveau départ. Ils avaient encore la maison. Ils avaient leur couple, et Cora. Mais Marco s'était arrêté chez un marchand de spiritueux sur le chemin du fleuve. Il avait apporté avec lui une bouteille dans un sac en papier. Il l'a ouverte, l'a tendue à son ami, puis a bu lui-même une longue rasade au goulot. L'alcool rendait les contours un peu moins nets, et la solution un peu moins inaccessible.

Bruce a encore baissé la voix.

« Tu montes un enlèvement. Pas un vrai, bien sûr, un simulacre. Sans victime. »

Marco l'a dévisagé. Il s'est encore rapproché de Bruce.

« Comment ça pourrait se passer ? Les flics ne verraient pas les choses comme ça.

— Non, mais si tu t'y prends bien, c'est le crime parfait. Tes beaux-parents raquent, tu récupères ton bébé et l'affaire est réglée en deux jours. Du moment que la môme est retrouvée, la police te fout la paix. »

Marco a ruminé l'idée. L'alcool la rendait un peu moins folle.

« Je ne sais pas, quand même.

— Tu as une meilleure solution ? » l'a défié Bruce en lui passant la bouteille.

Ils ont étudié le projet en détail, d'abord de manière abstraite. Il pourrait enlever sa propre fille. La passer à Bruce, qui l'emmènerait pour quarante-huit heures dans sa cabane des Catskill. Lui-même avait trois enfants, ils étaient adultes maintenant, mais il savait s'occuper d'un tout-petit. Tous deux se procureraient des téléphones prépayés, intraçables, pour communiquer. Marco devrait trouver une bonne cachette pour le sien.

« Il me faudrait environ cent mille balles », a-t-il dit en contemplant le fleuve et les oiseaux qui décrivaient des cercles au-dessus.

Bruce a ri.

« Tu déconnes ?

— Comment ça ?

— Si tu te fais prendre, la punition est la même, que tu exiges cent mille ou cent millions. Au moins, que ça vaille le coup ! C'est pas la peine de se donner ce mal pour trois cacahuètes. »

Ils ont continué à se partager la bouteille pendant que Marco cogitait. Richard et Alice Dries pesaient une quinzaine de millions, pour ce qu'il en savait. Ils avaient les moyens. Si Marco obtenait un million, il pourrait sauver sa boîte et rembourser son hypothèque sans plus leur demander d'aide. Du moins pas directement. Ce serait bon de délester cet enfoiré de Richard d'une telle somme.

Ils se sont mis d'accord sur une rançon de deux millions. Partagée cinquante-cinquante.

« Pas mal pour deux jours de boulot », lui a assuré Bruce.

Marco a alors décidé qu'il fallait faire vite.

« Demain soir, on sort : il y a un dîner chez les voisins. On a une baby-sitter, mais elle s'endort toujours sur le canapé avec ses écouteurs sur les oreilles.

— Tu pourrais dire que tu sors fumer une clope, rentrer discrètement chez toi et me l'amener. »

Marco a encore réfléchi. Ça pourrait marcher. Ils ont alors peaufiné les détails.

À présent, s'il lui était donné de choisir le moment où il pouvait remonter dans le temps pour tout changer, ce serait celui de sa première rencontre avec Bruce. Si seulement il n'avait pas fait cette promenade vers le fleuve dans l'air printanier, s'il ne s'était pas assis sur ce banc, si Bruce n'était pas passé par là. Si seulement il s'était levé et était parti lorsque Bruce s'était installé à côté de lui, au lieu de faire connaissance, puis de se lier d'amitié. Tout serait différent, aujourd'hui.

Il ne pensait pas que la police serait capable de trouver un lien entre lui et Bruce. Ils se rencontraient au hasard. Les seuls témoins étaient les gens qui passaient en faisant leur footing ou en filant sur des rollers. Il ne s'en était jamais soucié, car personne ne devait revoir Bruce. Celui-ci était prêt pour la retraite : il allait prendre son million et disparaître.

Sauf que désormais Bruce est mort.

Et Marco est cuit.

Il faut qu'il appelle Richard – c'est pour cela qu'il est venu au bureau, pour s'éloigner d'Anne afin d'avoir une conversation privée avec son père. Il faut qu'il sache où il en est avec Cora, qu'il sache s'il a passé un nouvel accord avec les ravisseurs.

Il hésite. Il ne voit pas comment il supporterait d'apprendre encore une mauvaise nouvelle. Quoi qu'il arrive, il faut qu'ils récupèrent Cora. Il est obligé de se fier à Richard pour cela. Il s'occupera du reste plus tard.

Il compose le numéro. Et tombe directement sur la boîte vocale de Richard. « Et merde. » Il laisse un bref message : « C'est Marco, rappelez-moi. Tenez-moi au courant. »

Il se lève et se met à marcher de long en large, comme un homme déjà enfermé dans une cellule.

Anne croit entendre sa petite fille pleurer ; Cora se réveille de sa sieste, sans doute. Elle retire ses gants de jardinage, se hâte de rentrer et se lave les mains à l'évier de la cuisine. La petite l'appelle depuis son berceau, en haut.

— Une minute, chérie, j'arrive !

Elle se sent heureuse. Elle monte en courant chercher son bébé, fredonnant légèrement. Elle entre dans la chambre. Tout est comme avant, mais le lit est vide. Soudain, elle se rappelle, et c'est comme être violemment emportée par la mer. Elle s'effondre dans le fauteuil d'allaitement.

Elle n'est pas dans son état normal, elle le sait : elle va mal. Elle devrait téléphoner à quelqu'un. À sa mère. Mais elle n'en fait rien. Elle se berce elle-même dans le fauteuil.

Elle voudrait rendre Cynthia responsable de tous ses problèmes, pourtant elle sait que la voisine n'a pas son bébé. Cynthia a seulement essayé de lui voler son mari, le mari dont elle-même n'est plus certaine de vouloir. Il y a des jours où elle se dit que Marco et Cynthia se méritent l'un l'autre. Elle l'entend maintenant derrière le mur, et toute sa haine pour cette femme se solidifie en une rage puissante.

Anne s'observe dans le miroir brisé de la salle de bains, qu'ils n'ont toujours pas fait remplacer. Elle y apparaît fracturée, éclatée, en morceaux. Elle reconnaît à peine la personne qui lui retourne son regard. Elle se lave le visage, se brosse les cheveux. Va dans sa chambre, enfile un tee-shirt et un jean propres. Elle vérifie : pas de journalistes devant la maison. Alors, elle se rend à côté et sonne à la porte.

Cynthia vient lui ouvrir, clairement étonnée de la trouver là.

— Je peux entrer ?

Même pour rester chez elle, Cynthia est bien vêtue : un pantacourt, un joli chemisier en soie. Elle la toise une seconde avec méfiance, puis ouvre plus largement le battant.

— D'accord.

Anne entre.

— Tu veux du café ? Je peux en faire chauffer. Graham est absent pour quelques jours.

— Je veux bien, répond Anne en la suivant dans la cuisine.

Maintenant qu'elle est là, elle se demande par où commencer. Elle veut apprendre la vérité. Faut-il qu'elle se montre cordiale ? Accusatrice ? La dernière fois qu'elle a mis les pieds dans cette maison, tout était encore normal. Cela paraît si loin… une autre vie.

Dans la cuisine, elle regarde la porte-fenêtre coulissante qui donne sur la terrasse et le jardin. Elle voit les sièges sur la terrasse. Imagine Cynthia sur les genoux de Marco dans un de ces fauteuils, pendant que le mort emporte son bébé. Elle est pleine de rage, mais veille soigneusement à le dissimuler. Elle a beaucoup d'entraînement dans ce domaine. Elle fait semblant. N'est-ce pas ce que tout le monde fait ? Tout le monde se fait passer pour ce qu'il n'est pas. Le monde entier est construit sur le mensonge et la tromperie. Cynthia est une menteuse, exactement comme Marco.

Anne a le vertige, soudain, et s'assoit à la table. Cynthia met la cafetière en route, puis se retourne pour lui faire face, appuyée au plan de travail. Anne, étant assise, la voit plus grande que jamais, avec des jambes interminables.

Elle se rend compte qu'elle est jalouse, follement jalouse, de Cynthia. Et que celle-ci le sait.

Ni l'une ni l'autre n'a envie d'entamer la conversation. C'est gênant. Enfin, Cynthia prend la parole.

— Alors, cette enquête, ça avance ?

Elle adopte un air soucieux pour dire cela, mais Anne n'est pas dupe.

— Je ne retrouverai jamais mon bébé.

Elle fait cette déclaration calmement, comme si elle parlait du temps. Elle se sent déconnectée, déracinée. Elle comprend, tout à coup, que c'était une erreur de venir ici. Elle n'est pas assez forte pour affronter Cynthia seule. C'est dangereux. Elle a peur de sa voisine. Pourquoi ? Que peut-elle lui faire, après tout ce qui est déjà arrivé ? Avec tout ce qu'elle a perdu, Anne devrait se sentir invulnérable. Elle n'a plus rien à perdre. C'est Cynthia qui devrait la craindre.

Puis elle saisit, et la réponse est glaçante. C'est d'elle-même qu'elle a peur. Elle redoute ce qu'elle risque de faire. Il faut qu'elle parte. Elle se lève brusquement.

— Je dois y aller, bredouille-t-elle.

— Mais… tu viens d'arriver ! Est-ce que ça va ? demande Cynthia en l'observant avec attention.

Anne se laisse retomber sur la chaise, se penche en avant, met sa tête entre ses genoux. Cynthia vient s'accroupir à côté d'elle. Elle pose légèrement sur son dos une de ses mains manucurées. Anne a peur de s'évanouir ; elle sent monter un spasme. Elle inspire à fond en attendant que ça passe. Si elle patiente en respirant, la nausée s'en ira.

— Tiens, prends un café, dit Cynthia. La caféine te fera du bien.

Anne relève la tête et la regarde verser la boisson chaude. Cette femme se fiche d'elle comme d'une guigne, mais elle lui fait du café, y ajoute de la crème et du sucre, et le lui apporte à la table, comme avant. Anne boit une gorgée, puis une autre. Cynthia avait raison, elle se sent mieux. Le café lui éclaircit les idées, lui redonne la capacité de penser. Elle reprend une gorgée.

— Depuis quand est-ce que tu couches avec mon mari ? demande-t-elle à Cynthia, qui s'est assise en face d'elle.

Sa voix est posée, d'une neutralité étonnante, étant donné la colère qu'elle éprouve. À l'écouter, on croirait qu'elle s'en moque.

Cynthia se carre sur sa chaise et croise les bras.

— Je ne couche pas avec ton mari, répond-elle, tout aussi détachée.

— Arrête tes conneries, je sais tout, rétorque Anne d'un ton curieusement amical.

Cynthia a l'air surprise.

— Comment ça ? Il n'y a rien à savoir. Il n'y a rien entre Marco et moi. On s'est un peu pelotés sur la terrasse la dernière fois, mais c'était complètement anodin. Un truc de gamins. Il était bourré. Moi aussi. On a dérapé. Ça ne voulait rien dire. C'est la première et dernière fois qu'on s'est touchés.

— Je ne comprends pas pourquoi vous niez tous les deux. Je sais que vous couchez ensemble, insiste Anne en regardant sa voisine par-dessus le bord de sa tasse.

Cynthia, elle, tient la sienne à deux mains.

— Je t'ai dit, et j'ai dit la même chose à la police quand elle est venue, qu'on a un peu déconné dehors, qu'on avait bu, et c'est tout. Il n'y a rien eu entre Marco et moi, ni avant ni depuis. Je ne l'ai même pas revu depuis le soir de l'enlèvement. Tu te fais des idées, Anne, conclut-elle d'un ton condescendant.

— Ne me mens pas ! crache subitement Anne. J'ai vu Marco sortir de chez toi hier après-midi.

Cynthia se raidit.

— Alors ne viens pas me mentir et me raconter que tu ne l'as pas revu ! Et je suis au courant pour le téléphone.

L'un des sourcils parfaitement dessinés de Cynthia s'arrondit.

— Quel téléphone ?

— Laisse tomber, souffle Anne, qui regrette sa dernière phrase.

Elle se rappelle que le portable était peut-être prévu pour quelqu'un d'autre. C'est tellement perturbant, tout ce qui s'est passé, qu'elle n'arrive plus à garder les idées claires. Elle a l'impression que son esprit est en train de s'effondrer. Elle était déjà fragile avant, mais là, entre son bébé disparu et son mari qui la trompe, qui lui ment... comment ne pas perdre la tête dans une situation pareille ? Personne ne pourrait lui en vouloir si elle commettait un geste fou.

Or voilà que l'expression de Cynthia change. La fausse inquiétude s'envole, et elle dévisage Anne froidement.

— Tu veux savoir ce qui se passe, Anne ? Tu es sûre de vraiment le vouloir ?

Anne l'observe, désarçonnée par son changement de ton. Elle l'imagine bien en tyran de cour d'école : la grande belle fille qui se gaussait des petites boulottes complexées comme elle.

— Oui, je veux savoir.

— Tu en es bien certaine ? Parce qu'une fois que je te l'aurai dit je ne pourrai plus le retirer.

Cynthia pose sa tasse sur la table.

— Je suis plus forte que tu ne le crois, déclare Anne.

Il y a un peu d'agressivité dans sa voix. Elle aussi pose sa tasse. Elle se penche par-dessus la table.

— J'ai perdu mon bébé. Qu'est-ce qui pourrait m'atteindre, maintenant ?

Cynthia sourit. C'est un sourire froid, calculateur. Elle s'adosse à sa chaise et étudie Anne comme si elle s'efforçait de prendre une décision.

— Je ne pense pas que tu aies la moindre idée de ce qui se passe réellement, lâche-t-elle.

— Tu n'as qu'à me le dire, alors.

Cynthia se lève, repoussant sa chaise, qui racle le sol de la cuisine.

— D'accord. Ne bouge pas, je reviens.

Elle sort de la pièce et monte à l'étage. Anne se demande ce qu'elle peut bien avoir à lui montrer. Elle envisage de prendre ses jambes à son cou. Jusqu'où pourra-t-elle supporter la réalité ? Il y a peut-être des photos. Des clichés de Cynthia et Marco ensemble. Cynthia est photographe. Et elle est du genre à se choisir elle-même pour sujet, belle comme elle est, vaniteuse comme elle est. Elle va peut-être exhiber des photos d'elle au lit avec Marco. Et l'expression de Marco sera entièrement différente de quand il lui fait l'amour, à elle. Anne se lève. Elle est sur le point de s'enfuir par la porte-fenêtre lorsque Cynthia réapparaît dans la cuisine, un ordinateur portable entre les mains.

— On se dégonfle ?

— Non, je voulais juste un peu d'air, prétend Anne en refermant la porte pour retourner à la table.

Cynthia y pose l'ordinateur, qu'elle ouvre. Elles s'assoient et patientent quelques instants, le temps qu'il s'initialise.

— Je suis vraiment désolée de ce que tu vas voir, Anne, sincèrement, annonce Cynthia.

Anne, qui ne la croit pas un instant, la fusille du regard, puis tourne avec réticence les yeux vers l'écran. Ce n'est pas ce qu'elle avait envisagé. C'est une vidéo en noir et

270

blanc qui montre le jardin de Cynthia et, dans le fond, le sien. Elle prend connaissance de la date et de l'heure qui apparaissent en bas. Et se sent instantanément glacée.

— Attends, ça vient, dit Cynthia.

Elle va voir le mort emporter son enfant. C'est dire la cruauté de Cynthia. Qui avait une vidéo depuis le début.

— Pourquoi tu n'as pas montré ça aux flics ? demande Anne, les yeux rivés sur l'écran.

Incrédule, elle voit Marco apparaître à leur porte de derrière à 0 h 31 et dévisser l'ampoule du détecteur de mouvement ; la lumière s'éteint. Anne sent son sang quitter ses extrémités ; elle a peur de vomir. Marco entre dans la maison. Deux minutes s'écoulent. Puis la porte se rouvre. Marco sort, Cora dans les bras, emmitouflée dans sa couverture blanche. Il vérifie qu'il n'est pas observé, regarde droit vers la caméra, puis se hâte de rejoindre le garage, dans lequel il s'introduit. Le cœur d'Anne tambourine contre ses côtes. Une minute plus tard, elle voit Marco ressortir du garage sans le bébé. Il est 0 h 34. Il traverse la pelouse pour revenir vers la maison, où son image disparaît de la vue un bref instant avant qu'il réapparaisse sur la terrasse des Stillwell.

— Alors tu vois, Anne, reprend Cynthia dans le silence choqué. Le problème n'est pas que Marco et moi ayons une liaison. C'est que Marco a enlevé votre bébé.

Anne est assommée, horrifiée. Incapable de répondre.

— Tu devrais peut-être lui demander ce qu'il en a fait, ajoute Cynthia.

31

Cynthia se réinstalle confortablement sur sa chaise.

— Je pourrais apporter ça à la police, à moins que tu ne préfères le contraire. Tu es d'un milieu friqué, non ?

Anne s'enfuit. Elle ouvre la porte-fenêtre et part en courant, laissant sa voisine assise seule à la table avec l'ordinateur. L'image de Marco portant Cora jusqu'au garage à 0 h 33 est gravée au fer rouge sur ses rétines et jusque dans les profondeurs de sa cervelle. Elle ne pourra plus jamais se la sortir de la tête. *C'est Marco qui a enlevé leur fille.* Il lui a menti depuis le début.

Elle ne sait plus qui elle a épousé.

Elle court jusque chez elle et entre par-derrière. C'est à peine si elle arrive à respirer. Elle se laisse tomber au sol dans la cuisine, adossée aux placards, agitée de sanglots et de tremblements. Elle pleure, cherche son souffle et revoit en boucle les mêmes images, encore et toujours.

Cela change tout. C'est Marco qui a kidnappé leur fille. Mais pourquoi ? Pourquoi a-t-il fait ça ? Pas parce que Cora était déjà morte et qu'il a voulu la protéger, elle. L'inspecteur Rasbach lui a bien expliqué que ce n'était pas possible. Si elle avait tué Cora et que Marco s'en était rendu compte à minuit et demi, il n'aurait pas pu avoir un complice sur place à minuit trente-cinq. Et elle sait désormais qu'il a sorti Cora de la maison à exactement minuit trente-trois. Il a dû s'arranger pour que quelqu'un l'attende dans une voiture, dans le garage, à minuit et demi, quand il savait qu'il irait voir Cora. Il a tout planifié. Tout *organisé*. Avec cet homme qui a été tué. L'homme qu'elle croit avoir déjà vu. Où ça ?

Marco était derrière toute l'affaire depuis le début, et elle ne se doutait de rien.

Marco a enlevé leur bébé, avec cet autre homme, qui est mort depuis. Où est leur fille maintenant ? Qui l'a prise à l'homme dans la cabane ? « Que s'est-il passé, bon sang ? Comment a-t-il pu faire ça ? »

Anne reste assise par terre dans la cuisine, les bras serrés autour de ses genoux, à essayer de comprendre. Elle songe à retourner au commissariat pour prévenir l'inspecteur Rasbach de ce qu'elle a vu. Il réclamerait la vidéo à Cynthia. Elle devine pourquoi celle-ci ne l'a pas montrée aux flics : elle doit s'en servir pour tenir Marco. Elle veut le garder en son pouvoir. C'est tout à fait son genre.

Pourquoi avoir enlevé Cora ? S'il ne l'a pas fait pour protéger Anne, il y a été poussé par des raisons égoïstes. Le seul motif possible, c'est l'argent. Il visait la rançon. L'argent de ses parents. Une révélation consternante. Elle sait à présent que son entreprise ne va pas bien. Elle se souvient que Marco lui a fait signer des papiers d'hypothèque sur la maison il y a quelques mois – pour récupérer des liquidités afin de financer ses plans d'expansion. Elle croyait que l'affaire grandissait plus vite que prévu, que tout allait bien. Mais peut-être mentait-il déjà à l'époque. Tout se tient. La société qui bat de l'aile, l'hypothèque, et enfin l'organisation de l'enlèvement – l'enlèvement *de son propre enfant* – pour obtenir une rançon de ses parents.

Pourquoi ne lui a-t-il pas simplement parlé de ses soucis financiers ? Ils auraient pu aller voir ses parents, leur demander une rallonge. Pourquoi est-il allé commettre une telle idiotie ? Pourquoi prendre leur précieux bébé et le donner à cet homme qui a fini tué à coups de pelle ?

Marco s'est-il rendu dans cette cabane après le vol de la rançon pour affronter ce type, et l'a-t-il tué dans un accès de rage ? Est-il un assassin, en plus du reste ? A-t-il eu le temps de faire un aller et retour jusqu'à cette cabane sans qu'elle s'en aperçoive ? Elle tâche de se rappeler quel jour on est, essaie de revoir une à une toutes les journées qui se sont écoulées depuis l'enlèvement, mais c'est peine perdue : tout se brouille dans sa tête.

Le téléphone portable fait-il partie de l'affaire ? Elle prend conscience qu'elle se trompait depuis le début. Il ne s'agit plus d'infidélités, avec Cynthia ou une autre, mais du kidnapping. Marco a enlevé Cora.

Marco, l'homme qu'elle a épousé.

Et ensuite, assis ici même, dans cette cuisine, il a prétendu reconnaître ce type.

Elle est soudain effrayée par l'homme qui partage sa vie. Elle ignore qui il est, ce qu'il est. Elle commence tout juste à comprendre de quoi il est capable.

L'a-t-il jamais aimée, ou l'a-t-il épousée pour l'argent ?

Que faire, maintenant ? Aller voir la police avec ce qu'elle sait ? Quelles conséquences pour Cora si elle le fait ?

Au bout d'un long moment, elle se remet péniblement debout. Elle se force à monter rapidement dans sa chambre. En tremblant, elle sort un sac de l'armoire et entreprend d'emballer des affaires.

Anne descend du taxi au bout de l'allée gravillonnée qui fait une boucle devant chez ses parents. C'est la maison dans laquelle elle a grandi. Très imposante. Une vaste demeure en pierre de taille, avec son jardin verdoyant, entretenu par des professionnels, construite devant une ravine – un petit vallon boisé. Anne paie le chauffeur et s'attarde un instant dans l'allée, son sac à ses pieds, pour contempler les lieux. Les habitations sont très espacées, par ici. Personne ne la verra, à moins que sa mère ne soit chez elle et ne regarde justement dehors en cet instant. Elle se souvient avec précision du jour où elle est sortie de cette maison, est montée à l'arrière de la moto de Marco, et a décidé qu'elle était amoureuse.

Elle déteste l'idée de retourner chez ses parents. C'est reconnaître qu'ils ont toujours eu raison à propos de Marco. Elle ne veut pas y croire, mais elle en a la preuve, elle l'a vue de ses yeux. Elle s'est opposée à leurs vœux en se mariant avec cet homme – elle était sûre d'elle à l'époque, dans sa tête et dans son cœur.

Maintenant, elle n'est plus sûre de rien.

Et là, debout à l'extrémité de cette allée, elle se remémore soudain où elle a vu le mort. Elle tremble comme une feuille en s'efforçant de donner un sens à cette nouvelle information. Puis elle empoigne son téléphone et appelle un autre taxi.

Marco réessaie de joindre Richard, laisse encore un message morne sur sa boîte vocale. Richard le punit, l'exclut des opérations. Il va mener l'affaire tout seul, et ne l'informera que quand tout sera terminé, quand Cora sera saine et sauve. Si on la retrouve un jour.

Même Marco doit s'avouer que c'est peut-être mieux ainsi. Si quelqu'un peut réussir, c'est bien Richard. Richard, avec ses sacs de billets et ses nerfs d'acier. Marco est épuisé, physiquement et mentalement. Tout ce qu'il veut, c'est s'allonger sur le canapé de son bureau, dormir quelques heures et être réveillé par un coup de fil lui apprenant que Cora est de retour à la maison. Mais ensuite... que se passe-t-il après cela ?

Il se rappelle qu'il y a une bouteille ouverte au fond d'un des tiroirs de son armoire de rangement. Il va la chercher : elle est à moitié vide. Il saisit un verre, également caché dans l'armoire, et se verse un scotch bien tassé. Puis il se remet à arpenter la pièce.

Il ne peut pas imaginer ne jamais revoir Cora. Il a aussi une peur bleue d'être arrêté et envoyé en prison. Il est convaincu que, si on l'appréhende, l'avocat le plus susceptible de le faire acquitter, Aubrey West, cessera de le représenter. Parce que les parents d'Anne ne paieront pas, et que Marco n'a pas les moyens de s'offrir lui-même un ténor du barreau.

Il remplit de nouveau son verre, maintenant posé sur le sous-main de son coûteux bureau, et se rend compte qu'il pense déjà à ce qu'il devra faire une fois coffré. L'arrestation lui paraît inévitable. Anne ne le soutiendra plus, une fois qu'elle aura entendu la vérité de la bouche de son père. Pourquoi le ferait-elle ? Elle va le haïr. Si c'était elle qui lui avait fait un coup pareil, jamais il ne le lui pardonnerait.

Et puis il y a Cynthia et la vidéo.

Le nez plongé dans son troisième verre, Marco envisage pour la première fois de dire la vérité à la police. S'il avouait simplement à Rasbach que, oui, il était en contact avec Bruce – alias Derek Honig. Que, oui, il avait des soucis professionnels. Que, oui, son beau-père a refusé de l'aider. Que, oui, il avait prévu d'enlever et de cacher son propre bébé pendant quelques jours afin d'extorquer une rançon aux parents de sa femme.

Mais qu'en revanche l'idée n'était pas de lui. Qu'elle est venue de Derek Honig.

C'est Honig qui a suggéré le projet. Qui a tout organisé. Dans l'esprit de Marco, ce n'était qu'un moyen d'obtenir une avance sur l'héritage de sa femme. Personne ne devait en mourir. Pas son complice, et certainement pas sa petite fille.

En cela, Marco est aussi une victime. Pas sans reproche, d'accord, mais une victime quand même. Il était aux abois, et il est tombé sur quelqu'un qui s'est présenté sous un faux nom, qui l'a manipulé afin de détourner le kidnapping à son profit. Un bon avocat comme Aubrey West saurait vendre cette histoire.

Marco pourrait tout déballer à l'inspecteur Rasbach. Tout lui dire.

Une fois Cora rentrée à la maison.

Il irait en prison. Mais Cora, si elle survit à tout cela, serait avec sa mère. Richard n'aurait plus de menace à faire planer au-dessus de sa tête. Quant à Cynthia, elle se retrouverait le bec dans l'eau. Il pourrait peut-être même s'arranger pour la faire emprisonner pour tentative de chantage. Pendant une minute, il l'imagine en combinaison informe orange, les cheveux sales.

Relevant les yeux, il surprend son reflet dans le sous-verre suspendu derrière son bureau. Il a du mal à se reconnaître.

32

Marco finit par rentrer chez lui à la nuit tombée. Comme il a trop bu, il laisse sa voiture et prend un taxi. Il arrive à la maison dépenaillé, les yeux rouges, le corps meurtri par la tension, malgré tout l'alcool qu'il a absorbé.

Il entre par la porte de devant.

— Anne ?

Il se demande où elle est. Les lieux, plongés dans le noir, paraissent déserts. Le silence règne. Il se fige, l'oreille tendue. Anne est peut-être sortie ?

— Anne ?

Cette fois, sa voix est plus forte, inquiète. Il pénètre dans le salon.

Il s'arrête net en la voyant. Anne est assise sur le canapé, dans le noir, parfaitement immobile. Elle tient un grand couteau entre ses mains ; Marco reconnaît le couteau de boucher qui est habituellement rangé dans le bloc de bois, sur le comptoir de la cuisine. Son sang fuit son cœur et lui descend dans les pieds. Il fait un pas prudent et essaie de mieux la distinguer. Que fait-elle, assise comme ça dans l'obscurité avec un couteau ?

— Anne ? dit-il plus doucement.

Elle semble être dans une sorte de transe. Elle lui fait peur.

— Anne, qu'est-ce qui s'est passé ?

Il s'adresse à elle comme on parlerait à un animal dangereux. Comme elle ne lui répond pas, il lui demande, de la même voix douce :

— Qu'est-ce que tu fais avec ce couteau ?

Il faut qu'il allume. Il se déplace lentement vers la lampe de la petite table.

— Ne t'approche pas de moi !

Elle lève l'arme blanche devant elle.

Marco s'immobilise, les yeux rivés sur elle. À sa manière de tenir ce couteau, on pourrait croire qu'elle a l'intention de s'en servir.

— Je sais ce que tu as fait, dit-elle d'une voix basse, d'une infinie tristesse.

Marco réfléchit rapidement. Anne a dû parler à son père. Cela s'est sans doute très mal passé. Le désespoir l'envahit. Il comprend maintenant à quel point il comptait sur son beau-père pour tout arranger, pour leur restituer Cora. Mais il est clair que tout s'est écroulé. Leur bébé ne reviendra jamais. Et le père d'Anne lui a dit la vérité.

Et maintenant, le bouquet final : sa femme qui perd la tête.

— Pourquoi le couteau, Anne ? reprend-il, s'efforçant de garder son calme.

— Pour me protéger.

— Te protéger de quoi ?

— De toi.

— Tu n'as pas besoin de te protéger de moi, lui affirme-t-il dans le noir.

Que lui a raconté son père ? Quels bobards ? Jamais il ne s'en prendrait volontairement à sa femme ni à sa fille. Tout cela, c'est une terrible méprise. Elle n'a aucune raison de le craindre. « Vous êtes dangereux, Marco, avec vos manigances. »

— Tu as vu ton père ?

— Non.

— Mais tu lui as parlé.

— Non.

Là, il ne comprend plus.

— À qui as-tu parlé, alors ?

— À personne.

— Qu'est-ce que tu fais, assise dans le noir avec un couteau ?

Il voudrait allumer, sans la surprendre.

— Ce n'est pas vrai, se corrige Anne. J'ai vu Cynthia.

Marco en reste coi. Terrifié.

— Elle m'a montré la vidéo.

Le regard qu'elle pose sur lui est épouvantable. Son chagrin et sa rage se lisent sur ses traits. Sa haine.

Marco s'affaisse un peu ; ses genoux flageolent. Tout est terminé. Anne veut peut-être le tuer pour avoir volé leur bébé. Il ne peut pas lui en vouloir. Il aimerait empoigner cette lame et le faire lui-même.

Tout à coup, son sang se glace. Il faut qu'il voie le couteau. Il faut qu'il sache si elle s'en est servie. Mais il fait trop sombre. Impossible de voir s'il y a du sang sur elle ou sur la lame. Il fait encore un pas et s'arrête. L'expression d'Anne le terrifie.

— C'est toi qui as enlevé Cora, reprend-elle. Je l'ai vu de mes yeux. Tu l'as sortie de la maison, enveloppée dans sa couverture, et tu l'as portée dans le garage. Cet homme l'a emportée loin d'ici. C'est toi qui as tout manigancé. Tu m'as menti. Et tu as continué de me mentir, pendant tout ce temps.

L'incrédulité s'entend dans sa voix.

— Et ensuite, quand il t'a doublé, tu es allé dans cette cabane et tu l'as tabassé à mort, avec une pelle, conclut-elle en s'animant un peu.

Marco est horrifié.

— Non, Anne… Je n'ai pas fait ça !

— Et ensuite, assis à côté de moi à la table de la cuisine, tu as osé me dire que tu avais *déjà vu* ce type-là.

Marco a la nausée. Il comprend bien l'effet que cela doit lui faire. Tout a tourné au cauchemar.

Anne se penche en avant. Elle tient fermement le grand couteau à deux mains.

— J'ai vécu avec toi dans cette maison, pendant tout ce temps, depuis le kidnapping de Cora, et tu m'as menti en permanence. Sur toute la ligne.

Elle le dévisage, et ajoute à voix basse :

— *Je ne sais pas qui tu es.*

Marco répond sans quitter l'arme des yeux.

— C'est vrai, je l'ai enlevée. C'est bien moi qui l'ai enlevée, Anne. Mais ce n'est pas ce que tu crois ! Je ne sais pas ce que t'a raconté Cynthia… elle ne sait rien de ce qui s'est passé. Elle me fait chanter. Elle essaie d'utiliser la vidéo pour m'extorquer de l'argent.

Anne ouvre des yeux immenses dans le noir.

— Je peux tout t'expliquer, Anne ! Ce n'est pas ce que tu crois. Écoute-moi. J'ai eu des ennuis financiers. La boîte ne marchait pas bien. J'ai connu des revers. Et puis j'ai rencontré ce type, ce… Derek Honig.

La voix de Marco chancelle.

— Il m'a dit s'appeler Bruce Neeland. Il était amical… on a sympathisé. C'est lui qui m'a suggéré le kidnapping. L'idée vient de lui. J'avais besoin de l'argent. Il m'a dit que ce serait rapide et facile, et que personne n'en souffrirait. C'est lui qui a tout organisé.

Il reprend son souffle. Anne le fixe toujours d'un air lugubre. Malgré cela, c'est un soulagement d'avouer, de se décharger de la vérité.

— Je lui ai apporté Cora dans le garage. Il devait nous appeler dans les douze heures, et on devait la retrouver au bout de deux ou trois jours maximum. Ça devait être rapide et facile, répète Marco avec amertume. Ensuite, plus de nouvelles de lui. Je ne savais pas ce qui se passait. J'ai essayé de l'appeler avec le portable que tu as trouvé – c'est à ça qu'il devait servir –, mais il ne répondait pas. Je ne savais plus quoi faire. Je n'avais pas d'autre moyen de le joindre. J'ai pensé qu'il avait peut-être perdu son téléphone. Ou qu'il s'était peut-être dégonflé, qu'il l'avait tuée et qu'il avait quitté le pays.

Sa voix n'est plus qu'un sanglot. Il se tait, le temps de se ressaisir.

— J'étais en pleine panique. Ça a été un enfer absolu pour moi aussi, Anne… tu n'as pas idée.

— Ne me dis pas que je n'ai pas idée ! hurle Anne. À cause de toi, notre fille n'est plus là !

Il tâche de l'apaiser en baissant la voix. Il faut qu'il lui dise tout, qu'il sorte tout jusqu'au bout.

— Et ensuite, quand le body est arrivé par la poste, j'ai cru que c'était lui qui reprenait contact. Qu'il avait peut-être eu un problème avec son portable, et qu'il avait peur de m'appeler en direct. J'ai pensé qu'il essayait de nous la rendre. Même quand il a augmenté la rançon, de deux à cinq millions, je n'ai pas pensé… pas pensé qu'il allait me doubler. J'ai juste eu peur que tes parents ne paient pas. Je me suis dit qu'il avait peut-être monté la barre parce qu'il considérait que le risque était plus grand.

Marco cesse de parler une minute, bouleversé de revivre tout cela.

— Mais quand je suis arrivé au rendez-vous, Cora n'y était pas.

Il fond en larmes.

— Elle devait y être. Je ne sais pas ce qui s'est passé ! Anne, je te le jure, je n'ai jamais voulu qu'il arrive malheur à qui que ce soit. Surtout pas à Cora, ni à toi.

En se confessant, il s'est laissé tomber à genoux devant elle. Elle pourrait lui trancher la gorge si elle le voulait. Il s'en fiche.

— Comment as-tu pu faire ça ? murmure Anne. Comment as-tu pu être idiot à ce point ? Pourquoi ne pas avoir demandé l'argent directement à mon père, si tu en avais tellement besoin ?

Misérable, il relève la tête.

— C'est ce que j'ai fait ! répond-il avec ardeur. Il a refusé.

— Je ne te crois pas. Il ne ferait pas une chose pareille.

— Pourquoi est-ce que je te mentirais ?

— Tu ne fais que ça, mentir, Marco.

— Très bien, demande-lui !

Ils se regardent un instant dans le blanc des yeux. Puis Marco ajoute, plus doucement :

— Tu as toutes les raisons de me détester, Anne. Moi-même, je me déteste pour ce que j'ai fait. Par contre, tu n'as rien à craindre de moi.

— Même maintenant que tu as battu un homme à mort ? À coups de pelle ?

— Ce n'est pas moi !

— Pourquoi tu ne me dis pas tout, Marco ?

— Mais je t'ai tout dit ! Je n'ai pas tué ce type dans la cabane !

— Alors qui ?

— Si on le savait, ou saurait qui détient Cora ! Derek ne lui aurait pas fait de mal, j'en suis certain. Jamais il n'aurait levé la main sur elle – je ne la lui aurais jamais confiée si j'avais cru le contraire.

Or, tout en disant cela, Marco est consterné de la facilité avec laquelle il a laissé sa fille aux mains d'un autre. Il était tellement aux abois qu'il s'est mis des œillères pour ne pas voir les risques.

Pourtant, ce n'était rien à côté du désespoir qu'il éprouve en ce moment. Pourquoi Derek aurait-il fait du mal à Cora ? Il n'y a pas de raison. À moins qu'il n'ait paniqué.

— Il voulait juste procéder à l'échange, prendre son oseille et disparaître. Quelqu'un a dû découvrir qu'il l'avait avec lui, le tuer et emporter la petite. Et ensuite, ce quelqu'un nous a floués. Anne, il faut que tu me croies, supplie-t-il. Je ne l'ai pas tué. Comment aurais-je pu ? Tu sais bien que j'ai été pratiquement tout le temps ici avec toi, ou au bureau. Je n'aurais pas pu le tuer.

Anne reste muette, pensive.

— Je ne sais plus que croire, finit-elle par souffler.

— C'est pour ça que j'ai prévenu les flics, poursuit Marco. Je leur ai dit que je l'avais vu traîner autour de la maison pour qu'ils enquêtent sur lui. Je voulais orienter la police dans la bonne direction pour qu'elle découvre qui l'avait tué et qu'elle retrouve Cora, sans me trahir. Mais comme d'habitude, les flics sont bredouilles. Sauf, ajoute-t-il d'une voix vaincue, qu'ils ne vont sans doute pas tarder à m'arrêter.

— Sûr qu'ils ne vont pas traîner s'ils voient cette vidéo, marmonne Anne avec amertume.

Marco a beau l'observer, il ignore si elle préférerait le voir arrêté ou non. Les émotions d'Anne sont devenues difficiles à lire.

— C'est vrai, j'ai enlevé Cora et je l'ai confiée à Derek. On essayait d'extorquer de l'argent à tes parents, d'accord. Mais je ne l'ai pas tué. Je serais incapable de faire ça, je te le jure.

Il lui pose doucement une main sur le genou.

— Anne, donne-moi ce couteau.

Elle regarde l'objet comme si elle avait oublié sa présence entre ses mains.

Quoi qu'il ait fait, quels que soient les ravages qu'il a causés, il ne veut pas être responsable de nouvelles souffrances. Anne a une attitude déroutante. Il se décide à bouger, et lui prend l'arme des mains. Elle n'oppose pas de résistance. Il constate avec soulagement que la lame est propre. Pas de sang. Il examine attentivement sa femme, ses poignets ; pas de sang, nulle part. Elle ne s'est pas fait de mal. C'était uniquement contre lui, pour se protéger contre lui. Il pose le couteau sur la petite table, se remet sur ses pieds et s'assoit à côté d'elle sur le canapé.

— Tu as eu des nouvelles de ton père aujourd'hui ?

— Non, mais je suis allée chez mes parents.

— Tu disais que tu ne les avais pas vus ?

— En effet. J'ai fait mon sac. J'allais te quitter, lâche Anne avec hargne. En sortant de chez Cynthia, après avoir vu la vidéo, je t'ai haï pour ce que tu avais fait.

De nouveau, elle s'agite.

— Et je te prenais pour un assassin. J'avais peur de toi.

— Je comprends que tu me détestes, Anne. Je comprendrais que tu ne me pardonnes jamais. Mais tu n'as rien à craindre de moi. Je ne suis pas un tueur, dit-il d'une voix étranglée.

Elle détourne la tête comme si elle ne supportait pas de le regarder.

— Je suis allée jusque chez mes parents. Je ne suis pas entrée.

— Pourquoi ?

— Parce que je me suis rappelé où j'avais vu cet homme, le mort.

— Tu l'avais déjà vu ? s'étonne Marco.

Cette fois, elle tourne les yeux vers lui.

— Oui, je te l'ai dit.

Il ne l'a pas crue. Sur le moment, il a pensé que c'était le pouvoir de la suggestion.

— Où l'as-tu vu ?

— C'était il y a longtemps, murmure-t-elle. Cet homme était un ami de mon père.

33

Marco se fige.

— Tu es sûre ?

— Oui.

Elle s'exprime d'une voix étrange, qui ne lui ressemble pas. Peut-il se fier à la moindre de ses paroles ? Il réfléchit rapidement. Richard et Derek Honig. Le téléphone portable.

Est-ce un vaste coup monté ? Richard contrôle-t-il ce cauchemar en coulisse ? *Richard détiendrait Cora depuis le début ?*

— Je suis sûre de l'avoir vu avec mon père, quand j'étais plus jeune, dit Anne. Il le connaît. Pourquoi papa connaît-il l'homme qui a enlevé notre bébé, Marco ? Tu ne trouves pas ça bizarre ?

Elle semble s'éloigner, emportée par ses pensées.

— Si, ça, c'est bizarre, répond lentement Marco.

Il se remémore ses soupçons, quand il a appelé avec le portable secret et que son beau-père a décroché. Est-ce le chaînon manquant ? Honig l'a approché, comme ça, sans raison. Il a sympathisé avec lui, a écouté ses soucis. Il a gagné la confiance de Marco. Il l'a poussé à demander de l'argent à Richard, qui a refusé de lui en prêter. Et s'ils étaient de mèche, si Richard avait repoussé sa requête en sachant que Honig serait là, en train d'attendre pour ramasser les morceaux ? C'est ce jour-là que Honig a suggéré l'enlèvement. Tout aurait donc été minutieusement orchestré par le beau-père de Marco ? Celui-ci en est malade. Si c'est bien le cas, il s'est fait avoir encore plus qu'il ne le croyait, et par l'homme qu'il déteste le plus au monde, pour couronner le tout.

— Anne…, murmure-t-il.

Après quoi, les phrases lui échappent comme un torrent.

— C'est Derek Honig qui m'a trouvé. Il a fait ami-ami avec moi. Il m'a incité à réclamer de l'argent à ton père. Et le jour où Richard m'a refusé un prêt, il était là, *comme s'il avait su.* Comme s'il avait su que je serais disposé à faire n'importe quoi. C'est alors qu'il m'a proposé le kidnapping.

Marco a l'impression de sortir peu à peu d'un mauvais rêve, l'impression que tout commence enfin à prendre du sens.

— Et si ton père était derrière tout ça, Anne ? Je pense qu'il s'est arrangé pour que Honig m'approche, pour me coincer, me conditionner pour l'enlèvement. Je me suis fait piéger, Anne !

— Non ! s'entête-t-elle. Je ne peux pas croire à une chose pareille. Papa ne ferait jamais ça. Et puis, pourquoi ? Quelle raison pourrait-il bien avoir ?

Cela blesse Marco qu'elle n'ait aucune difficulté à le croire, *lui,* capable de tuer un homme de sang-froid avec une pelle, mais qu'elle ne veuille pas imaginer son père lui tendant un traquenard. Cependant, il doit garder en tête qu'elle a vu cette vidéo accablante. Il y a là de quoi saccager la confiance de n'importe qui. Il faut qu'il lui avoue le reste.

— Anne, le portable, dans le conduit d'aération. Celui que j'utilisais pour appeler Honig.

— Oui, eh bien ?

— Après que tu l'as trouvé, j'ai remarqué que j'avais des appels manqués : quelqu'un avait cherché à me joindre avec le téléphone de Honig. Alors, j'ai rappelé. Et… c'est ton père qui a décroché.

Elle le dévisage d'un air incrédule.

— Anne, il *s'attendait* à ce que ce soit moi au bout du fil. Il *savait* que j'avais enlevé Cora. Je lui ai demandé où il avait eu ce téléphone. Il m'a dit que les ravisseurs le lui avaient expédié par la poste, avec un mot, comme pour le body. Qu'ils l'avaient contacté après avoir lu dans le journal que c'étaient tes parents qui avaient payé la rançon. Il m'a dit qu'ils réclamaient encore plus d'argent pour Cora, et qu'il allait payer, mais il m'a fait promettre de ne pas te le dire. Parce qu'il ne voulait pas te donner de faux espoirs, au cas où ça ne marcherait pas.

Le visage d'Anne, hébété de souffrance, revient à la vie.

— Quoi ? Il est en contact avec les ravisseurs ?

Marco confirme d'un hochement de tête.

— Il m'a dit qu'il allait traiter avec eux et la récupérer lui-même, parce que j'avais merdé une fois de plus.

— C'était quand, ça ? demande Anne dans un souffle.

— Hier soir.

— *Et tu ne m'as rien dit ?*

— Il m'avait fait promettre ! Au cas où ça tournerait mal. J'ai essayé de le joindre toute la journée, il ne me rappelle pas. Ça me rend fou de ne pas savoir ce qui se passe. Je suppose qu'il ne l'a pas encore retrouvée, car sinon on aurait des nouvelles.

Sauf qu'à présent, Marco voit les choses différemment. Il a été floué par un maître.

— Mais, Anne… *et si ton père savait depuis le début où est Cora ?*

Anne semble incapable d'en entendre davantage. Elle est hagarde. Enfin, d'une voix brisée, elle demande :

— Pourquoi aurait-il fait tout ça ?

Marco le sait, pourquoi.

— Parce que tes parents me détestent ! Ils veulent me détruire, détruire notre mariage, et vous récupérer pour eux seuls, Cora et toi.

Elle secoue la tête.

— Je sais qu'ils ne t'aiment pas – peut-être même qu'ils te détestent –, mais ça… non, je n'y crois pas. Et s'il disait la vérité ? Si les ravisseurs étaient en contact avec mes parents, et qu'il était en train d'essayer de la récupérer pour nous ?

L'espoir qui vibre dans sa voix est déchirant.

— Tu viens de me dire que ton père connaissait Derek Honig. Ça ne peut pas être une coïncidence.

Il y a un long silence.

— Tu crois que c'est lui qui a tué Honig avec la pelle ? s'enquiert Anne tout bas.

— Peut-être. Je n'en sais rien.

— Et Cora ? Qu'est-elle devenue ?

Marco la prend par les épaules et plonge au fond de ses yeux, de ses grands yeux terrifiés.

— Je pense que c'est ton père qui l'a. Ou qu'il sait où elle est.

— Qu'est-ce qu'on va faire ?

— Il faut qu'on réfléchisse à fond.

Marco se lève du canapé, trop anxieux pour rester sans bouger.

— Si c'est bien Richard qui la détient, ou s'il sait où elle est, on a deux options. On peut aller directement chez les flics, ou on peut le mettre au pied du mur.

Anne regarde dans le vide, comme si c'en était trop pour son esprit.

— On devrait peut-être parler d'abord à ton père, plutôt qu'à la police, ajoute Marco, mal à l'aise.

Il ne veut pas aller en prison.

— Si on va voir papa, je pourrai lui parler. Il me rendra Cora. Il sera désolé, je le sais. Il ne veut que mon bonheur.

Marco s'immobilise pour regarder sa femme, en s'interrogeant sur son sens de la réalité. S'il est vrai que Derek Honig était un ami de Richard, alors cela pourrait bien être vrai que celui-ci l'a manipulé, lui, en le poussant au désespoir financier et à l'enlèvement de sa propre fille. Il a pu orchestrer l'échange raté ; il a pu assassiner un homme de sang-froid. Il a infligé à sa fille des souffrances intenses. Il se fiche de son bonheur. Il veut juste arriver à ses fins.

Il est absolument sans vergogne. Pour la première fois, Marco comprend quel adversaire il a en la personne de son beau-père. Il est possible que cet homme soit un psychopathe. Combien de fois Richard lui a-t-il répété que pour réussir dans les affaires il fallait n'avoir aucun scrupule ? Il a peut-être eu envie de lui donner une leçon.

— Papa n'est pas forcément dans le coup, déclare soudain Anne. Honig a très bien pu t'approcher et te manipuler parce qu'il connaissait mon père et savait qu'il avait du fric. Mais papa ne sait peut-être pas pour autant que c'était lui le ravisseur – il se peut qu'il ait reçu le téléphone et la lettre par la poste, comme il te l'a dit.

Elle semble avoir retrouvé un peu de lucidité.

Marco réfléchit.

— C'est possible.

Pourtant, sa conviction, c'est que Richard tire les ficelles. Il le sent dans ses tripes.

— Il faut qu'on aille sur place, poursuit Anne. Mais tu ne peux pas débarquer comme ça en l'accusant. On ne sait pas au juste ce qui se passe. Je pourrais lui dire que je sais que tu as enlevé Cora et que tu l'as confiée à Derek Honig. Qu'on a besoin de son aide pour la retrouver. Si mon père est bien dans le coup, il faut lui laisser une porte de sortie. Faire comme s'il était innocent, le supplier de coopérer avec les ravisseurs, de trouver un moyen de récupérer la petite.

Marco, après réflexion, acquiesce en silence. Anne est en train de redevenir elle-même, à son grand soulagement. De plus, elle a raison : Richard Dries n'est pas homme à se laisser acculer. L'important, c'est d'abord de faire revenir Cora à la maison.

Ils restent assis un petit moment, épuisés par les événements, rassemblant leurs forces pour ce qui les attend.

— On ferait bien d'y aller, finit par dire Marco.

Anne fait oui de la tête. Elle pose une main sur son bras au moment où ils sortent.

— Promets-moi de ne pas perdre ton sang-froid face à mon père.

Que répondre, à part oui ?

— Promis.

Et il ajoute, piteusement :

— Je te le dois bien.

Ils se rendent en taxi chez les parents d'Anne, en passant devant des demeures de plus en plus imposantes, jusqu'à arriver à destination dans le quartier le plus cossu de la ville. Malgré l'heure tardive, ils n'ont pas appelé avant de venir. Ils veulent profiter de l'effet de surprise. Assis sur la banquette arrière, ils ne parlent pas. Marco sent Anne trembler contre lui, le souffle court et rapide. Il lui prend la main pour l'apaiser. Lui-même transpire d'appréhension dans l'air chaud et poisseux de ce taxi ; la climatisation n'a pas l'air de fonctionner. Il baisse un peu la vitre pour pouvoir respirer.

La voiture s'engage sur l'allée circulaire et s'arrête devant la porte. Marco paie le chauffeur et lui dit qu'il peut partir. Anne sonne. Il y a encore de la lumière dans la maison. Au bout d'un moment, Alice vient ouvrir.

— Anne ! s'exclame-t-elle, visiblement surprise. Je ne t'attendais pas.

Anne la bouscule pour entrer, suivie de près par Marco. Et dans l'instant, toute leur stratégie soigneusement préparée à l'avance vole en éclats.

— Où est-elle ? demande Anne d'un ton sans appel.

Elle fixe sa mère avec des yeux fous. Alice, abasourdie, ne répond pas. Anne se met à parcourir la grande maison d'un pas rapide, laissant Marco dans le hall d'entrée, horrifié par son comportement. Elle a craqué, et il s'interroge sur la façon de jouer le coup, maintenant.

Alice la suit dans sa fouille frénétique des lieux. Marco entend Anne appeler : « Cora ! Cora ! »

Percevant un mouvement au-dessus de lui, il lève la tête. Richard est en train de descendre le grand escalier. Leurs regards se croisent, acier contre acier. Les cris d'Anne résonnent toujours : « Où est-elle ? Où est mon bébé ? » Sa voix est de plus en plus stridente.

Soudain, Marco doute de tout : Anne ne se trompe-t-elle pas en disant avoir reconnu Derek Honig ? Derek était-il vraiment un homme de main de son père, ou bien son cerveau lui a-t-il fourni un détail qui n'est qu'une illusion ? Il l'a trouvée à la maison dans le noir, un couteau entre les mains. Jusqu'où se fier à ce qu'elle raconte ? Toute sa théorie repose sur le fait que Richard ait connu Honig. Désormais, c'est à lui de découvrir la vérité.

— Allons nous asseoir, voulez-vous ? propose Richard en passant devant lui pour rejoindre le salon.

Marco le suit. Il a la bouche sèche. Il a peur. Il ne traite peut-être pas avec une personne normale, là. Richard est peut-être bien un psychopathe ; Marco sait qu'il n'a pas toute sa tête. Il ignore comment négocier cette situation, or tout est suspendu à la manière dont il va s'y prendre.

Il entend Anne : elle court, à présent. Elle gravit le grand escalier. Richard et lui se dévisagent en l'écoutant appeler Cora, poussant des portes, courant dans le couloir de l'étage, cherchant.

— Elle ne la trouvera pas, lâche Richard.

— Où est-elle, espèce d'ordure ?

Lui aussi part en roue libre. Rien ne se déroule comme prévu.

— Pas ici, en tout cas, répond l'homme froidement. Pourquoi ne pas attendre qu'Anne se calme ? Ensuite, nous pourrons discuter un peu.

Marco doit lutter de toutes ses forces pour ne pas lui sauter à la gorge. Il s'oblige à s'asseoir pour attendre la suite.

Finalement, Anne fait irruption dans le salon, suivie par sa mère à cran.

— Où est-elle ? s'époumone-t-elle contre son père.

Elle a des taches rouges et des traînées de larmes sur les joues. Elle est hystérique.

— Assieds-toi, Anne, lui dit fermement Richard.

Marco lui fait signe, et elle s'installe à côté de lui sur le gros canapé trop rembourré.

— Vous savez pourquoi nous sommes là, lance Marco.

— Anne a l'air de penser que Cora est ici. Qu'est-ce qui lui fait croire ça ? s'enquiert Richard en feignant l'étonnement. Marco... tu lui as raconté que j'étais en contact avec les ravisseurs ? Je t'avais spécifiquement demandé de ne pas le faire.

Marco essaie de parler, mais il ne sait pas par où commencer.

De toute manière, Richard continue de discourir. Debout à côté de l'immense cheminée, il se tourne vers sa fille.

— Je suis navré, Anne, les ravisseurs nous ont encore posé un lapin. J'espérais retrouver Cora ce soir, mais ils ne sont pas venus. J'ai apporté une somme supplémentaire, comme convenu ; il n'y avait personne. Bien sûr, Marco, je ne leur ai pas abandonné l'argent, *moi*.

Marco sent sa rage flamber – Richard ne résiste pas à la tentation de le faire passer pour un imbécile et un incompétent.

— Je vous avais dit de ne pas la prévenir, pour éviter ce genre de détresse, poursuit Richard.

Il se tourne de nouveau vers Anne d'un air compréhensif.

— J'ai fait tout mon possible pour te la ramener, Anne. Si tu savais comme je suis désolé. Mais je ne renoncerai pas, je te le promets.

Anne s'affaisse. Marco observe Richard, qui est passé si vite du froid à la chaleur. Il voit aussi un vacillement d'incertitude dans les yeux d'Anne : elle veut croire que son père ne lui ferait jamais de mal.

— Je suis désolé que ta mère et moi ne t'en ayons pas parlé plus tôt, Anne, mais nous avions peur de voir arriver exactement ceci. Nous ne voulions pas te donner de faux espoirs. Les ravisseurs nous ont contactés pour réclamer encore plus. Nous sommes prêts à payer n'importe quoi pour retrouver Cora, tu le sais. Je suis allé à leur rencontre et personne n'est venu.

Il secoue la tête en signe de frustration et de chagrin.

— C'est vrai, ajoute Alice en s'asseyant à l'autre bout du canapé, à côté de sa fille. Nous sommes anéantis.

Elle se met à pleurer, tend les bras, et Anne s'y laisse tomber, éclatant en sanglots incontrôlables qui secouent ses épaules.

« C'est pas possible », se dit Marco.

— La seule chose qui reste à faire, je le crains, reprend Richard, c'est d'aller voir la police. Et de tout lui dire.

Il pose sur Marco un regard de glace. Marco soutient ce regard.

— Dis-leur, Anne, ce que tu sais.

Elle le dévisage alors, blottie dans les bras de sa mère, comme si elle avait déjà oublié.

Marco tente le tout pour le tout.

— L'homme qui a été tué, Derek Honig. La police sait qu'il a pris Cora chez nous et l'a emmenée dans sa cabane des Catskill. Mais je suis sûr que vous êtes déjà au courant.

Richard hausse les épaules.

— Les flics ne m'ont rien dit.

— Anne l'a reconnu, annonce Marco d'une voix neutre.

Richard vient-il de pâlir légèrement ? Marco n'en est pas certain.

— Ah bon ? Qui était-ce ?

— Elle l'a reconnu comme étant un ami à *vous*. Comment se fait-il, Richard, qu'un de vos amis ait enlevé notre bébé ?

— Ce n'était pas un ami. Jamais entendu parler de lui, réplique doucement Richard. Anne doit se tromper.

— Je ne crois pas, non.

Anne ne souffle mot. Marco cherche son soutien, elle garde les yeux baissés. Est-elle en train de le trahir ? Va-t-elle prendre le parti de son père et laisser tomber son mari ? Parce qu'elle croit plus la parole de son père que la sienne ? Ou bien parce qu'elle est prête à le sacrifier pour retrouver son bébé ? Il sent le sol se dérober sous ses pieds.

— Anne, reprend Richard, tu crois que cet homme qui a été tué, celui dont on suppose qu'il a enlevé Cora, était un ami à moi ?

Elle se redresse sur le canapé.

— Non.

Marco est désespéré.

— C'est bien ce que je pensais, se réjouit Richard en lorgnant Marco. Voyons ce que nous savons. Pardon, Anne, ça va être difficile à entendre, pour toi.

Il s'assoit dans son fauteuil devant la cheminée et prend une profonde inspiration, comme pour indiquer que tout cela est très douloureux pour lui aussi.

— Les ravisseurs nous ont contactés. Ils avaient nos noms parce que les journaux avaient compris que c'était nous qui avions payé la rançon originale de cinq millions. Ils nous ont envoyé un colis. Dans le colis, il y avait un téléphone portable et une lettre. La lettre disait que le téléphone était celui qu'avait utilisé le ravisseur d'origine pour rester secrètement en contact avec le père de la petite, qui était dans la combine. J'ai tenté d'appeler le seul numéro qu'il contenait. Personne n'a décroché. Mais je l'ai gardé sur moi, et il a fini par sonner. C'était Marco.

— Je sais déjà tout ça, lâche Anne d'un ton morne. Je sais que Marco a pris Cora et l'a apportée à Derek dans notre garage cette nuit-là.

— Ah bon ? s'étonne son père. Comment sais-tu ça ? C'est lui qui te l'a dit ?

Marco se raidit, craignant qu'elle ne mentionne la vidéo.

— Oui, répond-elle avec un bref coup d'œil vers son mari.

— Bravo, Marco, d'avoir eu ce courage, déclare Richard. Je ne sais pas précisément ce qui s'est passé, mais j'imagine que quelqu'un a dû tuer cet homme dans la cabane et emmener Cora. Puis duper Marco lors de l'échange. Je croyais que tout était perdu, jusqu'au jour où ceux qui ont fait ça nous ont contactés, ta mère et moi.

Il secoue la tête d'un air de regret.

— Je ne sais pas s'ils le referont. Il n'y a plus qu'à espérer.

Poussé à bout, Marco ne se contrôle plus.

— Quel tissu de conneries ! s'écrie-t-il. Vous savez ce qui s'est passé. C'est vous qui avez tout monté ! Vous saviez que ma boîte était au bord de la faillite. C'est vous qui m'avez envoyé Derek. Vous qui lui avez dit de me suggérer l'enlèvement – l'idée ne vient pas de moi, elle n'est jamais venue de moi ! Vous avez manipulé tout le monde. Surtout moi. Derek m'a incité à vous demander encore de l'argent, et vous avez refusé. Vous saviez que j'étais au bout du rouleau. Et juste après votre refus, il était là, alors que je touchais le fond, avec son idée de kidnapping. C'est vous, le cerveau de toute l'affaire ! Dites-moi, c'est vous aussi qui lui avez défoncé le crâne ?

La mère d'Anne étouffe un cri.

— Parce que c'est ce que je pense, moi. C'est vous qui l'avez tué. C'est vous qui avez repris Cora dans la cabane, à moins que vous n'ayez engagé quelqu'un pour le faire. Vous savez où elle est. Vous l'avez toujours su. Et vous n'avez pas déboursé un centime. Parce que vous étiez derrière l'escroquerie de l'échange. Vous avez envoyé quelqu'un, sans le bébé, récupérer l'argent. Mais c'est moi que vous voulez envoyer en taule !

Il reprend son souffle.

— Dites-moi, est-ce que vous vous souciez, au moins, que Cora soit encore en vie ou non ?

Richard tourne la tête vers sa fille.

— Anne, je crois que ton mari a perdu la boule.

34

— Montrez-nous la lettre, exige Marco.

— Quoi ?

Richard semble momentanément désarçonné.

— La lettre des ravisseurs, espèce de salopard. Montrez-la-nous ! Prouvez-nous que vous êtes bien en contact avec eux.

— J'ai le téléphone. Je n'ai pas gardé la lettre, répond Richard sans se démonter.

— Vraiment. Et qu'en avez-vous fait ?

— Je l'ai détruite.

— Et pourquoi faire une chose pareille ?

Il est évident pour toutes les personnes présentes dans la pièce qu'il ne croit pas à l'existence d'une lettre, qu'il ne croit même pas qu'elle ait jamais été écrite.

— Parce qu'elle vous incriminait, dit Richard. C'est elle qui m'a appris que ce serait vous au bout du fil.

Marco a un rire sans joie. Un rire dur, incrédule, rageur.

— Vous voulez nous faire croire que vous avez détruit ce courrier parce qu'il m'incriminait ? N'est-ce pas votre intention de me faire arrêter pour enlèvement et de m'éloigner de votre fille pour de bon ?

— Non, Marco, ça n'a jamais été mon intention. Je ne vois pas ce qui vous le fait penser. Je n'ai jamais fait que vous aider, et vous le savez bien.

— Vous mentez comme vous respirez, Richard. Vous m'avez menacé au téléphone – vous savez que c'est la vérité. Vous avez monté toute cette comédie pour vous débarrasser de moi. Pourquoi, sinon ? Donc, s'il y avait bien eu une lettre, jamais vous ne l'auriez détruite.

Marco se fait plus menaçant.

— Il n'y a pas de lettre, n'est-ce pas, Richard ? Les ravisseurs ne sont pas en contact avec vous, parce que le ravisseur, c'est vous. C'est vous qui avez le portable de Derek – vous le lui avez pris quand vous l'avez tué, ou fait tuer. Vous saviez qu'il détenait Cora parce que c'était vous qui aviez tout organisé. Vous vous êtes retourné contre lui – comme vous l'aviez sans doute prévu depuis le début. Dites-moi : vous lui avez promis combien pour vous aider à m'envoyer en prison pour kidnapping ?

Marco se rassoit sur le canapé ; il s'aperçoit alors qu'Alice le dévisage d'un air horrifié.

Richard, qui est resté calme pour écouter les accusations de son gendre, se tourne vers sa fille.

— Anne, il est en train d'inventer toute cette histoire pour détourner ton attention de sa propre culpabilité. Je n'ai rien à voir avec tout cela, sinon que je fais de mon mieux pour récupérer Cora. Et essayer de le protéger, lui, de la police.

— Menteur ! hurle Marco, à bout de nerfs. Vous savez où est Cora. Rendez-la ! Regardez votre fille ! Regardez-la ! Rendez-lui son bébé !

Anne a relevé la tête et les fixe tour à tour. Son anxiété se lit sur ses traits.

— Alors, on appelle les flics ? le défie Richard. On les laisse se débrouiller avec tout ça ?

Marco réfléchit rapidement. Si Anne refuse de reconnaître qu'elle sait que Derek est un ancien associé de son père, ou si elle n'en est pas sûre, il n'aura rien pour se défendre. La police le considère déjà comme le principal suspect. Richard, l'homme d'affaires florissant, respecté, peut le livrer sur un plateau d'argent. Anne et son père savent désormais tous deux que c'est Marco qui a sorti Cora de son berceau pour l'amener à Derek. Marco pense toujours que Richard est derrière tout cela, mais il n'a rien contre lui.

Il est cuit.

Et Cora n'est toujours pas là.

Marco est convaincu que Richard est prêt à la cacher indéfiniment si nécessaire, juste pour gagner.

Comment faire pour l'inciter à *croire* qu'il a gagné, afin de le pousser à restituer l'enfant ? Marco doit-il avouer devant la police ? Est-ce là ce que veut Richard ? Une fois qu'il sera arrêté, peut-être que les « ravisseurs » reprendront miraculeusement contact avec Richard et rendront Cora, saine et sauve. Car Marco sait que son beau-père, quoi qu'il en dise devant sa fille, veut sa peau. Richard compte l'envoyer derrière les barreaux, sans passer pour celui qui l'a dénoncé.

— Très bien, appelez la police, dit Marco.

Richard tend la main vers son portable.

— En dépit de l'heure tardive, je suis sûr que l'inspecteur n'hésitera pas à ressortir.

Marco sait que son arrestation est imminente. Il a besoin d'un avocat. Et d'un bon. Il peut encore dégager des fonds, à condition qu'Anne le laisse prendre une nouvelle hypothèque. Mais pourquoi une mère accepterait-elle de risquer son foyer pour défendre son mari accusé d'avoir enlevé leur enfant ? Et même si elle le voulait bien, son père l'en dissuaderait.

— Inutile de vous dire que nous n'allons pas financer votre défense, lâche Richard comme s'il lisait dans ses pensées.

Ils attendent dans un silence tendu l'arrivée de l'inspecteur. Alice, qui en temps normal s'activerait à préparer du thé pour tout le monde, ne bouge même pas du canapé.

Marco est anéanti. Richard a gagné, ce fumier manipulateur. Anne est retombée dans le giron familial, une dernière fois et à tout jamais. Tant qu'elle restera dans le camp de ses parents, tout s'arrangera pour elle. Richard trouvera un moyen de lui rendre son bébé. Il passera pour un héros. Ils prendront soin d'elle et de la petite, financièrement, pendant que Marco moisira en prison. Tout ce qu'elle a à faire, c'est le sacrifier. Elle a fait son choix. Il la comprend.

Enfin, on sonne à la porte. Tout le monde sursaute. Richard se lève pour aller ouvrir, tandis que les autres restent assis au salon, le visage figé.

Marco prend une décision : il va tout avouer. Puis, une fois Cora revenue et en sécurité, il parlera à la police du rôle joué par Richard dans tout cela. On ne le croira peut-être pas, mais il y aura sûrement de quoi enquêter sur lui. Les flics trouveront peut-être un lien entre Richard et Derek Honig, même si Marco est à peu près sûr que son beau-père aura effacé ses traces.

Richard fait entrer Rasbach dans le salon. L'inspecteur semble embrasser la situation d'un seul regard : Anne pleurant dans les bras de sa mère à un bout du grand canapé, Marco assis à l'autre extrémité. Marco sait quelle impression il doit donner : pâle et moite, il a sûrement l'air d'une épave.

Richard propose un siège au policier.

— Désolé, dit-il, je sais que vous n'aimez pas que l'on traite directement avec les ravisseurs et qu'on ne vous en parle qu'après les faits, mais nous avions trop peur pour procéder autrement.

Rasbach a l'air morose.

— Vous dites qu'ils vous ont téléphoné ?

— Oui, hier. J'ai convenu avec eux d'un rendez-vous pour leur livrer le supplément de rançon tout à l'heure, et ils ne sont pas venus.

Marco surveille Richard. Se demande ce qu'il fabrique. *Téléphoné ?* Soit Richard ment à la police, soit il leur a menti, à Anne et à lui. Quand va-t-il révéler que c'est son gendre qui a sorti Cora de la maison ?

Rasbach prend son calepin dans sa poche. Il note soigneusement tout ce que lui raconte Richard. Lequel ne dit pas un mot sur Marco. Ne lui jette même pas un coup d'œil. Tout ce cinéma, est-ce pour Anne ? Pour lui montrer qu'il protège délibérément son mari, alors même qu'ils savent ce qu'il a fait ? « À quel jeu joue-t-il, en ce moment ? » Richard n'a peut-être jamais eu l'intention de révéler ce qu'a fait Marco – il voulait peut-être juste le voir se tortiller d'angoisse, ce salopard intégral.

Ou bien attend-il que Marco se sacrifie ? Pour voir s'il en a le cran ? Est-ce un test, qu'il doit réussir pour récupérer Cora ?

— C'est tout ? demande enfin Rasbach en se levant, refermant son carnet d'un geste sec.

— Je crois bien, répond Richard.

Il joue à la perfection le rôle du père et grand-père inquiet. Lisse comme du verre. Un menteur accompli.

Richard raccompagne l'inspecteur à la porte tandis que Marco s'affaisse de nouveau sur le canapé, épuisé et perdu. Si c'était un test, il vient juste d'y échouer.

Anne croise son regard, rien qu'un instant, puis détourne la tête.

Richard regagne le salon.

— Voilà, vous me croyez, maintenant ? lance-t-il à Marco. J'ai détruit la lettre pour vous protéger. Je viens de mentir à la police. J'ai raconté que les ravisseurs m'avaient appelé – pour vous protéger. Je n'ai pas parlé de la lettre ni du téléphone qu'ils m'ont envoyés. Et qui vous incriminaient. Ce n'est pas moi, le méchant dans l'histoire, Marco. C'est vous.

Anne se dégage des bras de sa mère et contemple fixement son mari.

— Pourtant, je me demande pourquoi je fais ça, ajoute Richard. Je ne comprends pas pourquoi tu as épousé ce type, Anne.

Marco a besoin de sortir de là pour pouvoir réfléchir. Il ignore ce que mijote Richard.

— Viens, Anne, on rentre, dit-il.

Elle s'est de nouveau détournée de lui.

— Anne ?

— Je serais étonné qu'elle bouge d'ici, lâche Richard.

Le cœur de Marco se serre à l'idée de rentrer sans elle. À l'évidence, Richard ne veut pas l'envoyer derrière les barreaux. Peut-être cherche-t-il à s'épargner l'humiliation publique d'avoir pour gendre un repris de justice. Peut-être que depuis le début il voulait qu'Anne sache quel genre d'homme était son mari, afin de les séparer. On dirait bien qu'il a réussi.

Ils toisent tous Marco comme s'ils avaient hâte qu'il disparaisse. Conscient de leur hostilité, il appelle un taxi. Quand celui-ci arrive, il s'étonne de voir que les trois Dries le suivent dehors, peut-être pour s'assurer de son départ. Debout dans l'allée, ils le regardent s'en aller.

Marco se retourne pour observer sa femme, flanquée de ses deux parents. Il n'arrive pas à déchiffrer son expression.

« Elle ne me reviendra jamais, se dit-il. Je suis tout seul. »

Rasbach est mal à l'aise, dans sa voiture, après sa visite chez les Dries. Il lui reste beaucoup de questions sans réponse. La plus importante étant celle-ci : où est le bébé ? Il ne se sent pas plus proche d'une solution à ce problème-là.

Il pense à Marco. À son expression hagarde. Marco était épuisé, au bout du rouleau. Ce n'est pas que Rasbach ait particulièrement pitié de lui. Mais il sait qu'il y a autre chose derrière les apparences. Et il veut découvrir ce que c'est.

Il se méfie de Richard Dries presque depuis le début. Dans son esprit – et c'est peut-être un préjugé, dû à ses origines modestes –, personne ne gagne autant d'argent sans exploiter autrui. C'est bien plus facile de devenir riche lorsqu'on se moque de faire du mal aux autres. Dès lors que l'on a des scrupules, c'est une autre paire de manches.

De l'avis de Rasbach, Marco n'a pas le profil d'un ravisseur. Il lui a toujours fait l'effet d'un homme désespéré, au pied du mur. Un homme susceptible de commettre une grosse erreur s'il y est poussé. Richard Dries, en revanche, est un homme d'affaires avisé, à la tête d'une fortune considérable, ce qui, à tort ou à raison, déclenche toutes sortes d'alarmes chez Rasbach. Ces gens manifestent parfois une arrogance qui leur donne l'impression d'être au-dessus des lois.

Richard Dries est un homme à tenir à l'œil.

C'est pourquoi Rasbach a fait mettre ses téléphones sur écoute. Il sait que les ravisseurs ne l'ont pas appelé. Richard ment.

Rasbach décide aussi de poster deux agents pour surveiller discrètement la maison.

35

De retour dans sa chambre – Richard et elle font chambre à part depuis des années –, Alice marche de long en large sur l'épais tapis. Il y a très longtemps qu'elle est mariée avec Richard. Elle n'aurait pas pu croire cela de lui il y a encore deux ans. Mais ces temps-ci, c'est un homme plein de secrets. Des secrets horribles, impardonnables, si ce qu'elle vient d'entendre est vrai.

Elle a conscience depuis un petit moment que Richard fréquente une autre femme. Il l'a déjà trompée auparavant. Cette fois, elle sait que c'est différent. Elle sent bien qu'il s'éloigne, qu'il a déjà un pied hors de la maison. On dirait qu'il est en train de fomenter un plan de sortie. Elle n'avait jamais cru qu'il la quitterait réellement ; elle ne pensait pas qu'il aurait le cran de le faire.

Car il savait que, s'il la quittait, il n'aurait pas un sou. C'était tout l'intérêt du contrat de mariage. En cas de divorce, il n'obtiendrait pas la moitié de sa fortune : il n'aurait rien. Et il a besoin de son argent, parce qu'il ne lui reste plus grand-chose. Comme celles de Marco, les affaires de Richard n'ont pas été florissantes ces dernières années. Il s'accroche à sa société déficitaire afin de cacher son échec, de continuer à passer pour un entrepreneur prospère. Elle a injecté beaucoup de ses propres fonds dans la boîte pour lui permettre de garder la face. Au début, cela ne l'a pas dérangée, parce qu'elle l'aimait.

Or elle ne l'aime plus. Pas après cela.

Elle sait depuis des mois que cette liaison est plus sérieuse que les autres. Au début, elle a fait semblant de ne rien voir, en attendant que cette histoire prenne fin comme les précédentes. Cependant, la liaison a duré, et apprendre qui était l'autre femme est devenu une obsession chez elle.

Richard est doué pour effacer les traces. Pas moyen de le prendre en faute. Finalement, ravalant son dégoût, elle a engagé un détective privé. Elle a pris le plus cher qu'elle pouvait trouver, supposant avec raison qu'il serait le plus discret. Ils se sont vus un vendredi après-midi pour étudier son rapport. Elle croyait être préparée, mais les conclusions lui ont causé un choc.

La femme que fréquente son mari a presque la moitié de son âge. Une amie de sa fille. Une femme qu'il a rencontrée à une soirée chez Anne. C'est absolument honteux.

Alice est restée assise dans le Starbucks, les yeux rivés sur ses mains veinées, serrées sur son sac, pendant que le détective hors de prix avec sa Rolex lui détaillait ses découvertes. Elle a regardé les photos – et s'est rapidement détournée. Il a déroulé la chronologie – lieux et dates. Elle l'a payé cash. Le cœur au bord des lèvres.

Ensuite, elle est rentrée chez elle et a décidé de gagner du temps. Elle allait attendre que Richard lui annonce qu'il la quittait. Elle ignorait comment il résoudrait le problème de l'argent, et elle s'en moquait. Tout ce qu'elle savait, c'était que, s'il lui en réclamait, elle dirait non. Elle a demandé au privé de garder un œil sur ses comptes en banque, pour voir si Richard siphonnait de l'argent. Et décidé de lui verser un autre acompte, au cas où elle aurait encore besoin de lui. Mais ils ne se reverraient pas au même Starbucks ; ils trouveraient un endroit plus discret. Elle se sentait salie par tout ce processus.

Le soir même, Cora a été enlevée – dans la nuit qui a suivi ce rendez-vous avec le privé – et la liaison sordide de Richard a été balayée par l'horreur du kidnapping. Alice a d'abord craint que sa fille n'ait fait du mal à la petite, et que Marco et elle n'aient dissimulé le corps. Après tout, Anne était malade, et elle avait des difficultés avec la maternité. Elle subissait beaucoup de stress, or le stress est un élément déclencheur pour les gens dans son cas. Puis – au grand soulagement d'Alice – le vêtement et la lettre des ravisseurs sont arrivés.

Quelles montagnes russes ! Croire qu'ils retrouveraient Cora ce jour-là, et la perdre de nouveau. Et pendant tout ce temps, le chagrin et la peur pour sa petite-fille, l'inquiétude pour l'état psychologique fragile de sa fille…

Et puis… ce soir.

C'est seulement ce soir qu'elle a tout compris. Elle a été choquée d'entendre Marco avouer qu'il avait enlevé Cora lui-même. Mais bien plus choquée encore d'entendre Marco accuser Richard de l'avoir piégé. Ensuite, alors qu'elle était assise en bas, sa fille ravagée réfugiée dans ses bras, tout a commencé à lui paraître logique – d'une logique affreuse.

Le plan diabolique de Richard. L'enlèvement. Piéger Marco pour qu'il tombe à sa place. Où sont les cinq millions ? Elle est sûre que Richard les a cachés quelque part. Et il y a les deux autres millions, préparés au fond du placard de l'entrée, dans un autre sac de sport, en attente de la tentative suivante. Elle n'a jamais vu la lettre, ni le téléphone portable. Richard lui a dit qu'il les avait détruits.

Il allait la soulager de sept millions, sous le prétexte d'arracher sa seule petite-fille à des ravisseurs. Quel salaud !

Et tout cela, afin de la quitter pour cette garce de Cynthia.

L'infidélité, c'est une chose, mais la quitter pour une femme dont il pourrait être le père... Et essayer de lui voler son argent, soit. *Mais comment ose-t-il faire tant de mal à sa fille ?*

Et où est sa petite-fille ?

Elle prend son téléphone et appelle l'inspecteur Rasbach. Elle a des choses à lui dire, tout de suite.

Et elle aimerait aussi voir une photo du fameux Derek Honig.

Anne passe une nuit agitée dans son ancienne chambre, dans son lit de jeune fille. Une nuit sans sommeil, à réfléchir, l'oreille aux aguets. En plus du déchirement d'avoir perdu son enfant, elle se sent trahie par tout le monde. Trahie par Marco pour sa participation à l'enlèvement. Trahie par son père pour son rôle à lui, encore plus méprisable, si Marco a vu juste. Et elle est sûre qu'il a vu juste, car Richard a nié connaître Derek Honig. S'il n'était pas impliqué dans la disparition de Cora, il n'aurait eu aucune raison de le faire. Elle a eu sa réponse. C'est pourquoi, lorsqu'il lui a posé la question, elle a prétendu ne pas avoir reconnu Derek, ne l'avoir jamais vu.

Elle se demande aussi ce que sait – ou soupçonne – sa mère.

Anne a failli tout gâcher hier soir, au début. Puis elle s'est ressaisie et s'est rappelé ce qu'elle avait à faire. Elle est un peu désolée pour Marco – pas trop, étant donné ce qu'il a fait –, pour la manière dont elle s'est tue hier soir, mais elle veut sa fille. Elle est certaine d'avoir déjà vu le défunt, plusieurs fois, ici même, il y a des années. Richard et lui avaient l'habitude de discuter dans le jardin, près des arbres, tard le soir, quand elle était couchée.

Elle les observait depuis sa fenêtre. Elle ne voyait jamais Derek Honig boire des verres avec son père autour de la piscine, ni parler avec personne d'autre, pas même sa mère. Il arrivait toujours tard, à la nuit tombée, et ils avaient des conciliabules près des arbres. Elle a toujours eu l'instinct, enfant, de ne pas poser de questions – elle comprenait que ce qu'ils faisaient était tabou. Qu'ont-ils pu mijoter ensemble au fil des années, s'ils ont enlevé son bébé ? De quoi son père est-il capable ?

Elle se lève pour regarder par la fenêtre qui donne sur l'arrière de la maison, et sur le bois qui descend dans la ravine. La nuit est chaude, mais une légère brise entre maintenant par l'écran-moustiquaire. Il est très tôt – elle distingue tout juste les contours du monde au-dehors.

Elle entend un bruit en bas : une porte qui se ferme doucement. On dirait la porte de derrière, celle qui mène de la cuisine au jardin. Qui peut sortir à une heure si matinale ? Peut-être que sa mère ne dort pas non plus. Anne songe à descendre la rejoindre, pour lui demander des explications et découvrir si elle a des choses à lui apprendre.

Par la fenêtre, elle voit son père traverser le jardin. Il s'avance d'un pas décidé, comme s'il savait précisément où il va. Il tient à la main un gros sac de sport.

Cachée derrière le rideau, elle l'épie, comme elle le faisait enfant, en redoutant qu'il ne se retourne et ne la surprenne à l'espionner. Il ne se retourne pas. Il se dirige vers l'entrée du sentier, entre les arbres. Elle le connaît bien, ce sentier.

À la maison, Marco ne trouve pas non plus le sommeil. Il déambule seul d'une pièce à l'autre, torturé par ses propres pensées. Anne l'a quitté pour de bon ; la vidéo de Cynthia l'a détruit à ses yeux. Elle l'a trahi hier soir, en n'admettant pas avoir vu son père avec Derek Honig. Il ne lui en veut pas pour cela. Elle a fait ce qu'elle avait à faire, et il comprend pourquoi : ainsi, Cora leur sera peut-être rendue.

Rendue à Anne, pas à lui. Il lui vient soudain à l'esprit qu'il ne reverra peut-être jamais Cora. Anne va divorcer, bien sûr. Elle prendra les meilleurs avocats, et obtiendra la garde à plein temps. Et si Marco tente d'appliquer son droit de visite, Richard le menacera de révéler à la police son rôle dans l'enlèvement. Il a perdu tout droit à voir sa fille.

Il est seul. Séparé des deux personnes auxquelles il tenait le plus au monde : sa femme et sa fille. Plus rien ne compte. Ce n'est même plus important qu'il soit ruiné ou qu'on essaie de le faire chanter.

Tout ce qu'il lui reste à faire, c'est arpenter sa maison en attendant que Cora soit retrouvée.

Il se demande si au moins on le préviendra. Son exclusion de leur cercle familial est totale. Peut-être devra-t-il apprendre par le journal que Cora est revenue parmi eux.

Anne n'hésite qu'un instant. Elle ne peut imaginer qu'une seule raison pour que son père se dirige vers la ravine à cette heure-là, à l'insu de tout le monde, un gros sac de sport à la main. Il va chercher Cora. Il a rendez-vous avec quelqu'un là-bas.

Elle ne sait pas quoi faire. Faut-il le suivre ? Ou plutôt rester ici et compter sur lui pour ramener sa fille ? Mais Anne ne fait plus confiance à son père. Elle a besoin de connaître la vérité.

Elle enfile à la hâte ses vêtements de la veille, gagne rapidement la cuisine et sort. L'air frais, chargé de rosée, la frappe et lui donne la chair de poule. Elle commence à traverser l'herbe mouillée en suivant les pas de son père. Elle n'a pas de plan : elle opère d'instinct.

Elle court légèrement sur les marches en bois qui descendent dans la ravine boisée, une main sur la rampe, volant presque dans la pénombre. À une époque, elle connaissait bien le chemin, mais cela fait des années qu'elle ne l'a pas emprunté. Sa mémoire lui sert quand même.

Il fait encore plus sombre sous les arbres. Le sol, humide et mou, absorbe ses pas. Elle fait très peu de bruit sur le sentier, qu'elle parcourt le plus vite possible, à la poursuite de son père. La nuit est lugubre. Elle ne le voit pas devant elle ; elle suppose qu'il suit le sentier.

Son cœur tambourine sous l'effet de la terreur et de la fatigue. Elle sait que ce moment est l'aboutissement de tout. Elle pense que son père est parti chercher l'enfant. Elle prend soudain conscience qu'elle risque de tout gâcher si elle fait irruption sur le lieu de rendez-vous. Il faut qu'elle reste cachée. Elle se tient un instant immobile, à écouter en tâchant de percer les ténèbres du sous-bois. Elle ne voit que des arbres et des ombres. Elle recommence à avancer, plus prudemment, mais aussi vite qu'elle le peut, presque à l'aveuglette, pantelante. Elle atteint un virage, où une nouvelle volée de marches escarpées remonte vers une rue résidentielle. Elle lève la tête. Là, au-dessus. Son père. Il est seul, et descend cet escalier. Il a un paquet dans les bras. Il doit la voir, maintenant. Peut-il distinguer que c'est elle, dans les bois, dans le noir ?

— Papa ! hurle-t-elle.

— Anne ? Qu'est-ce que tu fais là ? Tu ne dors pas ?

— C'est Cora ?

Elle se rapproche, le souffle court. La voici au pied des marches ; son père est à mi-hauteur de l'escalier, il vient vers elle. Le jour se lève : elle devine maintenant ses traits.

— Oui, c'est Cora ! Je l'ai retrouvée pour toi !

Le paquet ne bouge pas ; il est comme un poids mort dans ses bras. Richard descend toujours. Anne fixe avec effroi la couverture immobile dans ses bras.

Puis, de toute la force de ses jambes, elle court à sa rencontre. Elle trébuche, se rattrape à deux mains. Tend les bras.

— Donne-la-moi ! s'écrie-t-elle.

Il lui tend le paquet. Elle écarte la couverture qui couvre la figure du bébé, terrorisée à l'idée de ce qu'elle va trouver. La petite est si immobile… Elle observe attentivement son visage. C'est bien Cora. Elle a l'air morte. Anne doit la scruter de près pour détecter si elle respire. Oui, elle respire, à peine. Ses yeux clignotent derrière ses paupières pâles.

Anne pose doucement la main sur la poitrine de sa fille. Elle sent le faible *toc-toc* de son cœur, le petit torse qui se soulève et retombe. Cora est en vie, mais elle ne va pas bien. Anne s'assoit sur une marche et la porte immédiatement à son sein. Elle a encore du lait.

Avec un peu d'encouragement, le nourrisson affaibli prend le sein. Et se met à téter avec avidité. Anne tient sa fille contre elle : un moment auquel elle ne croyait plus. Les larmes roulent sur ses joues tandis qu'elle admire la petite.

Elle relève la tête vers son père qui se tient au-dessus d'elle. Il détourne les yeux. Puis essaie de s'expliquer.

— Quelqu'un a rappelé, il y a environ une heure. M'a donné un nouveau rendez-vous, dans la rue de l'autre côté de la ravine. Cette fois, un homme est venu. Je lui ai donné l'argent, et il me l'a rendue. Dieu merci. J'allais la ramener à la maison et te réveiller.

Il lui sourit.

— C'est fini, Anne, on l'a récupérée. Je te l'ai ramenée.

Anne baisse les yeux vers son bébé sans rien dire. Elle ne veut pas regarder son père. Elle a retrouvé Cora. Il faut qu'elle appelle Marco.

36

Marco a l'estomac noué lorsque son taxi s'arrête devant chez les parents d'Anne. Il voit tous les véhicules de police, l'ambulance garée devant la porte. Il reconnaît aussi la voiture de l'inspecteur Rasbach.

— Eh ben, qu'est-ce qui se passe ? demande le chauffeur.

Marco ne lui répond pas.

Anne l'a appelé sur son portable, il y a tout juste quelques minutes, en disant : « Je l'ai. Elle va bien. Il faut que tu viennes. »

Cora est en vie, et Anne lui a téléphoné. La suite, il n'en a aucune idée.

Marco se hâte de gravir le perron qu'il a quitté il y a quelques heures à peine, et fait irruption dans le salon. Il voit Anne sur le canapé, leur petite fille dans les bras. Un agent de police en uniforme se tient debout derrière le canapé, comme pour la protéger. Les parents d'Anne ne sont pas dans la pièce. Marco se demande où ils sont, ce qui est arrivé.

Il se précipite vers Anne et le bébé, et les engloutit tous deux dans une embrassade larmoyante. Puis il se recule pour mieux voir Cora. Elle est faible et amaigrie, mais elle respire et dort tranquillement, à poings fermés.

— Dieu soit loué, dit-il, tremblant, en pleurs. Dieu soit loué.

Il contemple sa fille avec émerveillement, en caressant doucement ses boucles ternies. Jamais il n'a été aussi heureux qu'en ce moment. Il voudrait s'accrocher à cet instant, s'en souvenir pour toujours.

— Les secouristes l'ont examinée et ont dit qu'elle allait bien, indique Anne, mais qu'on devrait l'emmener à l'hôpital pour qu'elle soit auscultée à fond.

Anne a l'air fatigué, les traits tirés ; malgré cela, elle semble véritablement radieuse.

— Qu'est-ce qui s'est passé ? Où sont tes parents ? finit par s'enquérir Marco avec appréhension.

— Ils sont dans la cuisine.

Avant qu'elle ait pu ajouter un mot, Rasbach vient les rejoindre dans le salon.

— Très content pour vous, lance l'inspecteur.

— Merci, répond Marco.

Comme d'habitude, il ne parvient pas à déchiffrer l'expression du policier, ne saurait dire ce qui se passe derrière ce regard tranchant et perspicace.

— Je me réjouis que votre fille vous ait été rendue saine et sauve, poursuit Rasbach, qui considère Marco bien en face. Je ne voulais pas le dire avant, mais les chances étaient faibles.

Marco s'assoit nerveusement à côté d'Anne, les yeux rivés sur Cora, en se demandant si ce moment de bonheur est sur le point de lui être arraché, si Rasbach va lui affirmer qu'il sait tout. Il voudrait retarder l'instant, de préférence à jamais ; en même temps il faut qu'il sache. La tension est insupportable.

— Que s'est-il passé ? redemande-t-il.

— Je ne pouvais pas dormir, lui raconte Anne. De ma chambre, j'ai vu papa se diriger vers la ravine, un sac de sport à la main. Je me suis dit qu'il retournait rencontrer les ravisseurs. Je l'ai suivi dans la ravine et, le temps que je le rattrape, il l'avait. Les ravisseurs avaient rappelé et organisé un nouvel échange. Cette fois, un homme était au rendez-vous, avec Cora.

Elle se tourne vers l'inspecteur.

— Il était parti le temps que je rejoigne mon père.

Marco attend en silence. C'est donc ainsi qu'ils vont jouer le coup. Il s'efforce d'analyser les implications. Richard sera le héros. Alice et lui ont payé, une fois de plus, pour récupérer Cora. Anne vient de le dire à la police. Marco ignore si elle y croit vraiment ou non.

Il n'a aucune idée de ce que pense l'inspecteur.

— Et que se passe-t-il, maintenant ? demande-t-il.

Rasbach le fixe.

— Bien, Marco, dites-moi la vérité.

Marco a soudain le vertige, la tête qui tourne. Il voit Anne relever les yeux pour les tourner vers l'inspecteur, pressentant un désastre imminent.

— Quoi ? fait Marco.

Il sent la transpiration commencer à lui picoter la peau.

Rasbach s'assoit dans le fauteuil en face d'eux, le buste incliné vers l'avant, attentif.

— Je sais ce que vous avez fait, Marco. Je sais que vous avez pris votre petite dans son berceau et que vous l'avez placée dans la voiture de Derek Honig juste après minuit et demi cette nuit-là. Je sais que Derek l'a conduite jusqu'à sa cabane dans les Catskill, où il a été violemment assassiné quelques jours plus tard.

Marco ne souffle mot. Il sait bien que c'est ce que Rasbach pense depuis le début, mais quelles preuves a-t-il ? Richard lui a-t-il parlé du téléphone ? Est-ce donc ce qu'il était en train de faire dans la cuisine ? *Anne a-t-elle mentionné la vidéo ?* Soudain, il n'ose plus regarder sa femme.

— Voici ce que je pense, annonce Rasbach plutôt lentement, comme s'il comprenait que, dans sa détresse, Marco risque d'avoir du mal à suivre. Je pense que vous aviez besoin d'argent. Je pense que vous avez simulé cet enlèvement avec Derek Honig afin de soutirer de l'argent à vos beaux-parents. Je ne pense pas que votre femme ait été au courant.

Marco fait non de la tête. Il faut qu'il nie en bloc.

— Après cela, je ne sais pas trop, poursuit Rasbach. Vous pouvez peut-être m'aider. Avez-vous tué Derek Honig, Marco ?

Il sursaute violemment.

— Non ! Pourquoi croire une chose pareille ?

Très agité, il essuie ses mains moites sur son pantalon.

— Derek vous a trahi, dit calmement Rasbach. Il n'a pas amené la petite au rendez-vous comme prévu. Il a gardé l'argent pour lui. Vous saviez qu'il était avec le bébé. Vous connaissiez l'existence de la cabane dans les bois.

— Non ! J'ignorais où était la cabane ! Il ne me l'a jamais dit !

Un silence s'abat sur la pièce, uniquement troublé par le tic-tac de la pendule sur la cheminée.

Avec un sanglot, Marco se cache le visage dans les mains.

Rasbach attend, laisse ce silence accablant emplir l'espace. Puis il reprend, plus doucement :

— Marco, je pense que vous ne vouliez pas que cela se déroule ainsi. Je ne crois pas que vous ayez tué Derek Honig. Je pense que c'est votre beau-père, Richard Dries, qui a fait ça.

Marco relève la tête.

— Si vous avouez tout, si vous nous dites tout ce que vous savez pour nous aider dans l'enquête contre votre beau-père, nous pourrons peut-être envisager un accord négocié.

— Quel genre d'accord ?

Marco tâche de réfléchir à toute vitesse.

— En échange de votre aide, nous pourrons peut-être vous proposer une immunité contre les accusations de complicité d'enlèvement. Je peux parler au procureur – il sera sans doute d'accord, étant donné les circonstances.

Marco voit soudain un espoir là où il n'y en avait aucun. La bouche sèche, il se retrouve incapable de prononcer un mot. Il hoche la tête. Cela suffira pour l'instant.

— Vous allez devoir venir au commissariat quand nous aurons terminé ici.

Rasbach se lève et retourne dans la cuisine.

Anne reste dans le salon pour bercer son bébé endormi, mais Marco suit l'inspecteur. Il s'étonne que ses jambes le portent jusqu'à la cuisine. Richard, assis sur une chaise, est muré dans un silence obstiné. Leurs regards se croisent ; celui de Richard glisse vers le côté. Un agent en uniforme le pousse pour qu'il se lève et lui passe les menottes. Alice, dans le fond, observe la scène sans rien dire, le visage de marbre.

— Richard Adam Dries, vous êtes en état d'arrestation pour le meurtre de Derek Honig et pour conspiration dans le kidnapping de Cora Conti, déclare l'inspecteur Rasbach. Vous avez le droit de garder le silence. Tout ce que vous direz pourra être et sera utilisé contre vous dans un tribunal. Vous avez droit à un avocat…

Marco est abasourdi par sa chance. Sa fille est de retour, saine et sauve. Richard a été démasqué et aura ce qu'il mérite. Lui, Marco, ne sera pas poursuivi. Cynthia ne constitue plus une menace. Il se sent respirer pour la première fois depuis le début de ce cauchemar. C'est fini. *C'est enfin terminé.*

Deux agents en uniforme font traverser le salon à un Richard menotté, suivis par Rasbach, Marco et Alice. Richard ne dit rien. Il fait mine d'ignorer son épouse, sa fille, sa petite-fille et son gendre.

Marco, Anne et Alice le regardent partir.

Marco jette un coup d'œil à sa femme. Leur fillette chérie est de retour. Anne sait tout, désormais. Il n'y a plus de secrets entre eux.

Au commissariat, ils revoient en détail la combine de Marco. Celui-ci a pris un nouvel avocat, d'un excellent cabinet de la ville, mais pas celui d'Aubrey West.

Il avoue tout à Rasbach.

— Richard m'a piégé. C'était un traquenard. C'est lui qui m'a envoyé Derek. Il a tout manigancé. Il savait que j'avais besoin d'argent.

Anne prend alors la parole.

— Nous pensions que mon père était derrière tout cela. Je savais qu'il connaissait Derek Honig – je l'avais reconnu : il venait à la maison, il y a des années. Mais vous, comment avez-vous su ?

— Je savais qu'il mentait, répond Rasbach. Il a prétendu que les ravisseurs l'avaient appelé, or son téléphone était sur écoute. Nous savions que ce n'était pas le cas. Et puis, tard hier soir, votre mère m'a passé un coup de fil.

— Ma mère ?

— Votre père avait une liaison.

— Je sais. Elle me l'a dit ce matin.

— Quel est le rapport avec le reste ? demande Marco.

— Votre belle-mère a engagé un détective privé pour savoir ce que son époux faisait. Le privé a posé une balise

GPS sur la voiture de Richard il y a quelques semaines. Elle y est toujours.

Marco et Anne sont tout ouïe.

— Nous savons que Richard s'est rendu à la cabane au moment du meurtre.

Marco et Anne échangent un regard. Rasbach s'adresse alors à Anne :

— Votre mère aussi a reconnu Honig, aussitôt que je lui ai montré une photo de lui.

— Richard avait le portable, celui de Derek, complète Marco. Celui que nous devions utiliser pour rester en contact. Or Derek ne m'a jamais appelé, et n'a jamais décroché son téléphone. J'ai vu qu'il y avait des appels manqués, et en retournant l'appel je suis tombé sur Richard. Il m'a dit que les ravisseurs lui avaient envoyé le téléphone par la poste, avec une lettre. Mais je me suis demandé s'il ne l'avait pas plutôt pris en tuant Derek. Je n'ai jamais cru à l'existence de cette lettre. Il disait qu'il l'avait détruite pour me protéger, parce qu'elle m'incriminait.

— Alice, ajoute Rasbach, n'a jamais vu la lettre ni le portable. Richard prétend qu'ils sont arrivés un jour où elle était sortie.

— Mais pourquoi avoir tué Derek ? s'interroge Marco.

— Honig devait rendre le bébé le jour où vous avez apporté la rançon. Quand il ne l'a pas fait, Richard a dû comprendre qu'il s'était fait doubler. Il s'est rendu à la cabane dès ce soir-là, et l'a certainement tué. C'est alors qu'il a vu une occasion d'exiger une seconde rançon.

— Où était Cora, après qu'il l'a prise dans la cabane ? Qui s'occupait d'elle ? s'enquiert Anne.

— Nous avons arrêté la fille de la secrétaire de Richard, dans sa voiture, en train de quitter le quartier, juste après que Richard a récupéré la petite, ce matin. C'est elle qui la gardait. Il s'avère qu'elle avait un petit problème de drogue et qu'elle avait besoin d'argent.

Anne réprime un cri d'horreur, une main sur la joue.

Épuisés mais soulagés, Anne et Marco sont enfin de retour chez eux avec Cora. Après leur passage au commissariat, ils ont emmené la petite à l'hôpital, où elle a été examinée et jugée en bonne santé. À présent, Marco prépare un repas rapide pour eux deux tandis que Cora tète avec avidité. Les journalistes ne s'agglutinent plus à leur porte ; leur nouvel avocat a très clairement indiqué qu'Anne et Marco ne parleraient pas à la presse, et a menacé de poursuivre quiconque les harcèlerait. Plus tard, quand les choses se seront tassées, ils mettront la maison en vente.

Enfin, ils couchent Cora dans son petit lit. Ils l'ont déshabillée et lui ont donné son bain, en l'étudiant avec autant d'attention que quand elle était encore nouveau-née, pour s'assurer qu'elle n'avait vraiment rien. C'est un peu comme une nouvelle naissance, qu'elle soit revenue ainsi d'entre les morts. Peut-être un nouveau départ pour eux.

Anne se répète que les enfants sont résilients. Cora s'en tirera bien.

Ils restent debout à côté du berceau pour regarder leur bébé sourire et babiller. Quel soulagement de voir sa bonne humeur ! Pendant les premières heures qui ont suivi son retour, elle n'a fait que téter et dormir. Mais voilà que son sourire revient. Couchée sur le dos dans son petit lit, entourée par les agneaux au pochoir, surveillée par ses deux parents, elle lance de joyeuses ruades.

— Je n'aurais jamais imaginé que ce moment viendrait, chuchote Anne.

— Moi non plus, dit Marco en agitant le hochet de Cora, qui pousse un cri de joie, l'agrippe et s'y cramponne.

Ils gardent le silence pendant un petit moment, contemplant leur fille jusqu'à ce qu'elle s'endorme.

— Crois-tu que tu pourras me pardonner un jour ? finit par demander Marco.

Anne pense : « Comment pourrais-je te pardonner d'avoir été aussi égoïste, faible et idiot ? » Mais elle dit :

— Je ne sais pas, Marco. Je dois prendre les choses au jour le jour.

Il hoche la tête, honteux.

— Il n'y a jamais eu d'autre femme, je te le jure, ajoute-t-il au bout d'un instant.

— Je sais.

37

Anne repose Cora dans son petit lit, en espérant que c'est la dernière tétée pour aujourd'hui et que la petite va maintenant dormir jusqu'au matin. Il est tard, très tard, mais elle entend encore Cynthia bouger dans la maison d'à côté.

Cette journée a été pleine de révélations bouleversantes. Après que Richard a été emmené, les menottes aux poignets, Alice a pris Anne à part pendant que Marco tenait la petite endormie dans ses bras, au salon.

« Je pense que tu dois savoir qui voyait ton père, lui a-t-elle dit.

— Quelle importance ? » a demandé Anne.

Quelle différence cela pouvait-il faire ? C'était une femme plus jeune et plus belle, forcément. Anne se fichait de savoir qui ; ce qui comptait, c'était que son père – son beau-père, en fait, se souvient-elle – avait kidnappé son bébé pour soutirer des millions à sa mère. À présent, il allait être emprisonné pour enlèvement et pour meurtre. Elle n'en revenait toujours pas que ce soit réel.

« C'était ta voisine d'à côté, a annoncé Alice. Cynthia Stillwell. »

Anne a regardé sa mère avec incrédulité, encore capable d'être choquée par cette nouvelle, malgré tout ce qu'elle venait de traverser.

« Il l'a rencontrée lors de ton réveillon de Nouvel An. Je me rappelle l'avoir vu flirter avec elle. Je n'en ai pas pensé grand-chose sur le moment. Mais le privé a tout découvert. J'ai des photos, a ajouté Alice d'un air dégoûté. Des photocopies de reçus d'hôtels.

— Pourquoi tu ne me l'as pas dit ?

— Je ne l'ai su que très récemment. Puis Cora a été enlevée, et je n'ai pas voulu t'embêter avec ça. Ce privé est un des meilleurs investissements que j'aie jamais faits », a-t-elle ajouté avec amertume.

À présent, Anne se demande ce qui se passe dans la tête de Cynthia. Graham n'est pas là. Elle est seule à côté. Elle doit savoir que Richard a été arrêté. La télévision s'en est fait l'écho. Se soucie-t-elle seulement de ce qui arrive à son vieil amant ?

La petite dort à poings fermés dans son berceau. Marco ronfle dans leur lit. C'est la première fois depuis plus d'une semaine qu'il dort réellement. Anne, elle, est bien éveillée. Et Cynthia aussi, à côté.

Anne enfile des sandales et sort par la cuisine. Elle rejoint le jardin de Cynthia en quelques pas silencieux, en prenant soin de ne pas faire claquer le portillon. Elle traverse la terrasse et demeure dans le noir, la tête à quelques centimètres de la vitre, à épier par la porte-fenêtre. Il y a de la lumière dans la cuisine. Cynthia est là, occupée devant l'évier, mais Anne se rend compte qu'elle ne doit pas pouvoir la voir. Elle continue de l'observer pendant un moment dans l'obscurité. Cynthia est en train de se préparer une tisane. Elle porte une chemise de nuit sexy, vert pâle.

Cynthia n'a pas l'air de se douter un instant qu'Anne est là à l'espionner. Celle-ci cogne légèrement à la vitre. Elle voit Cynthia sursauter et se tourner vers le bruit.

Elle presse son visage contre le carreau. Cynthia hésite. Puis se dirige vers la porte-fenêtre et l'entrouvre.

— Qu'est-ce que tu veux ? lâche-t-elle.

— Je peux entrer ?

La voix d'Anne est neutre, presque amicale.

Cynthia la considère avec méfiance, mais ne dit pas non, et recule d'un pas. Anne ouvre un peu plus la porte-fenêtre et se faufile, puis referme derrière elle.

Cynthia regagne l'évier.

— Je me fais une camomille, dit-elle par-dessus son épaule. Tu en veux ? Puisqu'on ne peut dormir ni l'une ni l'autre ce soir.

— Volontiers.

Anne regarde Cynthia s'activer avec des gestes nerveux.

— Alors, qu'est-ce que tu fais là ? lui demande abruptement cette dernière en lui tendant une tasse.

— Merci, fait Anne en prenant sa place habituelle à la table de la cuisine, comme si elles étaient encore amies, prêtes à bavarder autour d'une tisane.

Elle ne relève pas la question de Cynthia. Elle promène ses yeux dans la pièce en soufflant sur la boisson pour la refroidir, comme si elle n'avait rien de particulier en tête.

Cynthia reste muette, debout contre le comptoir. Elle ne va pas faire comme si elles étaient encore copines. Anne l'étudie par-dessus le rebord de sa tasse. Cynthia est fatiguée, moins séduisante. Pour la première fois, Anne peut imaginer quelle tête elle aura en vieillissant.

— Cora a été retrouvée, annonce-t-elle d'un ton allègre. Tu es sans doute au courant.

Elle incline la tête vers le mur mitoyen ; elle sait que Cynthia entend la petite quand elle pleure.

— C'est formidable pour toi, déclare Cynthia.

Il y a un îlot central entre elles, avec un bloc en bois dans lequel sont plantés des couteaux. Anne a le même à la maison – il était en offre spéciale au supermarché il n'y a pas très longtemps.

Anne pose sa tasse sur la table.

— Je voulais juste être claire à propos de quelque chose.

— À propos de quoi ?

— Du fait que tu ne vas pas nous faire chanter avec cette vidéo.

— Ah, et pourquoi donc ? s'enquiert Cynthia comme si elle n'y croyait pas un instant, comme si elle pensait que ce n'était qu'une pose.

— Parce que les flics savent ce que Marco a fait. Je leur ai parlé de ta caméra.

— Tiens donc.

Cynthia est toujours sceptique. Apparemment, elle croit encore qu'Anne la mène en bateau.

— Et pourquoi tu aurais fait ça ? Est-ce que ça n'enverrait pas Marco en taule ? Ah, attends... tu *veux* qu'il y aille. Je dois dire que je te comprends, conclut-elle avec son petit air supérieur.

— Marco n'ira pas en prison.

— À ta place, je n'en serais pas si sûre.

— Oh, j'en suis tout à fait sûre. Marco n'ira pas en prison, parce que mon père – *ton amant* – a été arrêté pour meurtre et conspiration en vue d'un enlèvement, comme tu le sais sans doute à l'heure qu'il est.

Anne voit les traits de Cynthia se durcir.

— Oh, oui, je sais tout, Cynthia. Ma mère a engagé un privé qui vous a surveillés tous les deux. Elle a des photos, des reçus, tout.

Elle reprend une gorgée de tisane. Elle s'amuse bien.

— Ta liaison secrète ne l'est plus du tout.

Anne a enfin le dessus, et ça lui plaît. Elle sourit à Cynthia.

— Et alors ? lâche finalement celle-ci.

Mais Anne se rend bien compte qu'elle est désarçonnée.

— Ce que tu ignores peut-être, c'est que Marco a négocié un accord.

Anne voit quelque chose qui ressemble à de la peur passer sur le visage de Cynthia et elle en vient à la raison de sa présence.

— Tu étais dans le coup depuis le début, dit-elle, menaçante. Tu savais.

— Je ne savais rien, si ce n'est que ton mari avait enlevé son propre enfant.

— Oh ! moi je crois que tu savais. Je crois que tu étais dans le coup avec mon père – nous savons tous à quel point tu aimes le fric. C'est peut-être toi qui iras en taule, lance Anne avec une trace de venin dans la voix.

Le visage de Cynthia se transforme.

— Non ! J'ignorais ce que Richard avait fait, jusqu'à ce que je découvre les nouvelles ce soir. Je n'étais pas impliquée. Je croyais que c'était Marco qui avait fait le coup. Tu ne peux rien prouver contre moi. Je ne me suis pas approchée de ton bébé !

— Je ne te crois pas.

— Je me fiche de ce que tu crois – c'est la vérité, plaide Cynthia, qui plisse alors les paupières. Qu'est-ce qui t'est arrivé, Anne ? Tu étais tellement marrante, tellement intéressante… jusqu'au jour où tu as accouché. Tout a changé en toi. Est-ce que tu sais, au moins, à quel point tu es devenue chiante, barbante, inintéressante, depuis ? Le pauvre Marco, je me demande comment il supporte ça.

— N'essaie pas de changer de sujet. Il ne s'agit pas de moi. Tu étais forcément au courant de ce que fabriquait mon père. Alors ne me mens pas.

La colère fait trembler la voix d'Anne.

— Tu ne pourras jamais le prouver, parce que ce n'est tout simplement pas vrai.

Puis Cynthia ajoute, non sans cruauté :

— Si j'avais été dans le coup, tu crois que j'aurais laissé vivre ta mioche ? Richard aurait mieux fait de la zigouiller dès le début – il aurait eu beaucoup moins d'ennuis. Ç'aurait été un plaisir de faire taire cette sale gosse.

Soudain, Cynthia se décompose, effrayée – elle comprend qu'elle est allée trop loin.

La chaise d'Anne se renverse brusquement en arrière. Le perpétuel air supérieur de Cynthia laisse place à une expression de terreur pure ; sa tasse en porcelaine se fracasse au sol tandis qu'elle pousse un hurlement hideux, déchirant.

Marco dort d'un sommeil profond. Au milieu de la nuit, il se réveille d'un seul coup. Ouvre les yeux. Il fait noir, mais des lumières rouges clignotent, tournant sur les murs de la chambre. Des gyrophares de véhicules d'urgence.

Le lit est vide à côté de lui. Anne a dû se lever pour nourrir la petite.

Marco va à la fenêtre, qui donne sur la rue, et écarte le rideau pour observer. C'est une ambulance. Garée juste au-dessous de lui, sur la gauche.

Devant chez Cynthia et Graham.

Son corps entier se raidit. Il aperçoit maintenant des véhicules de police noir et blanc de l'autre côté de la rue. D'autres arrivent encore. Ses doigts, agités de tics involontaires, font frémir le rideau. L'adrénaline fuse dans ses veines.

Une civière sort de la maison, manœuvrée par deux ambulanciers. Il doit y avoir quelqu'un dessus, mais Marco va devoir attendre que l'urgentiste bouge pour en voir plus. Ils n'ont pas l'air pressés de l'emmener. Le médecin change de position. Il y a bien quelqu'un sur le brancard, cependant Marco ne peut pas l'identifier, car le visage est couvert.

La personne qui gît là est morte.

Tout le sang de Marco quitte sa tête ; il craint de s'évanouir, lorsqu'une mèche de longs cheveux noirs glisse soudain et reste à pendre sous la civière.

Il se retourne vers le lit vide.

— Mon Dieu, souffle-t-il. Anne, qu'est-ce que tu as fait ?

Il sort en courant de leur chambre, jette un coup d'œil vers celle de la petite. Cora dort dans son berceau. En pleine panique, il dévale l'escalier, s'arrête net dans le salon plongé dans le noir. Il distingue le profil de sa femme ; elle est assise sur le canapé, complètement immobile. Il s'approche d'elle, empli d'appréhension. Elle a les épaules voûtées et regarde droit devant elle, comme en transe ; en l'entendant approcher, elle détourne la tête.

Elle tient sur ses genoux un grand couteau de boucher.

La pulsation rouge des gyrophares tourne dans le salon et les baigne d'une lueur macabre. Marco constate que le couteau et les mains d'Anne sont tachés – maculés de sang. Elle en est couverte. Elle a des éclaboussures sombres sur le visage et dans les cheveux. Il a la nausée, redoute de vomir.

— Anne, souffle-t-il d'une voix rauque. Anne, qu'est-
ce que tu as fait ?

Elle lève les yeux vers lui dans le noir.

— Je ne sais pas. Je ne me souviens pas.

Remerciements

Je dois des remerciements à tant de gens ! À Helen Heller, agent exceptionnel à tout point de vue. Un grand merci aussi à tous ceux de l'agence Marsh pour leur excellente représentation dans le monde entier.

Un immense merci à Brian Tart, Pamela Dorman et tout le monde chez Viking Penguin (US). Mille mercis aussi à Larry Finlay et Frankie Gray chez Transworld UK et à leur fabuleuse équipe. Merci à Kristin Cochrane, Amy Black, Bhavna Chauhan, et à l'équipe si encourageante de Doubleday Canada. J'ai la bonne fortune d'avoir de merveilleuses équipes de marketing et de communication des deux côtés de l'Atlantique.

Merci à Ilsa Brink pour le design du site Web.

Toute ma reconnaissance à mes premiers lecteurs : Leslie Mutic, Sandra Ostler et Cathie Colombo.

Et bien sûr, je n'aurais pas écrit ce livre sans le soutien de ma famille.

Composition et mise en pages : FACOMPO, Lisieux

Cet ouvrage a été achevé d'imprimer en décembre 2017
dans les ateliers de Normandie Roto Impression s.a.s.
61250 Lonrai
N° d'impression : 1705305

Imprimé en France